匿 光

方仁念 著

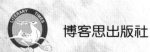
博客思出版社

獻給抗戰化學兵部隊及其家屬

小説人物姓名表

方恩首　化名：高樂平
　　父　方桐盛
　　妻　黃麗珍
　　女　方慧　方念　子　方棟
　　二太太　丁香
　　妻妹　黃素珍

趙爾才　化名：周誠信　高爾梓
吳福源　化名：高達梓
　　妻　吳太太

劉奎元　化名：藤野次郎　趙老板
　　妻　信子
　　子　劉中　日本名：玄吉
林醫生
梅蘭
田中太郎　化名：何老師
　　　妻　彩菊

歷史人物：

李忍濤
沈崇海
楊光泩

不該湮沒的傳奇英雄

《匿光》序一

王宗法

有經驗的讀者都知道，一部優秀的長篇小說總會給人帶來兩點感受：一是「喜」，二是「思」，否則就是一堆垃圾。以此來衡量，方仁念的新作《匿光》無疑屬於優秀小說之列。

首先，這是一部抗日題材的作品。今年正逢抗日戰爭勝利70周年，可是以安培晉三為代表的日本政壇一批右翼分子，一直千方百計地回避發動這場侵略戰爭的罪責，連鐵證如山的「南京大屠殺」也想否認，由此可見，深刻揭示這場戰爭的歷史過程依然是當務之急。面對這樣的嚴峻現實，文藝創作尤其能夠全面反映歷史真實的長篇小說自然不能置身事外，方仁念的破門而出，這行動本身就是值得稱道的。

其次，作為《匿光》描寫的一個主要人物群體，恰恰就是為了反抗日本侵略者使用滅絕人性的化學武器，而改行走上秘密試驗化學武器戰場的一支國民黨化學部隊，即清華高材生「三劍客」──方恩首、趙爾才、吳福源，其中年紀最小的方恩首又是核心人物，他的生命歷程構成全書的主線，而他的結髮妻子黃麗珍和來自臺南、打入日本化學武器研究機構的劉奎元則是兩條副線，由這三條線索，就把國難當頭之際挺身而出的另類民族英雄，如何由國內轉戰香港、馬尼拉堅持艱苦卓絕的地下鬥爭，甚至不惜拿自己的身體做試驗，而置生命危險於不顧的英雄行為，表現得淋漓盡致、可歌可泣，填補了此類創

作的一個空白，可謂功不可沒。

再次，也是這部小說的一點特別不同凡響之處，那就是寫出了這批名副其實的抗日英雄不堪回首的悲劇命運，而這樣的命運恰恰就發生在抗戰勝利之後的祖國，這就不能不發人深思，乃至不能不讓人情不自禁地發出一個痛心疾首的「天問」：誰之罪？這部長篇小說以黃麗珍和劉奎元個人及其家屬哭訴無門的種種不幸，向世人揭示出一個無可辯駁的事實：如果說造成他們前半生家破人亡悲劇的罪魁禍首，正是窮凶極惡的日本侵略者，那麼釀成他們後半生死無葬身之地、悲不勝悲命運的，恰恰就是臺灣海峽兩岸的政府！就是自己國家某些當權者和執法機關的無端懷疑與迫害，硬生生把他們推向萬劫不覆的黑暗深淵，蠻橫無理地剝奪了他們本當應該得到的幸福以至生的權利：一個被摧殘致死，一個被無辜槍斃！你說世界上還有比這個更加令人難以接受的悲劇嗎？我讀到這裏，真是欲哭無淚啊！眼前不禁湧現出許許多多類似的悲劇人物痛苦無告的面影，真是說不清、也道不明了，還不說自己和全家遭受的，那些不公平待遇和命不該絕的無辜親人！啊，不說也罷！

親身經歷過海峽兩岸許多時候、許多層面黑暗政治操作的人們，對於如此顛倒黑白、草菅人命的現象應該並不陌生，因而也不難了解這部小說所揭示的一曲曲生命悲歌，並非空穴來風，而是有著千真萬確的事實根據，以至作者筆端每每帶著深厚的感情，有敬佩、有悲鳴、有錐心之痛、有呼天搶地的無限感慨。由此可見，這部小說看似在寫國難當頭的英雄傳奇，其實是在為不該湮沒的另類英雄一抒滿腔不平之氣，以血淚交迸的文字給歷史存真、為英雄正名、向社會吶喊，因而這是一部悲憤之作、正義之作、良知之作，值得全體國人給予一個響亮

的點贊！

　　尤其值得一提的是，作者方仁念女士是以長期口不能進食、僅靠胃部插管灌些流質的重病之身，來全神貫注地創作這部小說，無疑跟作品裏所反映的英雄人物以自己身體做試驗的崇高精神一脈相承，也是我一讀完這部作品就不能安枕、而要連夜揮筆寫下這篇文字的緣故，願以此向作者表示一個虔誠讀者的真誠敬意和祝福，祝福方仁念女士善自保重、再創佳作！

　　　　　　　　　2015.6.9午夜匆匆草於新澤西橡樹園公寓

有眼不識「泰山」

《匿光》序二

龔濟民

　　從我開始正式與仁念交往，就察覺到她的胸臆中總哽著一股難言的情緒，即自幼被父親遺棄的困惑。她只知道父親方恩綏、母親黃麗娟在抗日戰爭期間離異的事實，卻無法弄明白其中原委。母親從未在兩個女兒面前流露過半點對丈夫的怨懟，即使在歷次政治運動中，因身在臺灣的丈夫以及其他親屬這層關係，一直被視為「特務嫌疑份子」而不斷受到衝擊，她也絲毫沒怪罪過丈夫，依然對女兒說「爸爸還是愛你們的」。然而媽媽口中說的這種「父愛」，仁念卻缺乏親身體驗，因為她只在兒時跟父親生活過幾天而已，現實遭遇卻是因他而被劃入「可教育好子女」的花名冊，嘗盡世態炎涼，叫她對父親怎能不產生些許愁和恨，正是：「吳樹燕雲斷尺書，迢迢兩地恨如何？」

　　這類常讓仁念紅了眼圈的往事，竟成了她難以擺脫的持久的憂傷。待到中年來到海外後，父親已經去世，這才逐漸打聽到他生前的一些生活細節。去歲堂侄女方敏為修訂方氏家譜，廣泛訪問並查閱網上資料，竟有許多意想不到的發現。她無限欣喜地告訴我們，父親是化學方面的著名學者，抗戰期間曾為國民政府應對日寇化武攻擊，編寫過化學武器教材，還經營過中國旅行社的業務。在她編輯的《方桐生家族史記》中，也有臺灣的友人回憶父親：「恩綏老師是傑出的化工專家，據說後

來因故棄教，轉赴菲律賓攻讀醫科」。親友中也傳說父親回臺灣時，用的是別名。這些點點滴滴的資料，讓仁念燃起了重新認識父親的星星之火。

為還原被歷史的塵埃掩埋了的父親的事蹟，她翻閱了許多書籍，查遍了網上有關資料，抄錄了半本筆記，苦苦追尋。一個有血有肉的形象終於漸漸從她腦海中浮現。捨棄濃重的政治偏見，清除潑在父親身上的汙穢，濾去過往的愁情恨緒，諒宥父親為抗擊侵略者致使家、國難兩全的過錯，別讓父親太沉重，這是我倆的共識。當正視他生命的豐采，我們已經看到，歷史的星空中有他的靈魂在閃耀。至此我才深深感到：「泰山一何高，峨峨造天庭。岩中間虛字，寂寞幽以玄。」長期以來我居然有眼不識「泰山」，豈不愧哉！

這時仁念有一股強烈的想用文字再現父親形象的衝動，考慮再三覺得為他修譜立傳尚缺乏完整、翔實的資料，便決定採用長篇小說的形式粗線條地描繪，全面調動一切記憶和資料，以確鑿的事實為本，伴之以推理、想像和虛構，以補織某些空隙和斷層。她特地虛擬了一個研究歷史的孫女宮婷雨作為替身，這樣書中摻雜一些真實歷史資料，諸如清華三烈士的生平事蹟，馬尼拉抗日史部分情節等，就都符合作者的身份。祈求大家能體諒她這番良苦用心。

與仁念其他四部長篇小說相對照，這第五部所寫時間、地域、族裔的跨度之大，以及人物身份、代溝、職業特點的相異度之大，都是空前的，她不熟悉；尤其是第一次擷取抗日戰爭、國共內戰這樣的重大題材，表現大時代的小故事，負荷特重，因而難度也就更大。好在有前面幾部小說的創作經驗，她在謀篇布局方面已大有長進，雖逆水行舟，但能收放自如。這

在她的創作生涯中當視之為頂峰，有新的突破，可喜可賀。作為她親密的文字伴侶，我雖然盡力相助，可是能力畢竟有限，除提出一些切實可行的修改意見之外，主要在文字潤色方面發揮些作用罷了，大主意得她拿。盡管這樣，書中仍難免有疏漏之處。

在整個寫作過程中，她叩鍵如運筆，感情似潮水般傾瀉，一句句、一段段，彷彿在面對面與父親、母親等人對話，傾吐長埋心底的衷言，每每傷心哭泣，我只得停下手中的事加以撫慰。確實，創作猶如分娩，為了構思夜間往往失眠，不免白天頭昏腦脹，勝於分娩時的陣痛，然而她的手依然不離鍵盤。

她之所以寫這部小說，還有一個更重要的原因，那就是想以此作為打開我們民族集體記憶的眾多鑰匙中的一把小鑰匙，證明在抗戰時期國民黨主戰場，曾出現過一支有效抗擊日軍化武的化學兵，為國家和民族立下過功勞。時值抗戰勝利七十周年紀念的今天，這部小說的問世既是告慰父親的亡靈，同時也是對化學兵英靈的沉痛悼念！

二〇一五年四月
於美國新澤西州寓所

目錄　CONTENS

跋

楔子

我叫宮婷雨，英文名字叫Edith，美籍華裔的後代，出生在美國，羅格斯大學研究生院畢業，專業是中國歷史。當初碩士畢業論文選題，大範圍定的是中國抗日戰爭，但還必須在這範圍內定一個小題目，作為切入口。

我花了一周時間在浩瀚的資料大海中撲騰，為了找一個我感興趣又有意義的題目。有一天，我在一個已故著名學者教授的名單中，發現了一個熟悉的名字：方恩綬，說他是化學專家，在三十年代就有著作，是有關化學武器的。真奇怪，這明明是我曾外公的名字，怎麼從來沒聽奶奶說起他是有名人物？

不禁想起十幾年前我讀小學的時候，老師布置一道作業，要畫一棵家庭親人樹（Family Tree），至少得有四代。可我連奶奶的名字都不知道，怎麼完成？老師說那就是要你去調查，才能完成。我很有興趣，纏著奶奶把最上面兩代的名字用拼音寫給我，還要注明他們的職業。奶奶照辦，出於好心還加上名字的中文字。當時我已經念過三年中文學校，可是曾外公名字中的「綬」從來沒見過，也不知道它什麼意思。奶奶跟我解釋了，還說這個字極少見於名字，所以我對它印象特別深。奶奶寫他的職業是「教官」，我問「教官」是什麼意思，她約略思考了一下說，也許可以譯作「teacher」，卻壓根兒沒提起什麼化學武器。

這個問題必須解決，於是我又急急忙忙跑去問奶奶，她似乎陷入了沉思，半天才回答我：「你看到的這個名字就是他，他是抗戰時期中國化學部隊裏的化學教官。」我說：「那

時候中國哪有什麼化學部隊？從來沒聽說過啊！」她愣了一會兒，「我也不清楚，你還得去查中國抗戰史書籍。」我有點興奮：「既然他是我的祖先，我倒對這支部隊感興趣了。奶奶能不能提供一些訊息？也許我就把對它的研究作為畢業論文的題目。」奶奶似乎覺得遺憾，連聲說：「我就僅僅知道這麼一些，還是我媽媽告訴我的，我只跟他一起生活過幾天而已，更別說他們的這支部隊啦。」

為了搞清楚這支鮮為人知的部隊，我開始了長途征戰，就像挖掘寶藏那樣一點點往下挖。查電腦，查閱允許我看的檔案，參觀紀念館，臺灣、大陸兩頭跑，想訪問一些跟曾外公有過密切關係的人，像書中提到的他的妻子、弟弟、妹妹等，遺憾的是都已去世；我還希望在大陸能找到化學兵部隊戰士的後代，雖然有的找到了，但也像我奶奶和大姑奶奶一樣，對那支隊伍實在不清楚。忙了半年多，加之網上查到的第二手資料，我才勉強寫成了這篇有關抗日戰爭中國化學兵的論文，總算過了關。

畢業找到工作後，我又常想起寫論文時，存留在腦海中的一些活生生的人物，總是揮之不去的。不過我掌握的資料不夠全面、系統，不足以寫傳記、回憶錄。於是我又跟奶奶商量，想寫一部有關曾外公的長篇小說，請她和大姑奶奶提供我一些感性材料。她卻回答道：「我倆都恨這位所謂的父親，他給予我們的只有災難。你論文既然寫完那就成了，不值得再為這個人寫什麼小說！」大姑奶奶也是這麼說的。可是我卻違背了她們的話，心中時常牽掛這些人物，最後我還是拿起筆來，試著寫了這部不成熟的處女作，以紀念我們的先人，他們就像我這部小說一樣，是無畏的又是有缺陷的。

第一章　永別西湖

這是整個中華民族在鮮血中徜徉，在災難中匍匐的年代；這也是她驕傲地抬起頭，以貧弱的身軀向敵人搏鬥、殘喘，繼續搏鬥的年代。

一九三七年七月初的一個早晨，滬杭鐵路上的一列特快駛近杭州站。臥鋪車廂裏的方恩首，起身將窗簾拉開，同時把玻璃窗往上提了一點，頓時江南初夏的氣息，捲裹著濃厚的泥土味撲面而來。小橋、流水、人家，屋前屋後還有一片竹林或桑林，十有八戶的河灘旁立著水車，已經有早起的人兒一邊手扶橫木、腳踩車軸榔頭，一邊眺望火車。江南的風光就是好！這半年來恩首每兩周就會沿著寧滬和滬杭線走一趟，從冬到夏，百看不厭。不像以前他在清華大學讀書時，曾幾度奔波在京滬線上，車一過長江越往北走，越是一片貧瘠的黃土，叫人感到蒼涼、沉重。他為幾千年來中國人，只知吮吸母親的乳汁而不知愛護她，感到羞愧得不敢抬頭往外看。現在他心中卻十分掛念那一大片華北平原。

出站後他叫了一掛黃包車，去大塔兒巷正則中學，父親是該校校長，他們一個大家庭都住在教工宿舍。今天是星期六，每逢單周的周六早上他都會趕到家，跟妻兒等家人團聚。周日晚上再乘車，周一到南京，抵達後打車趕回孝陵衛軍政部學兵總隊基地，下午就可上課。這也是當初，學兵總隊即化學兵總部聘請他做教官講好的條件。第一年他在杭州，利用圖書館豐富的資料，編就《化學防禦戰》教材，這是他編的第二本教材。然後第二年半年來回通勤，等安排定當再搬去南京。這半

年雖然有點辛苦，好在現在已經是最後一次，下次回來的任務就是搬家了。

走近教工宿舍平房，突然聽到尖叫的童聲，震破早晨的寧靜：「爸爸回來啦！」這是棟棟的傑作。原來兒子生就一對跟他一模一樣的招風耳，特別善於捕捉、辨別聲音。恩首雖著便裝，但腳上總是喜歡穿長筒軍靴，走起路來「咔嚓咔嚓」特別神氣又響亮。現在小傢夥一定是剛醒過來，在枕頭上傾聽到了爸爸走路的聲氣便驚喜不已，接著大門就「咚」的一聲被撞開了，兩隻裹著睡衣的「貓咪」滾到他腳邊，踩著軍靴往上爬，一下便吊在他的臂膀上，一邊一個：女兒慧慧和兒子棟棟。這就是他結婚五年來結出的一對「好果子」，人見人愛，人見人誇！麗珍在門邊瞄了他一眼，對著兩個孩子大叫：「快穿鞋，快穿鞋！」盡管每兩個禮拜團聚的序曲大同小異，但那種幸福滿溢的感覺卻繾綣萬千。

進屋後，麗珍忙著給他打洗臉水，端出早準備好的早點：蓮子羹、蘿蔔絲糕，還有兩隻荷包蛋。孩子們趁媽媽忙的這一會兒顧不上他倆，就又開始玩爸爸的靴子，各搶一隻，把自己的腿腳裝進去。棟棟畢竟年幼，連大腿全伸了進去也夠不到頭，只得跌坐在地上，然後手足並用地爬行；慧慧勉強一瘸一瘸地邁了兩步，還沒來得及向棟棟誇耀，也跌個四腳朝天。

「這兩個孩子啊，每次你回來都要玩你的靴子，怎麼也玩不夠。」麗珍邊說邊轉過身來，「好了，好了！玩壞了，爸爸赤腳回去要受罰的。」受罰的味道，他倆是知道的，出於對爸爸的愛護，他們總算放下了靴子，圍到餐桌旁來了，又馬上不客氣地把髒兮兮的小手伸進爸爸的盤子裏來。恩首趕緊把早點分別送進胖嘟嘟的兩張小嘴中，比自己吃了還高興。

　　因為是禮拜六，父親方桐盛還要上班講課，全家晤面一般總是在午飯桌上。孩子們每次一見爺爺跨進門，就一疊聲地歡呼向他奔去，然後一個膝蓋上坐一個，所謂陪爺爺喝酒，其實「醉翁」之意在「下酒菜」——花生米、豆腐乾，還有爸爸從南京帶回來的鹽水鴨、鴨胗乾。父親往往下午還有很多事要幹，每次喝酒不過一小杯，無非有個機會跟兒子聊聊、逗逗孫兒孫女。「聽麗珍說南京房子你已經找好，再過兩個禮拜就回來搬家？」

　　「是。我以前不搬，是推說孩子太小，家裏弟妹多，可以幫著帶帶照應一下。可是來回通勤已經半年，再拖也不好意思，就按約定暑假搬過去。」

　　其實做父親的心裏明白，這是做兒子的一片孝心，知道長孫女、長孫是他的心肝寶貝，他們一下把小家搬到南京，雖然交通還算方便，畢竟不能天天看到，所以找理由，寧願和妻孥分開，來回奔波，推託著沒馬上搬家，一拖竟拖了一年半，現在真沒法再拖了。

　　「搬了也好，小家總應該是第一位的。你七弟也已經被學校保送進上海同濟大學，這樣你的兄弟們都能保證受高等教育，你和麗珍幫我負擔得也夠多的了。以後就是慧慧和棟棟的教育問題。我會常帶小妹去南京看你們，當然會很想兩個小傢夥的。」說罷便低下頭，捧起兩個小臉蛋親個不停，八字鬚「刺」得他們哇哇叫：「爺爺，饒命！」祖孫嘻嘻哈哈抱成一團。

　　下午恩首跟麗珍說：「最近軍中體格檢查，說我別的沒什麼毛病，就是肚子裏蟲子太多。現在饞蟲又聚集說：好久沒進大餐了，我們抗議！行了，別燒晚飯，我們去『樓外樓』開開

葷，吃好飯再帶孩子們坐船去逛逛。」

丈夫有這等興致，麗珍從來不忍拂了他意，不禁又想到：「阿爸和小妹也帶上嗎?」「他們今天要去朋友家吃喜酒，我們也難得一次機會，就自己玩玩吧。」恩首心中暗暗稱讚妻子的賢惠。

孩子們獲悉立即歡呼雀躍，早早洗好澡，穿好漂漂亮亮的衣服，還不忘穿上小皮鞋，只等著太陽西下。

晚上坐在西湖帶棚的遊船裏，桌子上滿是船家招待的花生、瓜子之類的零食。恩首從口袋裏像變戲法似地抓出一塊手帕，吹了一口氣，啊呀，手帕中就掉出好多塊棗泥糖和牛軋花生糖，後者是孩子們最喜歡的，怎麼爸爸回家時搜他口袋都沒發現啊？現在魔術師和觀眾一齊「哇嗚！」一聲，驚動了岸邊草叢中的水鳥，帕啦啦地振翅遠飛，也驚醒了依偎在草根假眠的無數條小魚，一下子竄上來又散開去，像水中開放的黑蘑菇。由牠們泛起了一股水草的清香味，加上西湖特有的浣紗女淡淡的香氣，使人陶醉，連孩子們也深深地吸了口。

父母倆都忙著為孩子們撕糖紙、剝花生。恩首唇齒間還存留著醋溜魚和嗆蝦的美味，望著蘇堤柳樹下一雙雙情人的倩影，不由自主地捧起了麗珍的手握在手心裏。這幾年來的操勞，使這位黃家大小姐原來嬌嫩的手變粗糙了些，他不由得感到一陣心疼，恨不得自己馬上變成潤膚油，保養愛護她。但她的身材還很好，完全不像已有兩個孩子的媽媽，一對雙眼皮、眼線分明的明眸，正含情脈脈地望著他，永遠抿著笑意的嘴唇雖不怎麼性感，卻很討人喜歡。一件白底藍小花的府綢旗袍，完美地襯托出她的身材和高雅的氣質，這就是他的妻子——上

海聖瑪利亞女中畢業的高材生，說得一口流利的英語，寫得一手漂亮的中文，又為他生了如此可愛的一雙兒女，他還有什麼不滿足？他的幸福都要溢到西湖裏去了。

一身金光的太陽女士，忙碌應酬了一天，終於倦怠地卸妝下臺了。遠方的連綿山崗由黛綠轉深灰轉黑，最後消失在一片濃重的黑絲絨帷幕中。靈隱寺的香火在黑夜裏應當更顯得耀眼，他似乎聞到了一股香燭味，原來是一艘遊舫滑過他們船邊，姑娘琵琶發出的嗚咽劃破鄰近的寧靜，這才發現兩個孩子已熟睡在他倆的臂彎中。雖然沒有原路返回，他沒機會再看一眼柳桃相間的蘇堤白堤，沒再一次感受精忠報國的岳飛精神，但這一夜的西湖永遠銘刻在他心版上，他也絕不曾想到這次造訪居然成了永別。

兩周後方恩首沒能回來搬家，期間爆發了「七七事變」，日軍大舉入侵的嚴峻局勢，致使現役軍人一律不得請假離隊。接著上海又爆發了「八一三」戰事，兩個多月後由於日軍在杭州灣金山衛登陸，杭州已經危在旦夕，滬杭線上的城鎮紛紛陷落。

日軍一登上金山衛，轟炸機便輪流轟炸，杭州城頓即支離破碎。昔日車水馬龍的城市心臟，剩下鋼骨水泥的斷牆殘壁，與身首異處的屍體交雜，到處是刺鼻的焦糊味、血腥味和屍體的惡臭味相混合，叫人根本不敢相信這就是寧靜美麗的西子湖畔。街上行人寥寥，滿臉蒼涼、迷茫和憂戚。原來遊客必到的清河坊上的王星記扇店、張小泉鶴記剪刀店、萬隆火腿莊……，無一不排門緊閉，誰還有心思做生意？逃命要緊。

早上大塔兒巷正則中學的大門照樣開著，操場上、教室

內卻不見一個學生的影兒，家家戶戶都在籌劃如何逃過這場災難，誰還會把子女送來上學？學校實際上已經關門了。麗珍正在收拾該隨身帶的最緊要的行李，但她茫然的眼神表明還沒下定決心往哪裏走。戰事的緊急使她和恩首已經一個月沒通信息，他現在在哪裏？回想四個月前遊西湖的情景，竟有隔世之感。孩子們這幾天也被外面的狂轟濫炸嚇著了，所以都特別乖，很安靜地坐著翻小書，一點不來煩媽媽。

突然老爹進來，手裏拿著一張紙：「他發來電報啦，謝天謝地總算電報局沒關門，送到了學校收發室。你讀讀。」電報紙上寫道：「我已到滬，爸速率全家陸路至滬，找中國旅行社陸。娘家等我。千萬！」一個「速」一個「千萬」，緊張的心情畢露無遺。

是的，這已是日軍在杭州灣金山衛登陸的第二天，絕不願為日本人幹事的父親再不走怕來不及了。麗珍一下跳起來，眼睛頓時有了光彩。「阿爸，好在七弟他們都已經跟著學校離開了，『正則』的事也已經結束，我們快帶小妹和孩子們一起走吧。你就去聯絡車子的事，我再收拾一下，趕做點吃的帶著，能下午走就走，盡早出城。」做父親的知道媳婦能幹利索，但他有緊急事想再逗留一下，就打招呼道：「我還要跟基督教青年會的其他董事聯絡一下，開個會，商量日本人要是進了城，我們能為老百姓做些什麼事，得聽神的旨意。車子的事現在很麻煩，只有老陸能幫上忙，爭取今天下午走!」

中國旅行社老陸盡力幫他們安排了出杭州城的車票，但沒有直達的，必須轉車，人就像行李一般被塞上長途汽車，又一次次被拋下。為了全家兩個大人、一個少女、兩個孩子不分離，一起逃難，方家老爹真絞盡了腦汁，不斷研究地圖，向司

機塞鈔票不算，有時還要塞銀元，最後還將手腕上的錶也摘下充數。要是沒錢，就得像其他蜿蜒在這一千多公里路上的難民一樣，用兩條腿慢慢地每天一點一點挪。

　　幸好沒遇上日機轟炸，盡是從頭上飛越不知趕往何處去參戰的鐵鳥，一時還來不及顧及轟炸難民，否則不堪設想。老爹對外，媳婦主內：管好三個少年兒童的安全、飽暖。一見車子進站，麗珍千方百計先擠上車（有時根本擠不上），老爹在下面把孩子拼命往上托，她在車窗口死命拖，這才將三個少兒塞進車去。老爹最後常常只能擠進半個身子，車門有時都難關上，只得雙手牢牢抓住門口的把手，就像秤砣一樣掛在門邊，真不知萬一手麻了，不知不覺鬆開了，會是怎樣的結局？只有不斷默禱求上帝保佑平安。一路上聽說本來最方便的水路：由寧波直達上海的輪船，一再遭日軍飛機轟炸，船上難民束手無策，只有挨炸的份兒。怪不得恩首在電報上叮囑走陸路，還加上「千萬」兩字強調！

　　好不容易車子駛進炮火隆隆的上海，正是第三天午飯時候，五個滿身塵土又黑、又髒、又餓的杭州人進了租界麗珍娘家門。外婆自然來不及地摟著外孫、外孫女親，等問清女兒這是怎麼回事，便趕緊吩咐燒水、加飯菜，跟親家公寒暄，還說明棲身租界暫時還是安全的，請大家放心。洗過澡，吃飽飯，孩子們都睡覺了，大人們這才圍坐在客廳裏談天。麗珍的家雖說是望族，現在也已敗落，大家庭裏弟妹不少，主要靠大弟工作支撐著。說著說著天色就黑下來了。

　　沒想到恩首忽地出現了，麗珍不顧家人的眼光，撲到他胸前摟住脖子輕輕說了聲：「你總算來了，我真怕才開戰就見不到你面！」他只用手撫摸了一下她的背，沒說話。她抬起頭

仔細打量著，覺得四個月不見，他怎麼好像長高了不少，向來褲腿線筆挺、軍靴雪亮、特別神氣的他，現在卻衣服皺巴巴、髒兮兮，還掉了一個扣子。頭髮亂得像茅草窩，連鬍子也長成窩邊草，將原本一口美白的牙齒都遮蓋了。他向來喜歡露齒開懷，那張笑呵呵的嘴，就像給瀟灑的臉畫上一個完美的句號，如今卻緊閉著。挺拔的鼻樑旁兩道深深的月牙紋，增添了憂鬱、堅毅的神情。

是的，才從戰場上下來的人哪顧得上整理容貌？身為教官的恩首，早在「八一三」戰事爆發後兩三天，就跟隨化學兵部隊炮兵隊開拔到上海郊區。他們的領頭人李忍濤雖因在最高國防會議上，為化學兵裝備之可憐大發牢騷，而被撤掉了化學兵總隊長的職務，卻仍被委以炮兵隊長之職。陸軍學兵總隊的人馬依然聽從他的指揮，方教官更是如此，跟隨隊長的腳蹤，滿足了他迫切參戰、教訓鬼子的心情。他們的「李文斯」化學拋射炮，因為李隊長調正炮位角度的精確，曾擊毀日本侵略者海軍陸戰隊司令部，並擊傷驅逐艦及航空母艦。在當時我軍兵士和市民均受盡日軍炮火蹂躪的情況下，隨著每一顆炮彈的發射，望著升騰而起的煙和火，他激動的淚水便會奪眶而出，覺得它們就是胸臆怒放的心花，恨不能讓它開遍上海，恨不能幾百年來受盡欺凌的百姓，能在血和火中馬上站起來。

遺憾的是，炮彈很快打完了，再先進的武器也就變成一堆廢鐵。他趴在發燙的炮身上放聲大哭，根本沒想到自己會不會燙傷。中國啊中國，這麼廣袤的國土，這麼豐盛的物產，養活了這麼多代窮奢極侈的王朝，卻買不起足夠的炮彈，居然讓小小的日本侵略者在你的胸膛上耀武揚威。可悲，可泣！最後他們只得奉上級命令撤出淞滬戰場。他有什麼臉面去見父老妻

孥？要不是日軍登陸杭州灣金山衛，杭州這座美麗的湖濱之城眼看就要陷落，家裏老的老小的小，他也不會要求請假幾小時去接妻小。

　　現在他站在家人面前，沒有重逢的喜悅，只有一名軍人沒能保衛好家園的羞恥，可是他能說出口嗎？半天他才結結巴巴地張開口：「我……只請了……請了三小時的假，來接麗珍跟孩子，……決……決定帶他們做隨軍家屬，我……我軍銜夠級。阿爸老了，不……不忍心帶著你……顛簸，你先留……留在上海租界，暫時沒危險，以後走一步看一步，再……再做決定。兒子不孝、無能，請……阿爸原諒。」說完深深一鞠躬，半天沒抬起頭，似乎無顏見老父親。

　　老爹歎了一口氣，眼淚直在眼眶中打轉，卻沒讓它流下來，不想讓氣氛太悲戚。「我知道你是老爸能引以為榮的兒子。現在能帶上妻兒就是好，你們跟著政府軍隊快走，一定一定要照看好他們！別記掛我。等有了條件、計劃好了，我會帶著小妹去內地躲躲。」外婆趕緊接著說：「先在這兒住著，大家都有個照應。」麗珍忙將手袋裏最後幾塊銀元，又加上從手上脫下的一隻玉鐲，塞在老爹手中：「阿爸，一路上你已經將積蓄都貼光了，這個你拿著，我們在軍中會有軍餉。慧慧、棟棟，快來給爺爺親親！」

　　就在這天晚上，方教官的小家成員隨化學兵部隊撤出上海，軍車載著他們向不知名的地方駛去，回頭看遠方還是一片火光。第二天上海市長也告別了市民，這座中國最大的城市就此淪陷。

第二章　心被掏空

　　一九三八年十月二十五日，武漢經過四個月的奮力抵抗，
爭取了時間布置撤退，中國軍隊主動分路撤下戰線，這個值得
驕傲的城市也陷落了。

　　十一月底，這在中國南方還是金秋，要是在和平年代，這
是一年中最美的時光。爬上衡陽岳屏山頂俯瞰腳下，那是一片
彩色的世界：紅的跳，黃的嬌，綠的笑，紫的艷，金的傲。可
而今是黑色的巨蟒吞噬了一切，並繼續不斷噴出黑色的煙霧。
從十一月十三日這個倒霉該詛咒的日子開始，長沙大火延續了
三天，曾經是悲壯又悲憤的烈焰現在已熄滅，到處黑魆魆的殘
垣斷壁大聲喘息著，時斷時續吐出的縷縷黑煙，猶如將死之人
喉頭的遊絲。地上流淌著、裹挾著黑碎屑的汙水和著泥漿，在
昔日嬌媚、生氣勃勃的長沙臉上，任意地鬼畫符。

　　自從武漢淪陷、軍隊撤退，方恩首和辛辛苦苦從上海帶出
來的家屬，便隨部隊來到長沙。現在他懷裏揣著四歲的棟棟，
手中牽著五歲的慧慧，像是從妖魔腑臟裏鑽出來的一群大小
鬼。作為軍中的教官，只要站著，他向來習慣「三緊」：風紀
扣扣緊，肚腹收緊，擦得錚亮的高筒軍靴腳跟挨緊，成一定角
度。今天是肚腹瘤瘤的，用不著收緊。軍紀扣扣緊了，卻像是
沒扣住，十多天來頸部肌肉因饑餓及疲累一下就鬆垮下來，像
重霜打過的絲瓜，外面一層薄薄的皮，裏面只剩下絲瓜筋了。
軍靴沾滿了汙跡，甚至還被鋼筋之類的東西，拉了一道道深深
的口子，似乎也在向他乞討，要吃幾口鞋油，才能填住這些豁
口。

慧慧很懂事地在安全的地方落下她的小腳，盡量自己邁著小腿往前跨，卻還是不住地在尖利、巨大的障礙物前停步，等待著爸爸伸手幫她渡過去。恩首只得左手抱著棟棟，右手挾住慧慧，屏住氣跨出艱難的幾步。要是往日，這兩個小傢夥就是右邊一個、左邊一個地抱著，他也能健步如飛，然而這十來天作為身兼四職：軍人、教官、丈夫、父親的他顯然太累了。由於缺乏前線確切的軍事情報，市面上謠諑四起，真真假假，一會兒這兒失守，一會兒那兒淪陷。軍隊不怕正面攻來的敵人，這會激起戰鬥的勇氣，「狹路相逢，勇者勝」；但他們怕成為甕中鱉，在黑暗中被繩索套住脖頸，而卑劣和不公往往製造著最大的黑暗，使人心憤慨。

在長沙大火這緊急情況下，上級允許住在市區的軍官，帶著眷屬緊跟部隊撤離，三天後又進駐郊區。商店糧倉、軍隊糧庫已被大火燒毀，糧食供應頓時緊張。軍隊還自願緊縮些口糧，支援當地居民。恩首拿到了部隊配給的口糧，先得騙身懷六甲的麗珍吃，她肚子裏還有張嘴呢；兩隻嗷嗷待哺的「小黃雀」偎依在媽媽身邊，看著他們娘兒四個那餓勁，他哪還能吃得下去？每頓能吃個小半飽就算滿足了。晚上不敢睡，得像頭鷹似地守衛著，隨時準備在突發情況下，照看好他的學生兵和家屬。

他實在太累了，只想躺下來睡一小會兒。但今天是星期日，又輪不到他值班，就抱著兩個孩子出來轉轉，看看有沒有教堂和大商家做善事，發放點吃的給居民。這樣兩個幼年的孩子是招牌，人家會給的，否則他一個堂堂的軍人怎好意思去排隊？「爸爸，我餓。」懷裏的棟棟又低聲嘀咕。要是在平時他帶孩子外出，衣袋裏總會用手帕包幾塊餅乾，他從不讓孩子餓

肚子，可現在餅乾早吃完了，再也得不到補充。「再忍一會兒，爸爸一定給你們買點吃的。」他又想起往日帶了一家在聚金樓吃肉包子，在西餅店買兩塊奶油蛋糕，……不覺胃裏一陣陣痙攣，一股黏糊糊的東西從牙根直往外冒，他狠狠地咽了口唾液，像安慰孩子和自己咕咕叫個不停的肚子，自言自語地說：「沒關係，我們總能弄到點吃的。」

突然響起了空襲警報，該死的日本侵略者只知道炸炸炸，城裏哪還有個完整的建築物？炸個屁！只不過是對手無寸鐵的老百姓發發淫威罷了，畜牲，還專揀個禮拜天！他抬頭四望，在廢墟堆中迷茫了，哪裏還搞得清什麼地方有防空洞，該往哪裏躲？

空襲警報拉完才兩秒鐘，緊急警報就揪心地吼起來。他還沒來得及挪步，剛把慧慧抱起來摟在懷裏，將棟棟移到背後馱著，並再三關照孩子們摟緊爸爸的脖子，這樣一前一後正要拔腿跑，飛機已經來到了頭頂。他感到情況異常緊急，這時就是有了翅膀也難以振翅高飛，不要說跑。只得跨出兩三步挨著一個倒塌的房角先蹲下，放下抱著的慧慧，並用身體掩蓋住胸前的她，空出手托住棟棟的屁股。正想把棟棟移到身前，也置於自己身軀的掩蔽下，一架敵機就在這千鈞一髮的時刻，對準他們的牆角俯衝下來。「不好！」他全身的神經都抽搐起來，接著就天崩地裂，什麼都不知道了……

待他清醒過來，發現周圍不少人圍著。他一時都記不清曾發生什麼事，自己為什麼會躺在這裏？不過他馬上便發現棟棟正平躺在前面的地上，頭軟弱地歪在一邊，臉色灰白，嘴角淌

出一綹鮮紅的血。慧慧正蹲在他身邊，一邊搖動他的小手，一邊叫道：「棟棟，棟棟，你怎麼了？快醒醒！」他也撲過去，把棟棟抱在懷裏搖著。「沒用了，孩子早走了。」他抱著棟棟不知不覺往後一仰，重又失去了知覺，這次不是因為炸彈的氣浪，也不是腦震盪的暈眩，而是心被掏空了。

再次醒來，發現自己躺在部隊臨時重症病房內。雖然是臨時的，床上還都鋪著潔白的床單，一股消毒藥水的味道直衝鼻子。一盞油燈掛在房間中間，火苗上直冒黑煙，僅夠照亮眼前的兩張臉：眼泡哭腫的麗珍，鼻涕糊滿小臉的慧慧。他身上蓋著醫院的白色被子，一時迷糊，差點以為自己已經躺在太平間裏。此前他曾在這裏探望過一些受重傷的戰友、學生兵，沒有什麼地方比這裏離死亡更近。但今天他知道自己沒有死，一時也死不了，也知道自己受的傷並不算重，因為一醒過來意識馬上就很清楚。他明白是愛子棟棟死了，這就掏空了自己的心。他沒說話，僅用手掌撫摸著慧慧的頭，頭髮焦黃凌亂。

麗珍見他醒了，既沒嚎啕大哭，也沒再抽泣，艱難地挺著大肚子走到桌邊，拿了一碗菜麵糊到他跟前，「吃兩口吧，你得挺住。」他搖搖頭將碗推開，可聽得見肚子餓得咕咕叫的聲音，同時也感到腸胃在痙攣、泛噁心。「爸爸，我餓。」兒子留下的這最後一句話，身為父親的他竟沒能耐讓孩子實現願望，填飽了肚子上路，這還是個男人嗎？不！不！他本不該只想到肚子的問題，本該想到禮拜天也可能有空襲，不該帶兩個孩子外出，不該……，本該……，不該……，本該……，他腦子又犯糊塗，昏昏沉沉睡過去了。

在睡夢中他手牽著慧慧和棟棟，在正則中學的草坪上嬉戲，棟棟笑得好開心。麗珍在遠處向他們招手，一邊指指天

空。喔，有一塊烏雲正向他們頭上移過來，對，要下雷雨啦，快回屋。他正想向孩子們下命令，烏雲突然變幻成日本人的轟炸機，頃刻間飛到頭上俯衝下來，天崩地裂，……他抱著嘴邊淌著血絲的棟棟，向麗珍狂奔過去……

　　在夢幻中他又回到棟棟誕生的那一天。那是盧溝橋事變的前三年，「九一八」以後中國雖已失去了東北一大塊領土，老百姓恨死日本鬼子，但大多數人還在幻想著抗日戰爭不至馬上全面爆發，還能過上兩年和平的日子。在秋高氣爽、莊稼豐收的日子，麗珍順順當當地在杭州分娩，臉色蒼白，汗水濕透了頭髮。站在她身旁的恩首抱起這個男孩的時候，第一眼就看清是活脫活現的自己的拷貝：一雙招風大耳朵，人家嬰兒的鼻子往往是那麼小小的一堆肉，有的幾乎連鼻樑都很難看清，可這個男孩的鼻子卻又高又挺，就像一門化學拋射炮，似乎深知爸爸最愛這玩意兒。小嘴巴翹翹的，連護士都說難得見到一個嬰兒臉部輪廓這麼分明，將來一定是個美男子，迷倒十個八個女人不成問題。恩首只是咧開嘴笑，麗珍倒不好意思地把臉埋在頭髮裏，他傾身輕輕對著她的耳朵說：「辛苦你了，謝謝！」

　　這之後數天，爺爺的嘴巴真的沒合攏過。方家的長房長孫誕生了，而且是這麼健康、這麼虎頭虎腦的小子，還求什麼呢？一日三餐的謝飯禱告變成老爹沒完沒了的感恩禱告，飯都等涼了都沒有誰敢阻攔。

　　棟棟從小胃口好，吃飯乖，不像人家的孩子餵一口飯要跟在身後轉幾圈。他很小便喜歡自己拿著勺子吃，吃得又快又乾淨。他最喜歡爺爺教他唱聖詩，一首《耶穌愛我》唱得有板有眼，還做著手勢。一張肉嘟嘟的小嘴有點翹，說起話來有點

上海人說的「吊嘴」，所以麗珍常教他讀兒歌，訓練他講話清楚。慧慧愛這個小弟弟愛得不得了，總是自願當小老師作輔導。他回到家就會聽到慧慧跟棟棟一起高聲朗讀：「翹嘴巴愛吃巧果果，含著個果果鬥蟈蟈，……」有時則是兩個孩子在一起背唐詩，駱賓王的《詠鵝》是姐弟倆的最愛：「鵝！鵝！鵝！曲項向天歌，白毛浮綠水，紅掌撥清波。」清脆的童音響徹庭院。因此不管工作怎麼忙，事業是否順利，也不論這個大家庭負擔有多重，恩首從沒感到累和苦，一回到家就摟著兩個孩子，覺得自己是最幸福的人。……現在棟棟走了，永遠不會回來了，而且是餓著肚子走的……

　　棟棟追思禮拜牧師講的話，恩首一句也沒聽進去。他一直處在憤怒的控制下，上帝，你為什麼這樣殘酷地對待我？孩子有什麼罪？你竟讓日本鬼子殺害他，早早收去了他？你若認為我有罪，為什麼不殺了我而是一再地打擊我：先是讓所愛的素珍突然病逝，現在又讓年幼的孩子代我受過，離我們而去？你公平嗎？日本鬼子這麼卑鄙無恥，你卻讓他們得逞，你公義嗎？此刻他又想起留在上海的老父親，在自己帶著家眷離開他之前，老爹心裏也許曾反對他拖大攜幼地跟著政府機關和軍隊走；也許希望至少能把棟棟留下，上海即使淪陷還有租界，暫時總還是最安全的。但父親一句話沒多說，他是心疼媳婦、孫子、孫女兒，不願他們的小家拆散、分離，便一再關照兒子一定要照看好一家。現在年邁的他要是知道長房長孫這麼個活潑聰敏的孩子，已經被日軍轟炸機炸死了，一個活蹦亂跳的孩子就這麼走了，還不知會不會暈死過去，或急出大病來？父親是多麼虔誠的基督徒，主啊，你為什麼要懲罰他呢？一百個為什

麼纏在腦海中，就像池塘裏的河草全攪在一起，泥沙浮起，整個塘都渾濁了。所以自從棟棟走了以後，恩首沒有開口說過一個字。

沒想到麗珍比他堅強，沒有一句責怪，沒有一句埋怨，盡量不提棟棟。看到他悶聲不語，她只坐在他身旁撫摸著他的頭髮，總是重複一句話：「不怕，我們還年輕，還能生！」她只提未來的盼望，不說已經經歷的傷痛，以此為他療傷。他反而責怪她，想這個做媽的心難道是鐵打的嗎？為什麼不同一般女人那樣，像受傷的小鳥依著他的肩膀，抽抽泣泣地哀哭不完；或是發瘋似地拉他的頭髮，捶他的胸脯，發洩她的悲痛。女人不都這樣既軟弱又任性的嗎？像他的第一個未婚妻——麗珍的妹妹素珍，就是這樣的女人。這樣，男人因為被女人依靠著，就不得不堅強起來。然而他的麗珍不這樣，倒更像他的母親，老在為他著想，老想著安慰他、幫助他。也許女人的撒嬌更能激起一個男人的責任感，麗珍卻是天性堅強，過去她沒有在失去妹妹素珍的悲痛中趴下，而今她也不允許自己在喪子的打擊下躺倒。

失去愛子對恩首來說，這個傷痛太沉重了，一時難以療治。他無法恢復正常生活，借口嚴重腦震蕩的後遺症，選擇在沉默中臥床靜思，讓回憶和幻覺佔領他的每一天。頭疼、暈眩、失眠、噩夢……，這些病灶是確實存在的，所以他連學生兵的兩門化學防禦戰和化學武器課都請假沒去上。一個心被掏空的人，哪還能照常說話上課？不就是一個活死人嗎？

第三章　三箭在弦

　　離一九三八年聖誕夜還有一個禮拜，卻看不到長沙這個城市有任何聖誕裝飾，也聽不到莊嚴又欣喜的聖樂。炸飛了屋頂和十字架的禮拜堂，不像往年在籌備聖誕禮拜，只有牧師在裏面低聲為一些有需要的難民禱告。整個城市癱瘓了，聞到的盡是瀰漫在空氣中煙熏火燎的味道，看到的盡是災民臉上凄苦的饑色，聽到的盡是沉重的歎息聲。此時此刻的長沙啊，像一頭受傷的母獅，在沉重地喘息！

　　屬學兵總隊的一個民房，一間破舊的小屋，窗戶紙大部分都爛了，大門早就被卸下充當防空洞裏的鋪板，替代的是掛在門口的一條破舊的被子，從破洞口掉下來的棉絮和布條，在冷風中瘋狂地起舞。這個地方雖隸屬楚界，初冬的寒風還是凄厲的，肆無忌憚地穿越門窗不全的小屋，無情地往內裏衝鋒。油燈似鬼火在冷風裏掙扎。方恩首和衣躺臥，似睡似醒。麗珍摟著慧慧裹著被子，瑟縮在床的一角，不敢驚動他。

　　一名通信兵悄無聲息地進了屋，壓低嗓音問道：「方長官在嗎？」說罷隨手交給他一份用蠟封了口的密信，打開一看只有「見字速來。濤」幾個字。這個簽名他熟悉，於是馬上起身跟了來人就走，毫不遲疑。

　　坐車約莫半小時，抵達後通信兵將他引進一個較大的防空洞，七彎八拐地往裏走，簡直就像行走在迷宮中。眼前突然一亮，他一眼就看清濤哥站在辦公桌的一邊，對面坐著的兩位是跟他同屆的，清華大學一九二九屆化學系畢業生，也是跟他最有交情的「三劍客」成員吳福源和趙爾才。他確實吃了一驚，

多年不見他們了，怎麼會在這裏晤面？

　　李忍濤還是老樣子，每次見到他似乎都沒什麼變化，永遠年輕、永遠不疲乏，充滿了朝氣，只是寬寬的國字臉上兩道濃黑的眉毛現在緊蹙著，好像在生氣。他那挺拔的鼻子底下不厚不薄的嘴唇，此刻也抿得緊緊的，更顯得神情嚴肅、堅毅。他在室內來回踱步，像是在思考什麼。一見方恩首進來，他凝視了一眼：該死的小老弟，怎麼一下老成這個樣子了！趕快主動上前握手，盡管濤哥已是陸軍少將，是化學兵總隊長，是他的直接上級，官職比他高了許多，卻一點沒有官架子，仍是他親密無間的濤哥。

　　「赫赫有名的帥哥小老弟，怎麼變老了，瘦成精了？我們的軍餉真叫你吃不飽？」濤哥講話從來不掩掩飾飾的。兩位大學期間最知心的鐵哥們兒，多年沒見面的「老大」、「老二」，也趕忙起身緊握他的兩隻手，卻不見一絲歡樂的表情，滿臉沉重，也無半句寒暄，看來他們已獲悉棟棟的噩耗。其實恩首也是自進門後除了敬了個禮，沒說過一句話。

　　「今天時間特別緊張，要討論的事太多，請原諒不能顧及小老弟喪子的悲痛。開門見山，千里迢迢招集諸位來這裏，是命令你們清華『三劍客』，自今日起成立秘密化學武器試驗小組，研究日本人下一步可能採用的化學武器NK。」濤哥單刀直入切入主題。接著簡單分析了武漢失守後，抗戰進入戰略相持階段的形勢：日軍知道不可能短期內侵佔全中國，於是更頻繁地使用化學武器來幫助他們進攻。而我軍單是多辦幾期化學兵幹部訓練班，並從國外購回一些防化學戰的武器，是遠水救不了近火，連防毒氣彈的面具都只有八千多副，抵什麼用？真叫人心急如焚！

最近濤哥參加了一次國防部高級秘密會議，決定三方面
加緊行動：一是加強軍校、軍政部學兵總隊（即化學兵總部對
外的稱呼）軍官士兵對化學戰的訓練，學兵總部準備搬往大後
方，成立較大的化學庫、實驗室等基地。同時多購買、多配備
防毒器械、物資，以對付目前敵人的毒氣彈、芥子氣彈等。二
是在試驗、防禦新式化學武器方面，除基地有大型實驗室外採
用遊擊戰術，以「天女散花」形式，在沿海和內地建立六個小
型秘密實驗室，各自進行試驗，提供數據、報告，匯總研究情
況，以防敵軍對基地實行毀滅性攻擊，完全阻斷試驗。三是在
日軍的秘密化學武器實驗室，安插我方潛伏諜特人員，任務是
竊取研究情報。濤哥任三方的總統帥。他一再強調只有三足鼎
立，各自完成好自己的任務，今後化學戰的惡劣形勢才可能扭
轉。由恩首領導「三劍客」在香港的秘密實驗小組，就是「第
二」方面軍中六個團中的一個「團」。

濤哥陳述完了，可是下面沒人接話，整整沉默了三、四分
鐘。如此嚴峻的形勢，如此沉重的擔子，作為支撐整個化學戰
臺面的一條腿，這條腿要是斷了，桌面就會傾斜，能讓濤哥做
跛腳將軍嗎？

．

當初認識濤哥是在清華大學讀書的時候。李忍濤是他們
的學哥，又是學生自治會主席，清華學生誰不認得這位極有號
召力，長得一股英氣的學生領袖？學弟們雖跟他相差好幾屆，
但化學系學生不多，幾個尖子哥兒誰不相互認識？濤哥早就熟
知他的學弟中有號稱「三劍客」的，難能可貴的不單他們三個
成績都超好，而且他們相互不嫉妒，不拆臺，還來了個「桃園
三結義」：吳家少爺福源是老大；趙爾才不用說是老二；素有

「小天才」之稱的方恩首因為從小跳級，進大學才十五歲，當然就是小老弟。

濤哥畢業離開清華，準備以官費赴美，就讀有名的弗吉尼亞軍校化學兵器專業。在他動身前，他們四人相約在圓明園舊址Picnic歡送濤哥。清華學生來圓明園遺址遊覽的不少，卻很少有人選擇來這裏野餐，因為沒有平坦的草坪，沒有高大的樹木，只有斷了的柱子，以及雕樑畫棟的碎片。空氣中那股焦糊味似乎永遠凝固在那裏，所以連在夏天最愛聒噪的蟬，也不願選擇停留在這兒。野草卻從碎石中頑固地竄出來，蚱蜢、蟋蟀遊弋其中，給這塊地增加了一點生氣。

在毫無遮蔭的環境裏，吳少爺撿了一塊較平坦的大石頭，把桌布、面包、水果擺上。由於他比其他人福態，在這燥熱的陽光下，額上的的油汗直冒，不停地用遮陽帽當扇子煽，也掩蓋不了他一臉的精明相。嘴唇薄薄的，眼睛細細的，還不停地滴溜溜地轉，只是他那莊重、碩大的鼻子，跟細眼薄嘴似乎不太相稱，甚至有點矛盾，卻增加了一股誠信之氣。

「明白了吧，我為什麼揀這塊地方跟你們告別？」學弟們一一頓首，小老弟還加了一句：「八國聯軍圓明園之恥沒齒不忘！」「那就好，離開你們畢業雖還遠著呢，不妨說說看，有沒有什麼打算？我很希望你們中間也有人像我一樣，畢業後繼續學軍。中國太可憐了，還沒有建立過有實戰能力的化學兵部隊。」

看看學弟們一張張臉，顯然都有難色。原來吳少爺的父親——新加坡有名的輪船公司老闆，巴望兒子回去管理家族企業。他可以允許兒子讀自己喜歡的化學專業，將來也許還能兼做點化學生意，卻絕不會允許他轉學軍事。趙爾才出身書香門

第，修長的身材顯得有些單薄，臉上總是露出一種坦然、真誠的笑容，聰敏卻不外露，所以中過翰林的父親，只允許他在書香中尋求營生之道，比如教教書什麼的。而他自己也只喜好讀書、做實驗，不歡喜打槍弄炮，要是去學軍事，老爺子還不拼命？

那麼小老弟呢？濤哥的建議對他是有吸引力的，然而他年紀雖小，家庭負擔卻最重，哪像他們哥兒三人有顯赫的家世，以及豐厚的家產為背景？他極其尊敬的父親本人，也是靠半工半讀才受完高等教育，從浙江育英書院畢業，現任中學校長。方恩首作為長子，後面還有六個尚年少的弟妹，母親身體一直不好，沉重的家庭擔子就落在父親一人身上。他怎能棄全家於不顧，一個人去留學學軍事？他一畢業就需要分擔父親肩上的擔子，掙錢養家，幫弟弟妹妹攢學費，並找一個如母的長嫂來幫著照顧他們，否則父親真的會壓垮的。

三人歡完苦經，濤哥也不得不搖頭惋惜，在學軍的路上看來暫時沒法有夥伴同行。突然小老弟撿起四粒尖利的小碎石，攤在手掌心中說：「清華教育我們成才，一旦國家有難，就如圓明園尖石在握，我們一定報效！現在每人拿一顆帶走！」

圓明園一別至今近十年了，濤哥不僅畢業於弗吉尼亞軍事學院，而且還赴德國陸軍參謀大學深造過，真成為化學武器、化學戰方面的專家。

「還記得我們在圓明園的野餐會嗎?我們帶走的圓明園的石子還保存著嗎？怎麼不說話?!」這就是軍號！現在已經是敵人殺到自家的堂屋裏來了，不能再像十多年前那樣歡苦經，推三阻四的。「我們都被調來了，一切聽從指揮！」老大、老二相繼

表了態。小老弟還是沒開口，他已經完全放下教師的職務，投筆從戎，跟著濤哥在化學兵部隊訓練班當教官，學員對他的教學也是最歡迎的。說來他已經實現了自己的諾言，可是現在又要加重擔子，要挑頭負責一個小型秘密實驗室，他們的研究成果綜合起來，將直接影響到軍隊和人民的安危。必須容許自己多想一想，一旦承諾了，開弓沒有回頭箭！

濤哥幾乎發吼了：「啞巴啦？喪失愛子難道也喪失了記憶？忘記了咱倆在沈崇海追悼會上的誓言？！」……

沈崇海啊，沈崇海，我就是忘記了自己的老婆，也不能忘記你啊！在清華他倆雖然不是同系同屆的，但這個拼命踢球的學弟，土木工程系的「沈傻子」，全校都有名，自然跟喜歡運動的學哥「小老弟」更為熟悉。畢業後「沈傻子」不去蓋房築橋的大公司賺錢，卻又考進了杭州筧橋航空學校，學的是轟炸專業。杭州是小老弟的家鄉，他那時在那裏任教。沈崇海休假的時候，常常去他家玩，兩人談天說地喝上一杯不說，還帶孩子踢小皮球，崇海特別寵愛慧慧。「八一三」淞滬戰役爆發，六天後沈崇海受命炸敵艦，炸彈用完，飛機又受了傷，他便駕機衝向最大的日艦，以自己的粉身碎骨重挫敵艦，保衛中華民族。慧慧不知情，還一直在追問：「沈叔叔怎麼再也見不到？不來教我踢小皮球了？」在沈崇海的追悼會上，濤哥和恩首兩雙手緊緊地握在一起發誓：「清華學子，為了中華民族不惜粉身碎骨！」……

濤哥是了解小老弟的，於是不再顧他的反應，只管直接往下布置任務和具體安排：明年元旦之前，你們三人必須分頭趕到香港。元旦後上班的日子第一次碰頭，地點是皇后大街中

國旅行社接待室。這是一個剛把總社由上海轉去香港的商業機構，跟政府、軍隊有許多業務往來，絕對可信，也是今後的聯絡站。老大無需改名，繼續設法利用父親的關係，帶妻子去開一個西藥店，以便買進實驗需要的化學藥品，負責小組的一切外勤。

「老二現在還是單身吧？」「是，去年妻子不幸病逝，也沒留下孩子。」「你現在連個正式的女朋友還沒有，只需辭去現在的中學教師職務即可。這幾年中希望你不要交女朋友，更不要結婚，以免關係複雜。已為你安排好到香港中國旅行社，去當新招聘的半職職員，並以『表哥』身份住在小老弟家，跟他一起實驗。需改名周誠信，這是為了隱瞞清華化學系畢業的經歷，以及縣中學化學教師的身份。」

「至於小老弟的身份呢，比較麻煩。你出版了關於化學戰的兩本教材，又在化學兵部隊任教官，日本軍方不會不注意到你。現在需要你去中國旅行社，改行生意人，這需要理由：你以轟炸中喪子和腦震盪為由，馬上辭去軍中教官之職，然後借送家屬回上海之名轉身去香港，就說是因失憶不宜再教化學，改做生意，這話聽起來還能令人相信。你在中國旅行社任職，一邊還需要在香港大學學外科……」

小老弟一驚，「什麼？一邊任職，一邊試驗，一邊還要讀書？」「就是！因為在化學戰防禦方面沒有醫科知識不行。不過你學醫的事不能公開，否則極容易引起日本軍方注意。再則，戰爭形勢完全可能惡化，為了你們能安全地潛伏下來，你還需要有另一個身份。為此我們替你物色了因病休學在家的醫科學生高樂平，你去學校頂替他繼續學醫。校方有案卷可查，只要能按規定再讀兩三年，一定能發給你文憑。小老弟身兼三

職，辛苦了！我們完全相信，憑著你的高智商一定能完成任務。」恩首無言，只是深深歎了口氣。

濤哥掃了大家一眼，繼續往下講：「三人小組聯絡的代號是NK，因為你們研究的對象取名就叫NK，是一種尚匿名的化學光武器。試驗地點所以選擇在香港，因為它信息最靈通（包括國際信息），跟內地聯絡也特別方便。試驗進展情況通過聯絡渠道，直接交到我手中，再由我匯總情況，向上匯報並決策，只有上面下令才能停止試驗。」

交代到這裏，他突然住口陷入沉思，似乎還有什麼話難以啟齒，最終還是回過頭來問小老弟：「你夫人好像懷孕了，看上去肚子……幾個月啦？」「八個月了。」「領導方面覺得她現在不太合適跟你去香港，因為你們任務緊急，你沒時間照顧她，還是把她送到上海去生產，也安全。」「我一直帶著家眷的，到了香港可以為她找個妹子照顧嘛。」「你認為你的家還可以有外人住進來嗎？絕對不可以！那樣不安全！何況你馬上就身兼三職，上班、讀書、試驗，非但無法照顧太太和小孩，還需要一個人幫你、照顧你。」為了能盡快投身實驗，濤哥指示抵達香港後，需立即選擇合適的房子和「女主人」，領導已為小老弟物色了一個信得過的伴侶，有她這樣一個香港女人帶進帶出，是很好的掩護。

聽到這兒，小老弟猛然醒悟，趕忙爭辯道：「我太太是名門閨秀，聖瑪利亞高材生，拿得出手，也非常能幹，為什麼不能同去?」「嗯，情況我們知道得一清二楚。可是到了香港無論是語言、環境、人際關係，都需要有一個適應過程，你太太又適逢臨產，你們哪有時間過渡？！現在分分秒秒都需要爭取！為了國家的利益……」

　　小老弟憤慨地別轉身去，不想聽，心想原來你濤哥也不能脫俗，中國人一到關鍵時刻，就要拿女人來說事兒，然後披上什麼國家利益、革命需要的外衣，要你絕對服從，犧牲家庭和個人利益。這是自由婚姻嗎？至於語言、環境、人際關係，請問蔣經國從蘇聯帶蔣方良回來的時候，怎麼沒人強調這些勞什子問題，完全尊重他個人的選擇？濤哥你從德國帶李佩秀回來的時候，怎麼也沒人強調什麼問題，不也尊重你個人的感情嗎？到了我這個級別，為什麼就要求我個人承受家庭破碎的痛楚，這合理嗎？當他回過頭來想反駁時，望見濤哥痛苦無奈的眼神，結結巴巴的嘴，終於明白了濤哥只是在傳達、執行上級命令，他自己也許根本也沒想通，只是服從、傳達命令。他倆作為軍人無法向權勢挑戰，無可奈何也！

　　也許領導是對的，為了爭取化學防禦戰中的主動權，時間無疑是關鍵。有個熟悉香港的本地人做伴侶作幫手，既會講粵語，有比較廣博的人脈關係，又有現成的合適的房子，這樣即使初來乍到也能馬上開展工作，顯然領導考慮也有道理。反之麗珍去了，確實需要我的照顧。兩相對比下來，領導的「天平」一定傾向另找一個伴侶。小老弟再也無話可說，說了也無用，除非你違抗軍令。不，絕不能！於是他閉上了原來準備辯駁的嘴巴。上面看中的不就是清華化學系「三劍客」的忠誠、智慧和能力？面對日本侵略者可能大規模使用化學武器的嚴重局勢，自己還有討價還價的餘地嗎？

　　濤哥整了一下軍裝，昂起頭重新壓低了聲音點名：「高樂平！周誠信！吳福源！」一聲聲「到！」四雙手從不同的方向伸過來交疊在一起。「這裏有周誠信、高樂平的檔案材料，你倆熟悉一下。」醒了的方恩首，臉上一掃迷茫、沮喪、不滿的

神情，顯露的還是二十八歲年輕人的豪氣、勇氣、神氣。「清華學子，為了中華民族不惜粉身碎骨！」是的，同時也為了他失去的愛子棟棟報仇！

第四章　失憶的人

　　濤哥給方恩首刻不容緩的任務有三：一是馬上以腦震盪失憶為名，辭去軍中教官之職務。二是將妻、女立即送回上海，半年後才准許聯絡。三是去中國旅行社工作的同時，以高樂平的身份，在新學期開始趕到香港大學瑪麗醫學院復學。這三條哪一條都叫他頭皮發麻，但也正因為艱難，他充滿了傷病員重上前線，在衝鋒號吹響前的興奮。

　　一想起要辭掉教職，恩首就有說不出的不捨。他的父親，從來既做校長又兼課，學生和教師都歡迎老校長上課，他話語幽默，課堂氣氛民主又活躍，這在那個時代實在是開創了先河，跟他受教會學校教育大有關係，對西方的課堂教學方式頗得心應手。恩首作為長子，天生繼承了這種秉性，從小喜歡教書。他的弟弟妹妹多，功課比較差的都是他這個長兄做小老師幫補課。

　　清華化學系畢業以後，當時有許多新興的化學公司，願意出高薪請他去做工程師，可他卻選擇了在大學和中學教化學，薪水低些就多兼點課，甚至晚上還做家庭教師。他覺得接觸活人並教育成才，比單在實驗室裏做實驗更有創意。因為在化學領域，一個元素加上別的什麼元素，會發生什麼化學變化是可以預期的，若有什麼意外發生，這就是你的發現或發明。但人要複雜得多，一個家庭父親和母親生下的孩子，同樣的教養和生活環境，就如同你用同樣的元素摻進去，可出來的成品，從秉性、興趣、智商、脾氣直至成就，卻大不一樣，很難預計，那簡直是不可知的一段「化學變化」，教育就在這兒起了催化

作用。譬如他的祖父就是隨太平軍來到杭州的新登，住下了，成了一名鄉下人；父親從私塾到教會學校，以半工半讀完成了高等教育，在學校聽道接受了耶穌基督。父親跟鄉下人祖父相比，變成了全新的人，無論是信仰、教育程度抑或氣質。所以他執迷於做老師，願當一帖催化劑，為中華民族培養更多有純真信仰又有知識的人才。

為了抵制日軍入侵，他實現諾言投筆從戎，可還是在化學兵裏當教官，用自己專門為化學培訓班編寫、出版的教材教他們，為此他很有自豪感。彷彿自己像一個仙女，在用自己的魔棒——教鞭，給學生撥開神秘仙境——化學世界的面紗。他給學生講法國化學家、物理學家、諾貝爾化學獎獲得者居里夫人，講美國的物理化學家路易斯，介紹一九二三年他提出的關於酸鹼的新理論，以及近在眼前的一九三七年路氏對酸鹼、光化學等的新研究。得承認國際學術論壇不斷披露的路易斯的新研究，他只能從最新的美國化學雜誌上獲得一些信息，何況以現在的條件，想獲得一本最新的外國專業雜誌，簡直比買彩票中獎還難得多，接著說但我運氣好，中了獎所以能跟你們分享。聽到這裏，學生們哈哈大笑，覺得聽方教官的課是在輕鬆幽默中增進了學問。

恩首還在課堂上介紹：從第一次世界大戰以來運用的化學武器，像糜爛性毒氣之一的芥子氣。這時他總是用粉筆在黑板上寫出它的化學分子式，並再三叮囑不能粗心大意，抄錯一點就會出大問題。接著介紹又一種以路易斯命名的路易氏氣，照樣寫出它的分子式，說明這也是糜爛性毒劑之一，其揮發度和滲透力都大於芥子氣。這兩種毒氣都能引起皮膚紅腫、起泡、潰爛，甚至全身中毒。然後他在實驗室裏，向學生展示這些毒

劑的形態、氣味、溶解性等,而碰上漂白粉、苛性鹼等它們就會起化學變化,可緩解其毒性。不過,中國老百姓不像外國人家家灶頭上都備有漂白粉,怎麼辦?那就用洗衣服的鹼代替,這幾乎是家家都有的。在部隊裏,可由化學兵和醫護人員按一定比例,兌水稀釋,用作緩解劑。實在連洗衣服的鹼也找不到,那就只好用灶膛裏的灰,也是含鹼的,鄉下人有時拿它來洗衣服。只是此刻也許該讓老奶奶來做調配師,化學教官當參謀,你們就去燒飯,負責供應灶灰。這下學生兵又樂開了,嘻嘻哈哈笑個不停。

他介紹自己曾在武漢防禦戰中,有一次遭遇日軍施放毒氣,當時防毒面具根本不夠,平均一百五十個官兵才有一副,這不急死人!他一看指揮的營長都還沒得戴,便將自己的防毒面具套在營長臉上,對方還硬要推,他只得大吼一聲:「我是化學教官,是專家,比你懂,必須聽從我趕快戴好,保護好自己才能指揮戰鬥!」然後馬上叫士兵們將毛巾浸了水蒙在臉上。可是前線有時連水壺裏喝的水都沒有一滴,怎麼辦?不得不下令叫缺水的士兵都撒一泡尿,撒不出的哪怕滴兩滴也好似沒有。嫌臭、噁心?方教官大聲嚷道:「勞駕!讓嘴巴鼻子委屈一下,也總比丟命好。執行命令!」面對緊急情況的應付,展示了他的指揮才能,臺下一片轟動。真是聽一個好老師上課,雙方都是一種享受。

然而當下方教官站在講臺上,卻連一個連貫的句子都不讓他說,命令要他盡量裝出失憶和精神受了嚴重刺激而癡呆的樣子,要不然怎樣才能讓這個清華驕子、化學武器專家隱匿呢?培訓班班主任教官不了解真情,還在臺上大談遺憾:方教官如何在一次空襲中受傷,嚴重腦震盪,又受喪子的重大打擊,暫

時失憶、腦神經受損，不能隨軍服務，只得辭去教職，回家休養……底下是一片哀歎、唏噓、議論。「化學腦袋」的方教官，最出色的老師，怎麼會遇上這等倒霉事？結果連帶倒霉的是學生。休養一段時間還能再回來嗎？不能隨軍休養嗎？上級為什麼批准他的辭呈？這不太殘酷了嗎？學生兵七嘴八舌，亂成一鍋粥。最後結論還是得由領導下：隨軍休養不方便，而且化學戰這門課差不得一點點，現在方教官及家屬堅決要求辭職，怕貽誤學生，上級挽留不成，今天就開歡送會惜別。

　　人都說男兒輕易不彈淚，這些學生兵雖是學員，卻都經歷過戰場的傷亡，以及家鄉父老的生離死別，在這場嚴重的民族災難中，他們的心早已被磨練得十分剛硬。在尚未完成學業之前，就要以這種形式跟遭難的最愛戴的老師告別，不少人不好意思地在偷偷拭淚。而比他們更難過的是這位不能流淚的老師，因為他精神有點「癡呆」，只能木木地站著，現在才體會到要忍住不能流出來的淚，比流淚的痛要痛上百倍。他無計可施只得一味忍住，讓心流淚又流血。歡送會竟開成追悼會，也好，只有舊的方教官死了，新的高樂平才能活過來。他鞠了一躬，正要將軍帽摘下擱在講臺上，誰也沒有下令，突然全體學生兵唰地站起來，立正向敬愛的教官行最後一個軍禮。他不能回禮，默默地沒講一句話，走下講臺便三步併作兩步跨出了教室，留下一個高瘦的背影。

　　回到家，魂還沒回過來，恩首又得開始另一項艱巨的任務：立即帶妻女離開，還需背著人單獨將她們先送走。

　　在妻子面前他不能再裝失憶，因為太多重要的事要交代。麗珍根本猜不出他發生了什麼事，起先她還有些高興，因為他

被招見回來後情緒不但好轉，而且變得高亢興奮：不但開口說話，而且說得很多，甚至有些喋喋不休，好像注射了興奮劑。他彷彿忘記了棟棟的死，再也不提兒子一個字，將對兒子的記憶徹底埋葬了。只是有時還會坐在那裏發愣，表情惆悵。他告訴麗珍，自己因腦受傷，無法勝任教職，已向長官交了辭呈，因此必須馬上離開軍隊。她驚駭得半天說不出話，然後小心翼翼地詢問：「你覺得休養一段時間，也不可能恢復嗎？」回答只有兩個字：「是的！」她知道丈夫多麼熱愛、欣賞化學教官這個職務，可能現在健康狀況真的十分嚴重，只是他不肯告訴她而已。

是的，恩首向來是個很硬氣的男子漢，自她認識他以來，即使發高燒，也頂多吃兩片阿司匹林，躺在床上不過半天。這次他不聲不響躺了近一個月，已經將她嚇壞了，他腦子也許真的受了重傷，因此他做的決定她沒理由反對。「那麼咱們去哪兒？」「回上海。」她快要生產了，回到上海有娘家，醫療條件又好，自然贊成，只是不知當初他為什麼說服長輩，同意讓他帶了小家庭全體成員跟著軍隊走，現在棟棟沒有了，怎麼又想通了折回淪陷的上海？

麗珍萬萬沒想到，才離開晃縣半天的路程，中午在一個不知名的小村歇腳時，他才對她直說：計劃是讓人送她母女倆回上海，他自己要去香港謀生。她一頭霧水，反問道：「在這兵荒馬亂的年代，幹嘛要將家拆散？你去香港，我們也就跟著去香港嘛，憑我倆受的教育和能力，還怕在那兒養不活一家？」這個反應他早就料到，也知道她說的是事實。是的，一個清華化學系培養的佼佼者，一個上海名校聖瑪利亞女中畢業的高材生，兩人講英語就像說自己的母語，還能在英國殖民地的香港

找不到工作？當初他倆就是這樣堅持，表示即使在艱苦的戰爭年代，只要政府、軍隊同意，他們就要全家在一起。饑餓、喪子等種種痛苦都熬過來了，現在要去的是香港，又不是最前線，為什麼反而要分開？根本說不通嘛！

　　情勢嚴重，他必須連哄帶騙地「駁斥」她，編造種種連自己也不相信的理由來反對全家同行。這實在太別扭、太痛苦了，然而又沒有別的辦法，明知前面是一個會把人吸進去、會沒頂的沼澤地，軍令在身，除了伸腿前進沒有別的路可走。須知，連他想親自把她們送回到上海再去香港的方案，濤哥都不同意。濤哥始終硬著心腸，一再跟他強調：時間，爭取時間，一個戰士應該懂得時間就是生命的道理！就像在前線，部隊按軍令幾時幾刻需到達某地，那就一個時辰都不能差，絕不能討價還價，否則就有可能使整個戰局失利。恩首明白若是硬頂，會影響整個化學戰的計劃，這些話他自然不能跟妻子明講。

　　夫妻倆爭論到最後，反而一句話都沒有了，沉默地僵持在那兒。要是有的女子，丈夫作出再不合理的決定，都會一言不發地服從。可遇到麗珍這個當過學生會長的女人，受的是西洋教育，她覺得即使是服從也得把自己的想法說出來，與丈夫溝通，妻子有權利糾正不合理的想法。聰敏的她通過交談，明白他有難言的苦衷，便關切地問道：「你是不是有什麼事不能告訴我？是否軍令狀是要你一個人去香港？」他沒法再否認，也沒法承認，只有沉默。

　　眼見他的喉頭結在無端抽動，下意識地從鐵盒裏抽出一根香煙。從來不抽煙的他離開上海時，身上早就藏有一罐小小的圓鐵盒美麗牌香煙，長途跋涉中他們放棄了很多東西，他卻捨不得丟掉它，總把它帶在身上，緊要時刻用它來聯絡人情、打

通關節。此刻他並沒有將香煙放進嘴抽，卻把煙一段段折斷，然後把捲煙紙也撕了，黃黃的煙絲撒滿了破桌面，無聲地泣訴著自己的無奈，空氣中瀰漫著淡淡的香味。麗珍低下了頭說道：「是這樣，我不再多說，你安排吧！」她心裏清楚，假如命運安排他們一家要像這支煙一樣被折斷、破碎，那她即使磨破了嘴皮也沒有一點用，這就是時代的悲劇。

丈夫還是那麼專注地擺弄著這支煙，他心裏也在想：況且我們不是名牌香煙，倘若是，也許命運會有所不同，可惜我們家只是一支極普通的香煙，沒人能照顧你……

麗珍這一關基本上算打通了，恩首便趕緊交代：「我將你們母女倆交給一位去上海的朋友，順路帶回去，路上你一切聽他的，他馬上就到。這裏是你身上該帶的錢，連同我手上的結婚戒子，窮家富路，我們沒有別的金器，萬一兌開用了，將來還好再買。你照顧好自己、慧慧和肚子裏的孩子，別捨不得花錢。生了男孩，取名『松』，因為在他來的路上我們送（松）走了他哥，何況他這個輩分的男孩排行都該是木字邊；如果生了女兒，就取名『念』，因女孩排行該是『心』。就這麼定了。」他還交代了最重要的一點：以後一切信件寄香港中國旅行社周誠信收，盡管該收件人姓名不是他，也不要寫「轉」字，只要落款寫清楚，周先生自然會轉交的。抵達上海半年以後才可以寫信，信盡量簡單。這以後每隔三個月才能通一封信，他會盡量回信，收不收得到回信都不必掛心，上帝會保佑他的。雖然明知這不必掛心的話是廢話，在這樣的情況下分離，彼此能不牽腸掛肚嗎？但除此之外，他還能說什麼呢？

他把妻子和慧慧緊緊摟在懷裏許久許久，親了又親，以後

還能不能再抱、再親，真不知道！麗珍卻有一種預感：她將永遠失去丈夫！女人的第六感往往特別靈敏，可她不能用眼淚鼻涕來困擾他，纏也纏不住、捆也捆不住的，因為她清楚地感覺到：他雖不再是方教官卻仍是軍人，服從軍令是第一重要的。她擦乾了眼淚，留給他嫣然一笑，又把結婚戒子塞還給他，「我們很快到上海，不需要的，你一個人闖，帶著防萬一。」兩人推來推去，戒子掉在地上，滾到房角的灰堆裏，慧慧急急忙忙跑過去撿起來，把它還給爸爸，爸爸卻大聲命令：「交給你媽，好好收著！」過早懂事的孩子似乎也明白了，她和媽媽從此要跟爸爸分開，而且要很長時間，頓時哭得淚人兒一般，把眼淚鼻涕糊得爸爸一臉，他也不用手擦掉，十分珍惜女兒留給他的香吻。

　　妻女由來人帶走，他不願意佇立多望一眼她們的背影，趕緊轉過身來跨出大步離開現場。他心中有數，此後只能將她們擱置在心頭的一角，甚至最好忘掉——當然這是做不到的。因為從現在起，他還有另一個角色高樂平要扮演，必須即刻進入角色。人畢竟是人，不像機器一按電鈕程式就會全部轉換、消失。作為人，本來活著就很痛苦；作為軍人及其家屬，就更痛苦；作為秘密軍人、間諜及其家屬，經歷的痛苦不能說，沒人訴，眼淚只能往肚子裏咽，變成一顆顆滯留在體內的子彈，這尤其是苦中苦。

　　沿途所見觸目驚心：到處是血肉模糊的殘肢掛在廢墟和燒焦了的樹梢上；彈坑、屍體、汗血佈滿蒼老的大地；擁擠、疲乏、衣履不整、帶著傷病員撤退的軍隊；面色饑黃、拖家帶小、沉默地掙扎著的老百姓……。恩首深感在部隊裏時，由於

有團隊支撐著每一個人，自己還是強大的。抗戰會是長期、艱苦的，他相信中國一定會勝利。然而當一個人混在難民和傷病員中時，就比什麼時候都悲哀而沮喪，這場災難什麼時候才到頭？不，……不能再去想這些消極的東西，現在要緊的是想任務，趕在春季開學去上課。

　　刻不容緩，無論是走路、乘車，最後由汕頭搭船前往香港，反正一定得及早趕到！於是他很快消失在人群中，再也見不到這個方教官的蹤影，自我感覺像是一頭衝下懸崖的野牛，是直接墜落崖底呢，還是能神奇地著陸？不！必須安全著陸，為了這個多災多難的民族。

第五章　新的開始

十二月，香港的冬天比起武漢、上海來，真可以說得上是溫暖如春。怪不得相隔不遠的廣州，每年陰曆新年都有花市，家家戶戶不論貧富都會插上那麼兩枝花，增加喜氣、吉慶。現在廣州已落到日軍手裏，當然不談了，但花兒並不理解人們的心情，照樣在香港怒放。

脫下笨重的棉衣，穿著毛衣和夾克衫的方恩首，把鬍子刮得乾乾淨淨的，褪下了老氣，顯得年輕多了。本來他要頂替的高樂平就比他年輕四歲，還沒結婚呢。他一到香港，氣都不敢喘，就提著籐條箱先趕到學院報到，辦復學手續，理由自然是：他因前幾年回家探親，遇上翻車的重大車禍，嚴重腦震盪，曾暫時失去記憶，故家裏為他申請休學，現在經過四年的治療、休養，已經恢復，就回來繼續學業，爭取跟現在的外科三年級一起上課、畢業。

香港大學新生註冊處的那位英國老太，從老花鏡底下瞄了他一眼，問了他幾個在數月前就遞上的、復學申請報告中早已說明的問題，他用英文流利地回答了。她核對了一下檔案，就給了他一張用英文打字機打出來的表格，叫他填好後去瑪麗醫院——香港大學的醫學院，醫科生受教和臨床實習都在那裏，因此選課、上課和實驗等具體問題都得在那兒解決。可是路該怎麼走啊？高樂平該知道的，而他不知道。出了門問行人？華人都講廣東話，在他聽來比天書還難懂。那麼去問英國巡警？又太招人耳目。他只得婉轉地向老太說四年沒來香港，不知交通情況有無變化，請求她指點。老太太倒好說話，拿了一張複

寫紙印出來的英文紙條，上面標示得很清楚，這原是為初到香港的新生準備的。他如釋重擔，再三致謝並呈上一個笑臉。他知道自己長得俊，笑起來很討人歡喜，這是到一個陌生地方求生存法寶之一。但這個笑容才展露一半，便在臉上僵住了，現在他是高樂平，假如原來這個人不愛笑，表情趨於呆板，那不是容易露餡兒嗎？其實老太太連頭都沒抬一抬地在忙自己的事。

離開高踞西高山、有著新古典主義風格、氣派雄偉的瑪麗醫院，他才感到自己已饑腸轆轆幾乎要虛脫了，為了趕緊辦好手續他拼命地趕，早餐、中餐都沒吃呢。好在香港是老饕的天堂，一下山他馬上跑進一家廣東館子，東指西點地就吃下了一堆不知名的點心，真過癮！

好在離他仨碰面的元月二日還有三天，他先得馬上去拜訪一位女客，這是濤哥不准他向麗珍透露的秘密。可現在還只是下午，必須等到晚上八、九點，才是見她的好時機。於是他找了一家還比較像樣的客棧住進去，說好先住兩三晚再做決定。洗了澡，換上剛買來的西裝、襯衫、領帶，還請茶房代勞將滿是泥漿斑點的皮鞋擦擦亮，又問清了搭車路線，他這才放鬆下來，在籐條椅上打了個盹兒，幾乎是頭才靠上椅背就墜入夢鄉，這一路太累了。

香港的夜市，比起遠東第一大都會的上海似乎並不遜色。即便是冬夜，又馬上要過陽曆新年，也不妨礙行色匆匆的人流，投入到燈紅酒綠的夜生活中去。雙層電車是這城市的招牌，從遠處駛近來就像一座小洋房在移動，還配著叮當的音樂。三步一酒樓，五步一茶館，永遠擠滿了填不飽的「香港

胃」。從店裏傳出來的香味和吆喝聲，猶如發酵的酒池，引誘更多的「老饕」撲進去。隔壁的麵包點心店，又以它永遠不消散的特殊香草味、烘焙味，向行人諂媚討好。時裝店櫥窗裏的模特兒，穿戴著三十年代引領世界潮流的時髦款式，矜持地微笑。恩首一路走在有門洞的熱鬧街市上，領略著似熟悉又不熟悉、像上海又不像上海的都會氣氛，眼睛和腦袋都滴溜溜地轉。

紫羅蘭舞廳座落在幾條馬路的交叉口，真是得天獨厚。而今私家汽車和出租汽車，已經將它包圍得水泄不通，客人必須走幾步才能跨進去。

九點了，這正是舞場熱烈氣氛的起點。臺上吹黑管的兩腮鼓鼓，全神貫注。恩首沒注意這位胖子，眼光卻來回掃過舞池及旁邊的桌子，最後落在一位小姐身上。她的胸脯並不特別發達，纖細柔軟的腰身和微微向上翹的臀部，彌補了這缺陷，彷彿一株稍稍傾斜的桃樹。據說這樣的桃樹結果特別豐盛，當然在這裏人們看重的絕不是果實。遠遠望過去看不清她的眉眼，只見一朵玫瑰笑吟吟地綻放在臉上，引來周圍的蜜蜂嗡嗡忙個不停。他知道她不是這裏的頭牌，而是頭牌出場前的墊補，也許等一會兒她會比較空閑。他得等，就先坐下，要了一杯咖啡。

半個小時過後，《藍色多瑙河》的曲子響起來了，瞅一個她的空檔他趨步上前，做了一個邀請的姿勢，便挽住她的腰走進舞池。這才看清她長著一雙鳳眼，不算大，眼膏幫撐了場面；鼻子很挺拔，也是她臉上最漂亮的部分；嘴唇厚厚的，微微往上翹，是最性感的部分。聰敏的恩首看了一眼，便明白濤哥他們為什麼選擇她。這個女人嫵媚又不太招眼，柔順又有股

子剛氣，討人喜歡又叫人不太敢惹惱她。

「我是方恩首，還記得我嗎？上次衡陽一別我一直想著小姐。這次來香港中國旅行社做事，還有兩天才上班，我馬上就趕來會會你，就不知道你還想著我嗎？」編纂的故事是他倆過去就相識，有過一段交往。她的反應極其敏銳，立即擺出一副老情人重逢的樣子，忘情地投入他的懷抱，用拳頭輕輕敲打三下他西裝上衣的口袋，這是預定的暗號，表示她早有所知，一定配合。「你這個死人，怎麼死到香港來了？我還以為你早把我忘記了呢！你能先來紫羅蘭看我，倒還算有點真心耶！」

粉紅色喬其紗的旗袍，寬大的中袖使得丁香的臂膀袒露了一半，高高的開衩又使得大腿幾乎全露，就是領子似乎嫌高了一點，使原來柔美的身形僵化了三分。她的身體現在就像一隻剛燒熟的蝦子，在他的肩頭和臂彎裏蜷曲著。她身材也算得上高挑，幸虧他有一米七十八，個子矮了還真不好伺候。她緊貼著，他覺得很不習慣，想推開些這個女人，她卻靠得更緊了，聞得到他身上的汗味。「什麼時候到的？今晚您落腳在哪兒？」「箱子行李還在春來客棧擱著呢，去辦了點重要事情就奔來看你。今天實在太累了，明天再去你的住所拜訪，好好親熱一下。你看什麼時候方便？Sweet heart！」他低頭吻了一下她的額頭。

恩首必須找一個合宜做實驗的居所，香港中國旅行社的宿舍自然不行。為此領導真是傷透腦筋，花費了不少時間，因為房子必須靠海，實驗的廢料才容易處理；房子必須是獨立的，才便於保密；但他剛來報到，只是高級職員並不是一個有資產的生意人，哪來錢馬上訂下獨立房？

首要的是給他找個有錢的配偶，供他吃住、安心上班、

上學，暗地還要試驗。這女的得可靠、有錢、家庭關係簡單、聰敏又不要太招搖的，這些條件缺一不可。可哪去找這樣的女人？真是！挑了又挑，撿了又撿，篩了又篩，選了又選，比選美難得多，最後才定下丁香。她在紫羅蘭是二牌，人脈也算比較廣。最要緊的是她可靠，父母早亡，只有一個哥哥在國民政府裏任職，官職好像有點神秘。丁香這唯一的妹子是哥哥早年就從家鄉帶出來的，供她上了中學，在學校聽從他的話入了三青團，彼此關係極親，凡事她都聽他的。高中畢業她就從衡陽來到香港，哥叫她去做舞女，說有一天會用得著這樣的人，她覺得十分委屈，最後還是聽從了。在紫羅蘭一呆就是七年，前幾年求婚的不算少，她都未應允，誰也不知她究竟在等誰，因聽說上面有什麼人「罩著」，所以也沒誰敢冒犯。問題是年紀已經二十七了，再不婚嫁真要「過氣」了。幾年來她收入不算少，還常有捧場的饋贈，所以一年前買下了海邊的獨立洋房。

　　恩首第二天上午來到這座洋房跟前，只有一條小路通向它，鄰近沒有人家，只是五十米開外錯落著幾間平房，其中還有一家小吃店。建築該屋的原主人似乎只屬中產階級，好僻靜，不豪華。從鐵門望進去，一個小小的花園，種的多半是灌木和喬木，不多幾簇花，秋海棠現在還沒綻放，只有臺階上幾盆紅劍顯得很有生氣。這樣的院子無需請花匠。房子也只是平房，那尖的屋頂是為了避熱，閣樓可做儲藏室用，處處顯出原主人的精打細算。說是獨立洋房其實就是民居平房，帶一點空地。丁香自己親自來開門，把恩首迎了進去。今天她沒有濃妝豔抹，沒有高領子箍著，反而顯出她清純活潑的一面。一個菲傭正幫煮咖啡，香味滿了一屋子。除了客廳，還有兩間臥房，

一間書房雖小小的，卻朝南，陽光曬了半間屋，丁香一張舒適的躺椅也擺在這兒，可見她常愛呆在這裏。沒有書倒有一架唱機，一摞唱片。她還特意帶他看了一下閣樓，一統，斜面屋頂佔了大部分，但中間可以將腰挺直的面積，倒也差不多有一個房間大，有天窗，照明也不錯。閣樓上也有衛生設備。他簡直滿意得不能再滿意了，看來挑中丁香，十有八九是相中了這房子，他不能不為她感到淡淡的悲哀。

「我的積蓄也就夠買這樣的房，說不上豪華，不過很舒適，兩個人住夠大。你覺得呢？」「我很滿意，離醫院、旅行社都不算遠，從地圖上看好像是個倒三角。我什麼時候可以搬進來？」「你倒會撿便宜，曉得我買好了房，就來享受現成的，我前世欠了你多少？用什麼來補償？！」她很機靈地裝著他的老情人的口吻。「親親、香香來補償，行嗎？」他勉強摟著她倒在一張單人沙發裏，擠著、親著，活像一對歷經磨難又重逢的情人。借親她的機會湊在耳根跟她說：「過兩天將決定我什麼時候還要帶一個人來住，他算是我的『表哥』。」她點點頭表示早已知道。

元月二日早晨起來，天氣霧濛濛的，倒特別暖和，像春天提前來臨。前天恩首雖然白天去過丁香的寓所，晚上還是再去舞廳，為了多露露臉。丁香也像喝醉酒，得了「昏姻」狂喜症那樣，逢人就講自己久所等待的情人到香港來了，馬上要跟她訂婚。她一下就顯得年輕了七、八歲，像二十剛出頭，有時喜鵲似的嘰嘰喳喳，有時又像含苞待放的花朵兒似的羞澀矜持。人們都說愛情真不簡單，一下便讓這個快要成老姑娘的人又活回去啦！

第五章　新的開始

　　恩首西裝筆挺地從客棧出來，先去吃了早茶。香港實在是飲食的聖都，每一頓都讓你有驚喜。然後早早就乘車去中國旅行社，在皇后大道附近溜達溜達，觀察、熟悉地形，一到約定的時間，就昂首挺胸往門口走去。進入B4接待室，出乎意料，兩位哥們兒都已在桌邊等著呢。他知道每個人的旅程其實都充滿艱險，但都拼著命准時趕到。吳少爺的圓臉拉長了不少，細細的眼睛裏充滿了血絲和疲累，明明天氣不冷大鼻子卻紅紅的，像是凍著了似的。見到了「三劍客」的義兄們，恩首嘴都合不攏了。趙爾才——不，現在該叫周誠信，最狼狽，原來就高瘦單薄的身子，現在似乎連新西裝都掛不住了，就像有些商家門口撐著的硬紙板人，在風裏抖抖索索、搖搖晃晃，連笑臉也是僵的。「我已經兩天兩夜沒合眼了，現在只想在地毯上睡一覺。」恩首摟著他倆的肩膀，能有這樣的兄弟，在任何困難前他心裏都踏實。

　　碰頭會沒開多久。吳少爺已經將資金匯總，鋪面都看好，並已去市政府商業局申請登記，就等批准執照了。聯絡站這兒一下令就進貨，店鋪就可開張，他等於已經提前做好了一切準備。周誠信前一天後半夜才趕到香港，連歇腳的地方還沒找好，今天直接拎了一隻箱子，就來中國旅行社應聘，現在已招進來了，明天來上班。恩首即日起會在中旅社辦公，而他的另一個「化身」高樂平，也已順利地辦好註冊復學手續，兩天後開學上課。至於丁香的房子，早已去視察過，當然可以立即搬進去同居。由聯絡站決定何時可將周誠信作為表兄帶去合住，反正已找好理由：由於初來香港新任半職，一時找不到便宜居所。恩首也已開始跟丁香學廣東話，這很重要。總之，一切進行得還順利，是個良好的開始。

　　恩首如期搬進丁香的住所，已將菲傭辭掉，十天後又引進周誠信，讓他租閣樓住，後門進出，雖是親戚照樣收租金。舞廳的姐妹們都在傳說：現在的丁香可真會節省過日子，有人還笑話她摳門，跟以前變了個人似的；有人同情她不容易，畢竟馬上準備辭職，將來結了婚只有靠一點儲蓄過日子。在她們眼裏，恩首這個生意人只是個職員，雖說是業務臺柱之一，畢竟沒有什麼錢，沒有資產，而且聽說他好像結過婚，有妻子，真是那樣，丁香嫁給他不是當「小」嗎？豈不虧了！她怎麼情願呢？既沒錢，又沒位份，傻不傻？不過話說回來，她嫁的那個男人又高又俊，鼻樑筆挺，一雙招財進寶的招風耳朵，一笑起來，那雙咪咪眼真叫人愛，恨不得上去啃他幾口。所以丁香這個現代杜十娘也就值了，但願她有個跟杜十娘不同的好結果！

第六章　多重人生

皇后大街車水馬龍，恩首每天去中國旅行社辦公半天。總社的業務是很忙的，得規劃開闢新的分社和水陸運輸線，接受政府和私人的委託運輸物資、轉移財寶，樁樁件件責任重大，來不得半點馬虎，一個上午生意經塞得腦子滿滿的。下午周誠信來接替他，對中旅社來說，他們兩個就當一個人用。

下午乘公車趕去醫院，就得完全換個腦袋、換個身份。瑪麗醫院的主樓有八層，建築材料是在鋼筋水泥外面再塗上一層化學塗料，看起來就像是石頭砌出來的，很氣派、壯觀。特別是醫院的醫療水平和設備，算得上是世界級的。原來跟高樂平同屆的同學早已畢業，醫院裏的醫生教師誰也不會對這些流動性很大的學生有多少印象，他們印象最深的只是一些特殊病例，所以誰也沒對現在的高樂平產生什麼懷疑。要緊的是他得像個復讀生，除了跟上現有的進度，他還得補以前的課，不然他就會在醫生這行業上害人、殺人。以致整整一年他得拼命地讀書補課，除了病例、藥名，什麼都進不了大腦。

晚上八點回家後考慮試驗的事，又得換個腦袋，幸好前面的籌備、進貨、建立實驗室等都由兩位兄長去照顧。並且好在醫學本身是以化學和生物為基礎，他又長了一顆「化學腦袋」，所以腦袋、身份的頻頻轉換，還不至於糊成一鍋粥，否則在做生意時想到藥名，該動刀時規劃接受新業務，做實驗時以為是開處方，那不鑄成大錯才怪！

眼看恩首身子消瘦下來，丁香的朋友都喜歡跟她開玩笑，說什麼：「悠著點，別把你家小白臉吸乾了，看他快瘦成精

了。你們還是快結婚吧，變成老夫老妻大家心就定了，哪像你
們婚前就這麼急吼吼的！」丁香心裏委屈得不行。是的，她第
一眼看到恩首就喜歡得不得了，做夢也沒想到送上門來做情人
的竟是絕頂聰明的帥哥，長得跟好萊塢電影明星格裏高利‧派
克一個等級，簡直就是天上掉餡餅的好事兒。本來她覺得聽從
她哥每次都沒好事，他讓她來當舞女卻不同意她跟相中的人訂
婚，他決定的一切的一切，都說是為她好，為國家好。其實生
活在香港越久，國家的意識只會越來越淡。她只知道年紀一天
天大了，再下去二牌也當不成！沒想到哥畢竟是哥，像變魔術
似的在壓軸戲裏變來了個方恩首，一個可心的情人。

　　見到恩首的第二天，丁香就恨不得留他在自己屋裏住下。
好不容易等到他住了進來，卻是個中看不中吃的傢伙，整天泡
在中旅社、醫院的教室、病房、圖書館裏，弄得渾身藥水味。
回來後想趁他洗好澡，至少可以說幾句話，稍稍親熱一下。他
可好浴室門一開，馬上溜進閣樓，反鎖起來。實驗不知做到幾
點，也不知道他睡幾個小時。早上她還沒醒他又已經出門了，
簡直搭不上話、見不著面，豈不是跟一個「木頭書櫃」做了情
人？她心裏那個癢癢痛痛，比揣了幾隻貓在懷裏還難受。

　　一天晚上丁香下定決心，無論如何堵在浴室門口，非得
跟他理論理論，他這樣的表現絕非當初接頭時說定的那樣。是
的，是假戲，可也得真做，不然被鄰居、姊妹淘發現了，你和
周誠信怎麼住下去？還談什麼秘密試驗？那就是八字有了這一
撇沒那一捺了！

　　這天晚上恩首回家已經九點了，看見丁香穿了桃紅色緞子
的睡裙，袒露著半個乳峰，外加一件白色開司米開衫，坐在客
廳的沙發上。他一見苗頭不對，連招呼也不打，就直奔臥室，

並把門栓插上，看來不準備出來洗澡和上樓做試驗。她不管閣樓上「表哥」已經回來很久，硬生生地站在恩首的臥室門口嚷道：「你不用躲，我並不吃人，只想討個說法，你心中該有數當初不是這樣約定的。你要毀約並非不可以，我們明天就去說明白！」話音不高，但閣樓上應該聽得清楚。至於屋子外面是不是聽得見，她想不至於，措辭她也是想了又想的，一般人聽不懂。

說完就走開了。她也有自己的驕傲和矜持，要不是當著「表哥」的面該注意彼此的關係，盡管喜歡他也早就甩臉了。她可以為大事犧牲小我：他們中意的房子，我可以騰出來讓他倆住，進行秘密試驗；但不能將我的面子、幸福全都搭上，誰這樣對待我都是不合理的，我自然可以不接受！隨及將自己的房門「砰」一下關上了。這晚就這麼相安無事過去了。

第二天，恩首居然七點多就回家了，比閣樓上的「表哥」還早。他和顏悅色地抱了抱給他開門的丁香，似乎是道歉地說：「我最近真的是功課、工作、試驗忙得暈頭轉向，太累了，別的什麼心思都沒有。原諒我，Sweat heart！」就像普通夫妻吵架以後那麼摟摟抱抱，說說軟話，彼此之間就什麼冰塊都融化了。白天她準備的一籮筐的話，諸如要他跟房子去訂婚啦，要他去見她哥啦，結果什麼都沒說出口，就把他拖進房裏去了，連「表哥」什麼時候回來的，都沒聽見。她的他真是條漢子，約定的終於說到做到，這晚假戲真做了。

恩首聽著丁香在他懷裏均勻的呼吸，聞著她身上發出的淡淡的香味，她的長髮散了一枕頭，直到他的脖子下，他挪開了幾綹她都沒動。知道對方已經滿足地睡沉了，他也了無白天緊

張後的勞累，原本一天滿腦子塞滿的地名、噸位數字、藥名、骨骼的名字，幾乎繃斷了的神經，現在全恢復了。當雄壯的進行曲變為紓緩的浪漫曲時，他陶醉，他享受，撫摸著丁香柔軟、富有彈性的胸脯，就像吃奶的孩子偎在媽媽的懷裏，真想就這樣睡過去，跟她一樣，太舒服了。

可是他根本睡不著，沒一會兒戰鬥的軍號又吹起，兩個方恩首登場彼此使勁兒掐：一個邊打邊罵，你個沒臉沒臊的，國家在遭難，麗珍和孩子還在淪陷區受苦，你倒好在這兒摟著別的女人享受雲雨之歡；一個邊打邊申辯，這是上面安排的，交代任務時就說不僅要做情人，還要跟她做夫妻，要假戲真做。我前些時候不做，結果還挨了批，那還能怎樣？作為一個男人，我也已經憋得沒命了，麗珍在萬里之外，我能一直做和尚嗎？就算我能做和尚，又憑什麼拖丁香做尼姑？她是那麼的無辜！她喜歡我，按說定的要求過夫妻生活，難道這有罪嗎？於是兩個恩首掐啊，打啊，直到腦子麻木，人也好像昏死過去，剛才來不及脫掉只是敞開了的襯衫，全部紐扣已不知不覺地給掐掉，散落了一床。

激情過去，他一直盡量不去思念的麗珍、慧慧、棟棟又都從潛意識裏擠出來，刻骨銘心的親情讓他感到極其羞愧，壓得他心頭生疼生疼。他長歎了一聲，翻了個身。新生的孩子也不知是男是女，像我還是像麗珍？最好是個男孩，像我，這對父親和麗珍會是個安慰。不，其實是自己更想要個男孩，像棟棟，這對我是個安慰……窗外傳來海浪一波又一波拍打沙灘的喧囂，不一會卻靜悄悄地退走，像現在熟睡的丁香那樣安靜。吹進園子的海風掠過樹叢和灌木，已沒有冬天的淒厲，只像個頑童在喧鬧，大聲報道：「春天來了！春天來了！」上海春天

來了沒有？麗珍也像我一樣，在春天感到特別寂寞嗎？

　　第二天恩首像個大熊貓，眼眶底下黑黑的。丁香不敢作聲，她瞅著這一床的紐扣，不明白是怎麼回事兒。再看看眼前她的男人，似乎慢慢緩過勁兒來，臉色漸漸好看起來。

　　就這樣一天天過著，日子似乎也還平靜。經過一個多月，周誠信每天將老吳採購的東西攜帶回家，閣樓上的實驗室已初具規模。比恩首拼命讀書、做生意，他倆張羅試驗的事可說是更辛苦、更費腦子。他很羨慕老吳有賢妻卻沒孩子，太太一心撲在他身上，硬把他調理得有模有樣，自己借著「表哥」的關係，晚上總能借點光，喝到這個營養湯那個煲的。他下午去上班，一個單身漢賺的錢都花在午餐和下午茶上了，吃遍Office周圍的名店，難得還會跑到旺角、尖沙咀去享受一下。所以他就不再是「破衣架」，已變得神氣起來，一副好模樣，很多同事和朋友都忙著給介紹女朋友，而他卻一點兒不上心。

　　始料未及的是，一封家信一下打亂了這看似平靜的局面。麗珍很遵守約定，生下孩子都沒寫信來報喜，一直苦等到滿了半年。這天晚上恩首回到家已經八點了，看見表哥似乎故意沒上樓在等他。待丁香轉身去放洗澡水，表哥便塞過來一封信，沒吱聲，只拋了個眼神，他便明白了，趕緊躲到自己房裏插上門栓。信是用英文寫的，也許麗珍覺得中文比較難表達心中綿綿的愛意，能以英文思維的她，用英文寫信更得心應手。這樣「Darling」的開頭；「Love you；Kiss you」的結尾，都很自然地溜出來跳到紙上。信中所說譯成中文是這樣：

　　離開你已經半年了，心中無時無刻不牽掛著。孩子出生也

已五個月，

　　按你說的取名「念」，像你。慧慧極喜歡妹妹，她很想念爸爸。

　　我已開始家教，每月收入尚可，勿念！父親幫忙我半年，前天他已跟小妹一起去找五弟、六弟他們，所以白天兩個孩子交給阿香帶著。姆媽身體還好，常記掛你。你在外千萬不要節省，飲食要有規律。

　　信寫得很克制也很謹慎，連父親去內地找幾個弟弟都不敢明說，一定是在上海生活太艱難，才不得已長途跋涉去找兒子。他知道父親一直非常疼愛麗珍，尤其自己不在，一定會千方百計幫忙這個痛失兒子的媳婦，阿爸內心的痛又能向誰抒發？自己實在是個不孝的兒子、不盡職的丈夫……。唉，生的竟是個女兒，不能彌補棟棟的位子，心裏很有一種失落感。他知道自己雖然受的是西方教育，從骨子裏卻是個中國男人，重男輕女，一聽說是個女兒，就對這個新生嬰兒沒有什麼思念。而對麗珍和慧慧的牽掛，就像一隻沉沉的秤砣，重重地墜在心的一頭，只要他稍微享受一下丁香的溫情，秤杆就翹一翹，秤砣就擊打一下他的心……

　　他很想擺脫這種痛楚，罵自己不像個大男人。世界上哪個男人不是饞貓，不偷腥的，自己實在無需這麼心虛。但他就是這麼心虛、這麼矛盾，在一個好兒子、好丈夫、好爸爸和一個偷情的饞貓兩種身份中掙扎著。尤其在這個接到麗珍來信的夜晚，他愈是知道妻子做得十全十美，無暇可擊，連父親也承受了極大的犧牲，就愈是覺得自己對不起家人。他無顏跨出房門去吃晚飯，一直在房間裏來回踱步，襯衫的紐扣又被他全部扯

掉了。突然感到腦子和身軀全都空掉了，一個藥名和病症徵兆都記不住，……他倒真寧願自己是個廢人，沒心沒肺，不需要負任何責任。他第一次認識到：自己實在很軟弱。

　　這夜周誠信也很不安，也在他的閣樓裏來回踱步。他知道是麗珍嫂子來信了，他認識她，真是位無可挑剔的賢妻良母，堅強、獨立、能幹。然而為了他們在香港的身份和試驗，卻要讓她承受家庭破碎的極大痛苦，這實在不公平。可他又能怎麼樣呢？他是既同情小老弟又懷念麗珍嫂，有時也不能不可憐丁香。唉，都是打仗打出來的事，好好一個家為抗擊日寇的化武戰被拆散，他卻只能袖手旁觀，覺得自己真不是個東西，心中真不是滋味。

　　丁香不知發生了什麼事，她已學會了忍耐，可心中明白恩首不願出來洗澡、吃晚飯，一定有他的煩心事，這個時候勉強叫他開門，一定碰個一鼻子灰，反而遷怒於自己。所以她獨個兒扒了兩口飯，悄悄地撤去桌上的飯，只給他留點粥，等他自己開門肚子餓了好墊墊饑。

　　她坐在搖椅裏試著給自己催眠，可是越催越清醒。隔壁房間和閣樓上兄弟兩人的踱步聲相互交叉：一個穿著皮鞋——他進門連拖鞋也沒來得及換，滴滴篤篤，很沉重很煩躁；一個穿著拖鞋剔剔撻撻，很憂心、很遲緩。她沒聽到他倆講一句話，卻深知樓上樓下這對兄弟是在為同一件事煩惱，她卻只能坐在這裏等待，無能為力。半開的窗戶外飄來新種的夜來香濃烈的香味，她想像著一身素縞的朵兒在晚風中搖弋的身影。憑女人的第六感，她想這事跟他的太太有關，對方的確也是個可憐人……

第七章　養狗人家

　　在忙碌中時間就像被偷走了皮夾子，一眨眼就不翼而飛，待失主發現還能上哪兒去找？恩首白天上班、讀書、實習，晚上試驗的日子，已經大半年了。現在偶然會回家吃晚飯，假如表哥也回家吃晚飯，他們就邊吃邊討論試驗中發生的問題或結果，以及目前應有的的程序，到了閣樓上他倆就盡量少出聲。有時一項試驗需持續等待幾天才見分曉，那麼這幾天便是丁香最開心的日子，因為兩位老兄會比較專心吃飯，而不會食而不知其味。丁香的姊妹淘都笑話她，以前是頓頓飯在外面吃的人，舞廳辭職以後居然自家開起伙來了，還不請妹子（婢女）幫忙，自己買了一本食譜，照葫蘆畫瓢。其實她也完全可以頓頓領著全家吃外賣，在她家不遠處就有一家臺灣人開的小吃店，什麼日本料理、牛肉麵、家鄉過橋米線、臘腸油炒飯、窩仔面……什麼雜七雜八的都能吃到，省了功夫，味道也不錯，還不貴。但她知道自己家不能讓人送外賣上門，恩首也不樂意她多跟鄰居搭訕，便借口先生胃口清淡，喜歡吃她自己動手燒的菜。姊妹淘都說她像換了一個人似的。

　　其實丁香是有苦說不出，好幾次她辛辛苦苦弄了幾個菜，吃完晚飯問他倆味道怎麼樣，一個是今天吃了什麼也不知道，但至少有一個歉意的微笑；一個臉一板說：「你煩不煩？！」轉身就上了閣樓。他什麼時候下樓睡的覺，她根本不知道。第二天她盡量早早地醒來，想給他做早餐，卻總只見飯桌上殘留的牛奶杯子，以及咬了大半塊的麵包，他已經算吃完早飯，上班去了。估摸一個晚上他最多也就睡了五個多小時。她實在心

疼，但又能怎麼樣？晚餐時刻是能見到他面的唯一機會，也是給他進補的最佳時機，怎能不珍惜，不拼命燒點什麼！好在香港食材是最多最好的，各類海貨既便宜又新鮮，各色補品也名目繁多：人參、西洋參、鹿茸、腦白精、魚肝油……，特地買了一大堆。她的生活中心就成了買食物和補品，同時把衣服送出去洗，而在家就是揀揀洗洗，研究菜譜，為燒一頓晚飯忙一天。現在很少外出買衣服、皮鞋、化妝品和首飾，不過仍保持有一定的社交圈，派對、舞會和姊妹淘的聚會，還是要參加的。這固然跟以前的生活大不一樣了，她卻並無怨言，姊妹淘背後，有的嘲笑她，有的卻帶著三分尊重。每個人有自己的選擇嘛，也許等他們正式結婚，她也就能苦出頭。

　　周誠信發現小老弟真的比自己辛苦，因為在醫院實習要日夜班倒著上，查病房、研究病例，真刀實槍地幹，不能絲毫懈怠，不然會出人命的。值日班的夜裏，他跟自己一起在閣樓做實驗，到後半夜才下樓睡覺。值夜班時，他上午還要去中旅社上班，午後睡四個小時就上閣樓實驗，不吃晚餐就急急忙忙趕去醫院值夜班。這個人說來也怪，就像一口井似的，打水打得越起勁，水滲出得越多，越是清甜。雖然瘦瘦的，看來還很健康，一雙神采奕奕的眼睛，眸子很黑，時而射出睿智的光芒，在他思考的時候一對招風耳似乎也會轉動。他好像不知道什麼叫疲倦。跟這樣的小老弟搭檔工作是自己的福氣，所以NK項目進行得比較順利，經過半年多的試驗，化學試劑已經初步按設想配出來了。這本來是不算太難的第一步，難的是以後要在生物身上注射實驗，觀察病情，研究如何防禦治療。

　　最後一學年九月開始，恩首忙得常常不能回家，重擔只能都落在周誠信身上。丁香一樣盡職，煮飯、做宵夜，最讓表哥

不好意思的是她還搶著幫他洗小件衣褲和襪子，因為這些沒法送出去洗，而他們又不可能清妹子來做鐘點活。為此表哥常常到處藏髒內衣，然後偷偷帶出去丟掉。可是女人總比男人更細心，他藏了忘了，她卻找出來洗了、折疊好了，讓他換洗用。周誠信這才真正明白上面的考慮很周全，讓一個女人摻合進來更像一個正常的家，而且讓他倆得到周到的照顧，工作能長期堅持下去。男人身邊還真的少不了女人！

　　時令已至秋天，可臺風的尾巴還不時會來騷擾香港，疾風驟雨使香港人討厭，卻是方恩首、周誠信最喜歡的日子。原來周在辦公室裏永遠備著一件極寬大的雨衣，像件龍袍，衣褲袋裏不論你揣多少東西，也不論你穿幾件衣服，外面什麼也看不出來。就是這樣靠著香港多雨，不是大雨就是小雨，還有臺風幫忙，最初的一兩個月就是靠他，將吳老板採購的大小玻璃瓶、化學實驗設備及所需藥品，像螞蟻搬家那樣搬到了閣樓上，裝置起來，室內都擺滿了，只得把鋪蓋搬下來。本來一旦開始實驗，閣樓上當然不能睡人，還得不斷通風排氣。後來夏天來了，穿件雨衣是有點怪怪的，他逢人就說自己有嚴重關節炎，怕潮怕風，有件雨衣擋著舒服多了。鑒於一般工薪階級都乘巴士上下班，他就趁下雨天坐出租汽車直到家門口，這樣別人看來就比較正常。總之，周誠信是個細心又聰敏的人，有他獨當一面方恩首放心。

　　又是個有臺風的夜晚，小老弟適逢值夜班。表哥一進門就喊道：「丁香，你快來看，我帶回什麼來了？」他就像變魔術似的，從內衣口袋裏掏出兩隻小狗，黑白相間，一雌一雄。丁香一看就知道這是法國老虎狗（French Bulldog），香港有錢人家很喜歡豢養的那種，即使長大了，個頭也不算大，眼睛突突

的，耳朵豎得尖尖的，性情溫和。那雄的腳才踩地，便抬高一條後腿拉了一泡小便在客廳地上，黃黃的狗尿在打蠟地板上閃著光。「啊呀呀，你這小東西，一來就闖禍，這怎麼得了？」表哥手忙腳亂地找拖把。丁香非但不惱，反而哈哈大笑：「它是體諒你，憋住了尿沒拉在你口袋裏，要不然你這套龍袍不就報銷了？」她搶著擦乾了狗尿，也沒顧上小狗才方便過屁股是不是濕漉漉的，便把牠和另外一隻一起抱在懷裏。小狗用舌頭咻啊咻地跟她親個不停，就像久別重逢的母親和孩子。表哥看在眼裏，眼眶都濕潤了。丁香的確很苦、很寂寞，這下好了，為試驗而買下的這對小狗，暫時可以陪陪她，解解她的苦悶，然而做了實驗後，誰能知道牠們將來的命運？算了，在這人命多舛的年代，誰還能顧得上畜生的未來？

　　表哥在兩個月內又帶回來了一對小白兔和兩隻小白鼠。小老弟知道了，說他進行得太急，一下買這麼多小動物，會引起人注意的。表哥回答他，通過不同的渠道，英國巡警不會管這麼多。「可是香港這麼多日本人，他們的鼻子特別的尖！」丁香可不管什麼日本人，她高興都來不及：為兔子在院子裏搭了個小木棚，蓋上油毛氈；小白鼠養在閣樓上，每兩天換木屑；兩隻小狗就養在屋裏，跟在她腳旁，寸步不離。她就變成了兩個男人、兩條小狗、一雙白兔、一對白鼠的保姆和管家，這下真夠她忙的。

　　一個女人有了發洩愛的對象，非但不像前些時候顯得憔悴，反而活潤、豐滿，越忙越年輕，越忙越有勁。丁香整天繫了條圍裙，出出進進，連外出都得牽著兩條小狗順便遛遛。已經為牠們取了名，雄的叫寶貝——Bobby，雌的叫貝蒂——Betty。成天聽到她喊：「貝蒂不許欺負寶貝，搶他的玩具，

你該是個淑女！」「寶貝別那麼緊盯著貝蒂，你怎麼沒個紳士樣？」在他們娘兒仁的親熱中，恩首日子好過得多。只是他已再三關照她不許再帶狗出門溜達，因為會引發危險。其實他不用關照，她也知道這跟他倆的實驗有關。

　　NK是目前尚未取名、利用光製成的、日軍正在加緊試驗的新式化學武器。根據領導通過特殊途徑獲得的情報：現在在實驗室裏，它是按一定成分配置的化學液體，在適當條件下到了燃點，液體會燃燒就像酒精那樣，燃燒時發出的光像探照燈那樣明亮，同時產生一種無臭無味無色的氣體。倘若我軍以為它就是一般的探照燈，在毫無防備之下被那光照到了，不僅會影響視力，腐蝕皮膚，擴散的氣體吸入肺腑後且會破壞神經及器官。至於對人體傷害的程度，因為在試驗階段，還缺乏認識，六個秘密實驗小組的任務就是要提供足夠的數據。但在目前試驗階段，由於條件限制，只能以液體狀態，以一定的劑量、濃度對動物和人體進行注射，觀察引起的反應並探求治療途徑。當然有關NK的一切對丁香都是秘密，她只知道他倆試驗的藥劑有毒。

　　現在兄弟倆就在白鼠、白兔、狗狗身上「做文章」，結果顯現在牠們的視力、皮膚、精神、胃口上：白鼠總在轉輪上蹭啊蹭的，白兔在木板上蹭，狗狗在椅子、桌子腳上蹭，一個個全都紅一塊白一塊的，甚至慢慢變得血肉模糊，而且個個兩眼茫茫，都像患了白內障。然後他倆忙著給牠們配藥、包紮、打針，一個個原本生龍活虎的小動物，都變得呆頭呆腦，胃口很差，不吃不喝，最後就死掉了。而死了的，還要解剖、毀屍滅跡，丟到海裏去。這一套程序做下來，真把人忙昏了頭。丁香由忙碌到悲痛到癡呆，最後她只求哥倆救救她倆孩子寶貝和

貝蒂：「白鼠、白兔都算了，求求你們留下這兩隻可憐的小狗吧！」

　　一天晚上，貝蒂發著燒，鼻子燙得很，嘿咻嘿咻的，再也沒有以前的活潑勁，對寶貝也已經根本不感興趣了。丁香把牠摟在懷裏，眼淚滴滴答答地撒在滾燙的狗狗身上。貝蒂時而會張開迷迷茫茫的眼看她一眼，似乎在乞求媽咪的幫助。丁香急得飯也吃不下，突然抱著貝蒂上樓，站在去閣樓的樓道頂端，她知道不許去開門和踩進一步，所以只是低聲地在門外哀求：「恩首，救救貝蒂吧，她快要死了！」出乎意料他一點沒耽擱，馬上開門跨了出來，隨手就關上門，但還是有一股藥水氣味衝了出來。他臉上的口罩都沒來得及脫下，手裏拿著一支針筒和一瓶針藥，說道：「你別太著急，我已經給牠打過消炎、退燒針，現在正準備再打第二針，等退了燒再觀察觀察。你還是先去吃兩口飯，別為了狗糟蹋了自己身體。來，我下去陪你坐坐，看你吃飯。要記得我雖是個實驗員，更是個醫生。」丁香很少能聽到這麼體貼、溫情的話，便順從地下了樓，洗過手，坐著吃那早已涼了的飯。她不敢去熱飯菜，生怕恩首趁機又會走掉，飯冷沒關係，心不冷就好。他一看就知道她的心思，笑著說：「去熱熱吧，我陪你吃，不走開。」她疑惑地問道：「你不是才吃過晚飯？」「那就不許我肚子再餓？啊？！」

　　丁香高高興興地熱好菜，給他夾菜，真搞不清到底是誰在陪誰吃飯。恩首第一次誇她燒菜技術有進步，他吃了一口又一口，於是她連連夾菜，手忙腳亂把筷子都掉地上兩次，是恩首幫她撿了起來。他深情而用心地看了看她，其實丁香並非情場初手，以前她或是如藤蔓纏死了自以為根底很深的老樹，或是

挎刀上馬闖五關斬六將，將一些無聊的小白臉打得一敗塗地，真也可稱得上是風月場上的老將。可她從未對誰付出過真心，想不到一遇上這上面指定的「假丈夫」，卻一下輸到底，真慘，他把她的真心偷走了。世界上真是一物降一物！

　　第二天貝蒂退了燒，懶洋洋地躺在丁香的懷裏。突然門鈴連續大響，誰啊？他們家的成員各人都有鑰匙。至於姊妹淘，自從她退出舞場以來都是約在外面見面，一起「鳩嗚」（購物），逛逛商場，吃吃飯，喝喝茶。她們知道規矩，不邀請不會自說自話打上門來，更不會這樣不禮貌地連續按鈴。那會是誰？丁香趕忙放貝蒂在窩裏，自己一邊高聲應著一邊往鐵門走。

　　打開門一看，居然是小吃店的臺灣老闆娘彩菊。「啊啊，實在對不起，打攪了。我家先生發高燒，溫度計前些日子打掉了還沒買，想來你家體溫計是一定會有的，就想先借了用一用。」彩菊邊說邊跨進鐵門，並快步朝屋子走去。丁香的剛勁兒一下就使出來了，用高大的身子一下擋在矮小的老闆娘前面，厲聲道：「請您止步，我家先生值了夜班，現在正在補覺，不能影響他。請您站在園子裏別動，我去給您拿。」說完跑步進了屋。老闆娘卻還在探頭探腦往裏走，一邊說道：「這太麻煩，太麻煩了。」不知怎的，雄狗寶貝雖然一直不舒服，但憑嗅覺知道家裏進來了陌生人，畢竟感到自己有責任護家，猛地竄出只留一條縫的屋門直衝老闆娘，露著牙狂吠一通，這下倒真把她鎮住了，不自覺地停住了步子。等她緩過神來，丁香已經快步出來了。「我們家體溫計有幾支，這根送給您，不用還了。老闆若是高燒不退，還是得去醫院看看。」邊說邊摟

著老闆娘往外走，沒想到來人似乎不急丈夫的病，倒更關心寶貝：「謝了，謝了。好久不見你出來遛狗，寶貝怎麼渾身搞得這個樣子？皮膚病？……」「不小心燙傷的。狗不要緊，你家先生要緊，快回去！」她以臂膀夾持住瘦小的老闆娘，用力往外又推又搡。

　　這個小吃店的老闆、老闆娘，自稱是臺灣人，穿的也是唐裝，奇怪的是他倆鞠躬彎腰、走路的樣子完全像日本人，特別是老闆娘即使沒穿木屐，走起來也像是穿了木屐似的，一路小碎步，頭頸挺不直，看了特別別扭。恩首一家一直對這一對夫妻很注意，也做過分析：他們是因為長期生活在日本人統治下，生活習慣都酷似東洋人，還是根本就是東洋人？問起他們老家，說是福建人，周誠信的母親是福建人，表哥跟他們說起家鄉話，這對夫妻卻一竅不通，說是很早就遷移到臺灣去了，所以不會說。當然福建多山，常常隔了一座山，彼此話語就不通，可是福建話那種腔調，發音的規律是有共同點的。按常理：哪怕遷移了好幾代，在家一代一代都會講家鄉話，這是中國人的傳統：永遠不會丟棄家鄉話！而且臺灣人說閩南話比說國語還普通，為什麼他們會講國語，也能講不太好的廣東話，卻說不來老家的閩南話？那麼他們真是臺灣人嗎？假如不是，那可能就是冒充臺灣人的日本人。何況他們店裏常常匯聚了一幫日本浪人喝酒、胡鬧，老闆、老闆娘嘴裏說討厭死了，而從自然流露出的表情來看卻是如魚得水，彼此相處很融洽。幸好自家極少去這個小吃店，關係疏遠，老闆、老闆娘也從沒來打攪過，今天卻很反常，所以哥倆一回家，丁香就趕緊作了匯報。

　　「她沒進屋是嗎？」「沒進，沒進。她倒是想闖進來的，

寶貝把她唬住了。」丁香把寶貝親了親，像是表揚牠。「看來，日本人可能已經注意到我們了。」恩首的眉頭皺得緊緊的。「幸好閣樓房間的門我都是鎖著的。園裏的白兔棚也都已經拆掉，死兔子早埋掉了⋯⋯」周誠信表白道。「估計是排氣的問題，雖說近海邊，有厲害的海風這大排氣扇，但風向不對時總會有點餘味，鄰近人家難免會聞到一點兒化學藥品的味道。這家小吃店肯定是日本間諜經營的。」丁香雖說經過這一天的考慮，也早已得出同樣的結論，還是不免顯出緊張情緒：「老闆娘已經注意到寶貝的皮膚問題，怎麼辦？」「你的回答很恰當，對，燙傷！很像燙傷。不過日本人早晚還會來尋釁，來調查。幸好現在是英國人還統治著香港，英國巡警能起保護作用。一旦⋯⋯明天一早我就向上級匯報。」

沒料到中旅社聯絡站尚未得到上級對匯報的指示，有的人動作卻更快。兩天後的一個午後，小吃店裏一群日本浪人跟不知什麼人打起來了，他們拿著粗大的棍子，很快從五十米開外的小店，一直打到深深隱在巷子裏的丁香家門口，大有翻過牆打進來的架勢。那天恩首正好值了夜班，接著又去旅行社上了半天班，回家後打算睡一覺再上閣樓，一看窗外形勢不對，立即捲起自己的被子，以及日夜放在床頭櫃裏的打火機，毫無怯色地對丁香說：「我現在上樓做『萬一』的準備，絕不能讓日本人知道這兒在試驗什麼，他們真闖進來，不得已我會點火爆炸。你現在從外面將閣樓鎖住，打電話給你乾爹辦公室，請他馬上代向英國巡警總署報告，他出面比我們有利、有效。記住地址一定要說清楚，報告就說有浪人鬧事，請他們立即出動。巡警來後就當只有你一人在家，閣樓出租了沒鑰匙。」丁香本來相當緊張，一看恩首十分沉著地交代，又知道他在樓上，就

冷靜下來，按照吩咐一一去做。

　　英國人辦事效率就是高，不過幾分鐘就趕來一隊警察，把已經翻過牆打進來的一夥人，包括日本浪人團團圍住，最後抓了起來，然後很客氣地敲丁香家屋子大門。

　　丁香早已將兩隻會泄露秘密的狗鎖在廁所裏，自己還化妝打扮了一下，匆匆穿了件質地、樣式特別好的絲綢襯衫，因為她知道英國巡警也是勢利人。這才開了門道謝，並報告事情經過：自家根本不認識這群人，卻受到禍事的連累。由於先生在上班，自己一個人在家怕死了，就請朋友代為報警，知道你們是最愛護百姓的。順便還輕描淡寫地掛了一句：那個小吃店啊，常有日本浪人來喝酒鬧事。她一臉的驚嚇，楚楚可憐的笑容，一個有待幫忙的年輕女子是最能打動人心的。巡警連忙說，對守法居民，又能及時報告破壞治安秩序的人，我們特別尊重、感謝。以致他們根本沒多詢問，也沒多察看，就連聲邊說「打擾」、「謝謝」，邊退出去了。在跟香港人打交道這方面，丁香是比哥兒倆聰明、有辦法得多。

　　這天晚上，恩首請了病假沒去上班，跟表哥一起在家趕寫報告。丁香向表哥「告狀」：「你知道他拿起被子和打火機，我還不知道他要幹什麼呢！他說『萬一』點火爆炸時臉不改色，就好像在說點炮仗，所以我也不緊張了。等英國巡警走了之後，我才猛醒過來，原來這實驗室一爆炸，我倆還不都得粉身碎骨？這時才嚇出一身汗，坐在那裏不知該幹什麼。」「那時候我只想到萬不得已就必須炸毀一切，根本顧不上想你和我。今天的事是個信號，日本人已經嗅出什麼來了，今晚必須把實驗總結報告趕出來，然後隨時準備轉移。請你辛苦一下，幫準備咖啡和宵夜。」

　　忙了兩整夜，報告總算趕出來了。丁香只知道從這天開始，哥兒倆再沒有在狗狗身上打針，牠們也就從蔫頭耷腦的狀況下漸漸恢復過來，這使她說不出的開心。她更開心的是這之後有段時間，臺灣小吃店的老闆、老闆娘只遠遠跟她打招呼，沒有再上門打擾過，也沒有日本浪人在附近滋事。雖然心還吊著，日子倒是過得還算太平。

　　可是兄弟倆心裏卻不太平，根據情報，日軍正加緊秘密試驗NK，因此必須趕緊在人體上作進一步試驗。然而這個環境已經不安全，看來一切又要重新安排。

第八章　新婚燕爾

　　事情也真巧，恩首向上級打報告，為安全起見要求結束這裏的試驗，另開闢一個秘密實驗室。中國旅行社總社也幾乎同時宣布決定：為儲蓄節約外匯起見，總社仍搬回上海，由原副社長率人留駐香港分社，而方恩首奉派遣至菲律賓馬尼拉，籌備成立分社。這在「三劍客」看來覺得正中下懷，至於上級是否跟中旅社商量的，誰又知曉？反正，現在軍政部防毒處認准：馬尼拉像香港一樣條件差不多：臨海，信息方便，跟國內聯絡頻繁，地理、氣候條件也大致相仿，又有美軍基地駐紮在那兒，即便往後日軍發動對東亞其他國家的侵略，這個城市的防衛也應該能拖久一點，相對來說有利於秘密試驗。因此藉中旅社指令要方恩綏、周誠信一九四〇年一月抵達馬尼拉，借籌備成立分社之機會，同時開闢新實驗室繼續試驗。老吳夫婦、丁香當然也一同前往，並責成恩首和丁香馬上結成正式夫妻，娶她為二太太，便於在馬尼拉展開工作。

　　在香港待了一年，中國旅行社的同事從國內的多種渠道，早就知道方恩首是有太太的，他在這裏是跟一個辭職的舞女同居。這個社會男人娶幾個老婆並不奇怪，有個小的也很自然，然而長期姘居對有頭面的人說來，倒有點不光彩，擺不上臺面。何況去馬尼拉很難再找個「有房的伴侶」，不如結了婚去為好。

　　丁香的姊妹淘聞訊都說：一九三九年十一月對丁香來說，是掉進蜜罐子的好日子。這苦命「杜十娘」的郎君總算沒有負她，現在是苦盡甘來。

　　鑒於是娶小的，婚禮不必鋪張。男方父親因為戰亂、年邁

的緣故，沒法來出席，這也是大家早就料到的，只有「表哥」
作家長代表，另外還有幾位中國旅行社的同事以及吳老闆都被
拉來，壯壯男方的陣勢，伴郎自然是表哥。女方可是陣容強
大，有丁香的乾爹顧老闆做統帥、作證婚人，她的哥哥也沒法
趕來挽著她進禮堂親手交給新郎，由顧老闆指定了一位代表她
哥。伴娘是紫羅蘭當今的二牌、芳齡二十二的紫佩小姐，是丁
香一手提攜出來的師妹。丁香原主張在教堂舉行婚禮，香港人
即使不是教徒也時興這樣的儀式，似乎有牧師在場婚禮就更隆
重些。可是恩首堅決反對，他心理上受不了，在牧師面前說誓
約，對有太太未離婚基督徒的他來說，簡直是嚴重的折磨，會
使他感到自己不是新郎而是魔鬼。幸好丁香沒堅持，很快屈從
了。

　　香港的十一月真是極適合結婚的時節，不冷不熱，早上一
陣陣雨掃過，空氣格外清新。新娘為漂亮自然還是穿著坦胸露
背的白色禮服，個子又比較高，就像一株亭亭玉立的夜來香。
她的打扮一點不俗：珍珠項鏈、耳環、配套冠冕，捧一束白色
玫瑰。頭髮梳成一個高髻，更顯得個子高挑。伴娘則全部是淡
紫色。兩人一打扮，完全看不出風月場中女子的面貌。

　　顧老闆的證婚詞不知是誰幫準備的，既長又無的放矢。這
個起草人一定傾心於文人的浪漫軼事，竟從梁啟超給徐志摩和
陸小曼倆的訂婚證詞中剽竊了一段，卻不顧現在的結婚對象，
也不顧會眾的迥異，更無視顧老闆的身份與梁啟超的差別，就
這麼亂裝樺頭地拋出來，不過就新郎二婚而言，好像又裝對了
樺頭。知道出典的人在竊竊嬉笑，不知道出典的人雲裏霧裏，
昏昏欲睡。恩首是讀過很多書的人，自然如站在燒熱的鐵板
上，恨不得上去摑顧老闆兩個耳光，然而知道他神通廣大，且

一直罩著丁香，所以必須咬著牙忍著，咬得牙根都痠痛極了。別人見此情景，還以為新郎是沒休息好，火氣大，牙根疼呢。

　　喜宴上丁香的姊妹淘和她們的「另一位」佔了四、五桌，他們比臺上臺下所有的奇葩更引人矚目，是全席的中心。這兒不僅是服裝展覽會，也是首飾、服飾促銷會，商品信息交流會。「啊呀，某某小姐，您這襲粉紅緞子旗袍真吸人氣，把新娘都比下去啦！」「哎呦，您這套摻金絲透明喬其紗禮服，簡直讓您成了全婚禮上的皇后，都讓人看呆了！」「您的……」「您的……」阿諛奉承之詞本來無需訂製，隨手拈來，只要說得妙齡少女和半老徐娘們均樂開了花就好。接著是相互交流「鳩鳴」——購物情報，不過千萬不能直接打聽什麼走俏品在何處買的，這樣太坍臺，顯得自己不領市面，沒有經常買東西，婉轉打聽才是門學問。

　　接下來就是對今天婚禮的評頭品足：「丁香也真是的，想得出來叫自己的小姊妹紫佩當伴娘，人家是正在開放的花，鮮著嫩著，一襯一伴，不更顯出自己已是將殘的花兒……」「今天你嘴上能不能積點德，少損人，人家畢竟是新娘，今天打扮得很出眾，別妒忌……」「我妒忌個屁！我說的是實話。女人、男人真就不一樣，丁香大約也就三十歲不到，聽說她先生跟她也差不多大，可那個嫩和俊……啊呀，就像個水蜜桃……」「就恨是別人的新郎，不能上去啃一口是嗎？」「扯爛你這張賤嘴……」「你倆今兒個該收斂點！倒是你們有沒有注意那個伴郎，長得也不錯，個子比新郎還高，就是單薄了點，聽說是新郎的表哥，不知道結婚了沒有？」「怎麼你又三心二意要『換』人了？」「沒一句正經的！你也不看看我旁邊還坐著我表妹，她才從北邊過來，今天我帶她來湊熱鬧，人家

還是黃花閨女，別亂開玩笑！」「假如表哥還沒結婚，又沒女朋友，你又看得上眼，要不要趁熱鬧介紹他們認識一下？這不正好為你送的份子錢撈回點外快來。」「你這張臭嘴，真對你沒辦法！」

十一月的夜晚是美好的，空氣中仍充滿了各式的花香，沁人心扉。十一月新婚的夜晚更是美好的，空氣中充滿了愛的甜蜜，像酒那麼醇厚，令人陶醉。丁香早就甜甜蜜蜜沉睡在恩首的臂彎中，他看著她那被汗濕潤的頭髮，睡夢中滿意的笑容，自己卻毫無睡意。雖然折騰一天下來他已累得腰痠背疼，可是腦子卻像開足的馬達停不下來。照理說前面試驗進行得還順利，現在又要大搬家，這些主要都是丁香、老大和表哥在操勞，周誠信又一次瘦得像剛抽了脂肪，丁香老了五歲，倒是自己因為這段時間專注於中旅社的業務和醫學，任務單純一些，反而顯得年輕，心卻累得慌。

傳來領導人濤哥的指示，對他倆前一段的實驗總結報告是滿意的。他們所配置出來的NK化學藥劑，注射在小動物身上所產生的反應，跟其他實驗室的結果是一致的，這就增加了一個有力的數據。問題是下一步的生化試驗必須以人體為對象，他倆既是主持者，又是實驗的對象，借此觀察人體對NK氣體的生理反應，特別是在沿海濕熱的氣候條件下，NK對人體的危害，從而進一步研究治療及防禦方案。往後作為一名醫生，肩上負的擔子夠重的，更何況還得隨時提防背後日本人的眼睛。他們是做著從來沒做過的間諜工作，這對教書匠出身的他和老二來說是不熟悉的。別看他平時絕對看不起那些軍統、中統的人，

認為他們都是最沒出息、不學無術的傢伙，現在他倒恨不得自家兄弟曾經歷一些這方面的訓練，便於完成今後艱巨的任務。

恩首感到手臂被丁香的頭頸擱麻木了，便偷偷抽了出來。看著熟睡的她，他沒有像她那樣充滿了新婚燕爾的激動和幸福感，覺得這一切不過是假戲真做，之所以不得不真做，是為了執行上級命令，去馬尼拉工作方便。至於對丁香和他是否公平，沒有人過問，只要你在出任分社社長時有一位太太，外人看來相配、相愛即可。至於為什麼不能把麗珍帶到馬尼拉去，他也問了，可是誰也不提供答案。他曾苦思好久，唯一可能的答案是已經用了丁香和她的房子一年，丟下她什麼名份也不給，連上級也有點不好意思；而麗珍作為上海巨商黃楚九的孫女，比丁香有名氣，萬一將來形勢不好需要隱蔽，在馬尼拉她勢必更困難些，何況還拖著兩個孩子。恩首本人對丁香也有感激、同情、喜歡之心，只是還談不上有多少愛情因素。他這一生最最珍貴、深藏的愛情，也許只給了一個不能忘記的女人，既不是妻子麗珍，卻是麗珍的妹妹素珍……

那是一個初秋的夜晚，還在清華化學系讀書的方家大公子，明天就要乘火車回北平開始新一學年的學業。臨走前夕他去看一個中學同學，回家的路上彎到西湖邊，想再看一眼這浣紗仙女。突然他聽到微弱的呻吟，從路邊的一個黑影發出，好像是個年輕的女學生。「您需要幫忙嗎？」好半天沒有回答，似乎她在暗中觀察這是個什麼人，值得信賴嗎，然後才輕輕地說：「我不小心把腳崴了，疼死啦！不能走回家去。」「我可以幫您叫輛黃包車，您家住哪裏？」又半天不說話，最後才低得不能再低地答道：「就住隔壁不遠九芝小築。」「哦，您

是黃家人。」「你怎麼知道？」「在杭州誰不知道九芝小築，是上海大世界黃楚九老闆新造的別墅。這樣吧，總共沒幾步路，不用叫車就我扶您走過去吧。」走了兩步，他感到女孩很纖弱，臉蛋雖看不很清楚，但輪廓真的像浣紗的西施。女孩子又蹲下了，「我走不了，太疼！」「那……那怎麼辦？我……我來背您吧！」「不行！您走過去敲門告訴門房，就說素珍小姐崴了腳，叫他來背我。」「行！我去。您一直住這兒嗎？」「不，我是在上海讀書的。」

　　這場完全出乎意料的邂逅，前後才五、六分鐘，門房背走了她，他沒跟著去，就徑直回家了。可是這女孩的倩影就像刀刻在心坎上了，既模糊又清晰，既驚喜又驚嚇。我這是怎麼啦？每一條神經都像琴弦似的，被一雙纖細的手撥弄過，餘音繚繞。最終他決定在離開杭州之前，連夜寄一封信向她問候一下，反正知道她的地址，名字寫黃小姐就可以了。他在信中留下了北平的地址及自己的姓名、身份，心想憑清華的牌子，家庭的底子、本人的臉子，今夜的行止，十分之六七能收到她的回信。

　　誰知抵達北平左等右等，單戀的癡心漢等了足足一年也沒等到片言隻語，這種迫切的期待將他的戀火燒得更旺，女孩的矜持格外撩撥了他。第二年暑假本來沒條件再回杭州，日子長了也許能慢慢忘掉她，卻不料母親突然亡故，又讓他回到了故鄉。埋葬了母親之後，心裏格外空落落的，於是抱著一絲希望他找上門去，自報家門。沒想到門房居然還能認出他來，經稟報獲老太爺允許，吩咐將又回家度暑假的素珍小姐請到客廳來。黃初九在允准前，自然打聽明白，學界名列前茅的正則中學，校長方家老爺在杭州也算是名士賢達，他居然有這麼一位

長得英俊、又有清華學歷的大少爺，而且助人為樂幫過自己的孫女，現在來看望素珍，他這個生意經十足的黃老闆算盤珠一撥，就同意他們晤面。

　　素珍好像比上次在黑夜裏見面時又瘦了一點，耷拉著腦袋，汗都憋出來了。一件白麻紗寬袖上衣，淺藍的裙子，純粹的學生打扮，未施脂粉，也沒戴一件首飾，完全不像名商巨賈家的小姐那樣穿金戴銀，倒像是素淨的林黛玉再世。「一年前我寄過一封信給您，不知收到過沒有？」「……收到過。」「您沒回信？」「我是上海聖瑪利亞女中寄宿生，寄信要通過舍監，很麻煩的，況且我又沒有什麼要寫。」原來是純粹女生的名校學生，怪不得這麼純，這就越發吸引了他。「您幾年級？」「馬上進高二，我姐讀高三。……您暑假又回杭州來啦？」「我母親突然病故，這才回來的。」他低下了頭，眼眶裏噙著淚水，拼命忍著。一個憂鬱的男人是最能打動女人心的，此刻不大會顯出他們的庸俗、無聊。素珍前一分鐘還對他毫無感覺，覺得生疏、害怕，現在卻突然產生了愛憐。誠然，不管多大的女人，生來就帶著母性：小女孩愛玩娃娃充當媽媽，大姑娘也愛照顧受傷的男人，即使他比她大上好幾歲，就像簡愛愛上羅徹斯特。現在她溫柔的大眼盯住他看，一點不羞澀，她在想當他的保護人。「你，你……別太傷心，出來散散心吧！」「您」變成了「你」，一語拆除了兩人間的隔閡。從此以後開始了交往，鴻雁往返，素真的信由家中每周送換洗衣服和零食的僕人代為寄出，一切進行得特別順利。黃家老太爺不久便表態，同意素珍高中畢業就與方家大公子訂婚。

　　他的初戀像夏天的雷陣雨，來得快去得也快。就在他倆由於不易見面，將加倍的思念寄託於浪漫的書信中時，一天方

家公子突然收到了素珍姐姐麗珍的加急電報：「素病重速來滬
同仁醫院」，十個字當即勾去了他的魂。當時沒有民用飛機，
沒有電腦視屏，沒有智慧手機，即使急死了也只能買張特快車
票，一晝夜火車的長途跋涉，還得在浦口擺渡，真叫人心急如
焚。旅程中每一分鐘，他的心都像在油鍋裏煎熬。好不容易趕
到同仁醫院，他與素珍已經天人相隔，只能在太平間見上最後
一面。這一幕至死難忘，他的兩條腿彷彿被鋸了似的，簡直沒
法挪動，一步一踉蹌……，待他掀開蒙著的白被單，她臉色慘
白，但很安詳，就像「絳珠仙草」化成的仙女，匆匆來人間與
他一會，情話都沒來得及說夠就插上翅膀飛走了。他倆純粹是
有情無緣的一對，「若說沒奇緣，今生偏又遇著他；若說有
奇緣，如何心事終虛化？」這就是他永遠難以忘懷的短暫的初
戀，因為沒得到，所以永遠美好，永遠新鮮，永遠芬芳。

　　麗珍告訴他，妹妹是因急性盲腸炎轉腹膜炎，送醫院時醫
生已經說很難搶救，家長這才叫她給他打加急電報的。素珍臨
終一直望著門口，最後都沒閉眼，卻沒有留下一句話。這番表
白更叫恩首幾夜都沒睡著覺。麗珍一直代表黃家在安慰他，她
和素珍雖是姐妹，性格並不相同，前者堅強，後者軟弱；一個
屬賢妻良母型的，一個是專供未來丈夫寵愛的依人小鳥。麗珍
跟恩首相處的日子長了，同情漸漸轉成愛情，而受安慰者也把
這種急需依賴和填補的情思，誤認為新的愛情，兩家家長又竭
力慫恿，這樣恩首畢業沒多久就與麗珍結婚了。

　　跟丁香新婚的夜晚，恩首既沒有興致勃勃地纏綿眼前的新
人，也沒有苦苦冥想那在淪陷區帶著兩個女兒掙扎的舊人，卻
在這裏胡思亂想、重溫他的初戀，這要是寫在小說、劇本裏，

讀者一定罵作者是胡編亂造，太不真實。連他都覺得自己就是個世界少有、該死的混蛋！前段時間學業和試驗的緊張，使他對妻兒的思念顯然淡了些，今夜對初戀的眷戀，卻像一張網越想擺脫越纏人，以致他將虎口都掐出烏青來了還是沒用。無法測透的今後的試驗，險峻的環境，複雜的關係，遠在天邊的親人，都抓不住他今晚思慮的中心，與初戀情人相會的一幕幕卻總是不斷在腦海中重演。人就是這麼莫名其妙，沒能得到的往往帶著想像不斷地美化，不斷地回憶，不斷地盼望，卻讓已經到手的偷偷從指縫中溜走，等時過境遷又不斷地追悔，不斷地惆悵，不斷地自責。人就是天生犯賤的胚子！

在恩首的婚宴上，周誠信陪著新郎、新娘敬酒，還真遇上一點麻煩。丁香的一個老姊妹死活攔著要給他介紹自己的表妹，說是年齡相當，不妨交個朋友。恩首、丁香以為她說笑話或者喝多了點酒，可是新郎、新娘才走開，那個老姊妹已把坐在身邊的表妹拉過來，往周誠信跟前一推，「人，交給你了，談一談吧。」礙於丁香的面子他沒好意思馬上走開，想敷衍兩句再走。這位姑娘倒不像她的表姐那麼「大嘴巴」，文文靜靜的，低著頭不哨聲。周誠信怕她太尷尬就主動開了口，「您香港人？」「不！……我是東北人。」此刻她才抬頭，原來跟她表姐不一樣，一點沒有嫵媚的模樣，很端莊，長得確實像北方人，高高大大，五官也都大大的：大大的雙眼皮，大大的肉鼻子，厚厚的嘴唇，右嘴角上還有一顆美人痣。「那怎麼跑這麼遠來？」「九一八以後隨同學一起跑到關內來，為了找一塊地方讀書，最後都渡過海了。」「現在還在讀書？住你表姐家？」「不，書沒法讀了，住在另外個親戚家，在他家的小

公司上班，管吃住，不拿薪水。」「哦，現在的人活著都不容易。」「是！」他倆沒有互通姓名，就這麼一問一答地講了幾句，表哥就借機走開了。

　　婚宴的夜裏恩首沒睡好，隔壁的表哥也沒睡好，白天的一幕幕在他頭腦中，就像化學過濾紙那樣一遍遍過濾，看看有沒有什麼可疑之處。小老弟事兒太多了，得主動幫他多思忖思忖。「表妹」的事他還沒來得及跟恩首多說，不過看來似乎平常，對方並沒有刻意要介紹、推銷她自己，以求跟他交往，連姓名都沒說。這些從東北逃出來的學生也真可憐，特別是寄人籬下的女孩。

　　沒想到的是自從婚禮上見了個面以後，周誠從中旅社出來吃飯，曾兩度在路上被這位表妹撞見，她告訴他：自己上班的親戚的公司就在附近，沒有帶飯的日子出來找東西吃，竟碰見了他。第二次她才自我介紹：「我叫梅蘭。」衣服穿得相當寒酸。一次晚飯桌上表哥說起這兩次偶遇，原來在聊天放鬆的小老弟馬上嚴肅起來，「怎麼有這麼多偶然？在看來偶然的背後往往有不偶然的安排。你以後眼睛得睜大些，繞著她走。好在我們馬上就要離開香港了。」

　　丁香這次不以為然地癟癟嘴幫表哥說話：「你盡是神經過敏！人家姑娘又沒去黏他，去拉他手，見到三次就講了個名字，介紹了從哪裏來，你緊張什麼？要都像你這樣，我們做小姐的還不都得心臟病了！」「你們做小姐的我管不了，能管的是我們小組。我只想我倆的社會關係越簡單越好。」「那你做生意還不是需要客戶？做醫生還不是要有病人？根本不可能簡單得了！你們啊就是又要馬兒好又要馬兒不吃草。對嗎？」表哥對著最近敢頂撞「小老弟」的「小嫂子」，會心地微微一笑。

第九章　我是誰

一九四○年一月，地處北方的青島海濱，海風該是冰冷刺骨的，今年卻似乎已稍帶暖意，準備催醒大地脫下冰盔甲。

藤野次郎冬天走出家門去實驗室之前，太太信子總站在衣架旁，幫他穿上厚重的呢大衣，圍上她親手編織的毛線圍巾，戴上帽子和手套，就像帶他們兩歲的兒子出去散步一樣。他搖著頭說：「現在不那麼冷，不用捂得這麼緊嘛。」信子笑笑不搭腔、不聲辯，手裏照做不誤。這就是他的太太，一個典型溫順的日本婦人，然後深深鞠躬，彎著腰待他走過身邊，走出籬笆門。

認識信子是在藤野上東京帝國大學醫學部的時候。十年前，藤野帶著一本日本護照，用的是日本姓氏，從臺灣南部高雄乘海船出發，經過兩夜三天，第三天傍晚到達東京。信子家是藤野父親的朋友介紹他借宿的人家。她父親看這年輕人又勤學又聰明，讀完三年高等學校即大學預科，居然考取東京帝大醫科，這是日本學子日夜嚮往而很難進入的，就有心促使女兒和他交往做朋友。信子早已心儀於這沉默寡言、十分有智慧的小夥子，只是不了解他在臺灣有沒有心愛的人，他很少講起自己家中的事。

暑假快要結束，藤野面臨被分派到滿洲國新京醫院去實習的最後一學年，離別的前夕跟信子有一次約會。那是在帝大教學大樓旁邊的一條小路旁，他沒有錢請信子去名勝古跡或茶館，就在他每天必走的路上再走兩遍。一開始他就漲紅了臉，向她坦白久藏心頭的秘密：「我不是日本人，而是中國人，

名叫劉奎元，是家中長子，祖籍福建，祖先後來移居臺南鄉下。」

劉奎元的童年記憶是從臺南的漁村開始的。祖父只是個普通漁民，一八九五年甲午戰爭後，清政府簽訂的《下關條約》讓日本割據了臺灣，日本也確實花了點力氣在臺灣實行近代化革新，運輸、衛生、教育等事業都有發展。奎元的父親就受了些教育，後來成了商人，來往於日本、臺灣之間。為了方便去日本，他不知怎麼神通廣大，搞了一本日本護照。為此奎元從小就受日制教育，在家鄉的小學讀了六年畢業，又進入了只有日本人才能進的臺南一中。他父親雖是商人，卻很重視孩子的教育，借護照之便幫大兒子進了最好的中學，又鼓勵他去日本讀大學，並尊重孩子對專業的選擇。不過只要父親有空回家，總不忘告訴奎元，不論你用日本護照、用日本人姓氏，你別忘自己是中國人，你的祖先姓劉，你將來有了兒子也是中國人，必須有個中國姓，那就是劉。

而今在旁人眼裏看來，他和信子也許是一對年輕的日本情侶，藤野走在前，信子跟在後面，不好意思正眼看她所心愛的，只默默低頭傾聽他直抒胸臆。

「我家離海灘不遠，不時聽到捲著巨浪的波濤咆哮，或是拍打著堤岸又輕輕退去時不捨的嗚咽。我每天在海風、海浪的催眠中墜入夢鄉，又每天聞著魚腥味狼吞虎咽。我多麼嚮往快快長大，好離開這個貧窮的漁村。但是到臺南讀書以後，我卻天天想念它，想念我那些沒鞋穿、不穿鞋的鄉鄰。我發現這個漁村已銘刻在自己腦海中，它就是我不能忘懷的中國臺灣，而不是你們日本想霸佔的臺灣。我們家祖祖輩輩從骨子裏就是中國人。既然你喜歡我，我……也喜歡你，那我就絕不能憑著一

本護照來欺騙你。這就是我離開日本前必須告訴你的話，我相信你會為我保密。後天我離開你們家，即便我會回東京，我也再不會回到你們家，因為我知道雖然日本人不歧視臺灣人，但是日本人和中國人的婚姻是不被日本父母祝福的。」

向來少言寡語的他，幾年來跟她說的話也比不上今晚講的多，而且有的還是文學語言，一定是他在無數不眠之夜反復推敲才定的稿。他說完便準備撑下她大步向前，可是信子這次卻抬起了頭。這位溫柔的日本姑娘有一雙杏眼，裏面包著的水晶體似乎特別的靈動，聽藤野說到他故鄉的夜晚，以及不能騙她自己是中國人，眼眶裏的水銀便溢出來，順著她那粉紅的腮幫，一滴滴地往下滾。聽他提到婚姻兩字，又笑得像灑落了滿天星星在鏡子般的湖面上。她主動上前握起他的手說：「我喜歡你也就愛你的祖國，嫁給你我就是中國媳婦，給你生中國娃。」她只要求一點，現在別將他的真實國籍公開給她父母，等他們將來結婚後她會伺機講明。

這時的藤野，瘦瘦的臉成了一個長長的驚歎號，圓圓張著的嘴就是下面的一點，一副眼鏡差點跌落到地上。他怎麼也沒想到這個看來醜陋、溫順的日本姑娘，居然主動表白將來結婚的事，而且很有主見地告訴他應該怎麼做。這是他一再打腹稿想了無數個夜晚，都萬萬沒料到的。因為醫大學生調中國東北新京實習，本來就必須是日本人，所以他本來就不該在現在宣布國籍的事，他只是覺得再不能隱瞞一個喜歡他的姑娘。然而一切事到她手就這麼順利地解決了，就像在夢境中似的，他被她大膽的愛所鼓舞，突然捧起她的臉忘情地吻個不停。

藤野呆在東京的最後一天，他倆在信子父母的允諾下，雖然匆忙卻很有福氣地訂了婚。一年後信子到新京，他們就結

了婚。在臺南的鄉下一直盛傳這樣一句老話：「男人是土，女人是水，男人是水渠，女人只能順著水渠走，不然就洪水淹天下。」看來日本女人更懂得這個道理，他倆婚後的日子很太平。可是還沒來得及等信子告訴父母藤野是中國人，他卻因成績優異，一畢業就被選中送到剛被日本人佔領的青島，去那裏的一個秘密實驗室工作。

在新京醫院實習伊始，藤野結識了一位中國醫生，是他指導教師的得力助手，有時指導教師有事，這位醫術精湛的醫生就受委託負責帶實習。看上去他不過三十多歲，大家喊他林醫生，日語、德語都說得不錯，在外科室開刀是一把手，因為他年輕，從來沒有老醫生手抖的問題。他似乎不愛多說話，總是不停地在為病人忙，藤野特別尊敬他。

一次在醫院飯堂，藤野發現林醫生買了午餐，靜靜坐在一個角落做謝飯禱告，這在日本人的醫院真是很少見的。不愛多說話的藤野，突然鼓起勇氣坐到他對面。

「林醫生，您是基督徒嗎？」「是。」實在是廢話，明知故問，不是基督徒做什麼禱告？從小在佛教環境下長大的他，不知怎的竟對洋教基督教有一種迫切想了解的渴慕。「怪不得您特別有愛心！」林醫生報以一笑。

半晌，兩人都沒說話，似乎談話就到此結束了。突然林醫生問了一句：「您是日本人嗎？」豈不是以廢話對廢話，不是日本人能從東京醫大到新京來實習？藤野自然回答「是」，但他的赧然頷首沒逃過林醫生的敏銳眼光。「對不起，冒昧了，我忘了實習醫生一定必須是日本人。」未經世面的藤野居然臉紅到脖子根。林醫生向他深深鞠了一躬說：「對不起，我吃完

先退了，您慢用。」藤野呆坐著竟沒站起來還禮。

這以後兩人之間的距離好像近了些。一個星期六的晚上藤野正要下班，沒想到林醫生會站在他面前，告訴他：「每個禮拜天，我們醫院的基督徒都會去做禮拜，你來聽聽吧。」他早就耳聞新京醫院過去是教會醫院，由於被日本人留用的中國醫生，都是醫學界有名望的強手，因此提出的這個交換條件被日本人特許了，那就是星期天除急診的醫生外，都可以聚會做禮拜。林醫生的邀請有一股不可推諉的力量，藤野不好意思地點了點頭。

禮拜就在離醫院幾步之遙的一個教堂裏舉行，陳設破舊不堪，但總算有枚十字架和幾排破凳子，十幾本聖經。來的人總共不過二十來個，都是新京醫院的醫生和護士。門口有一個日本兵在站崗，就像耶穌墓前的羅馬士兵。裏面坐著的還有兩個日本便衣，以便隨時對付意外。禮拜開始唱了幾首聖詩，接著禱告、讀經，再由一位醫生上去講了二十多分鐘，似乎在講耶穌釘十字架，反正他聽不懂，其他的人也似乎昏昏欲睡。藤野不禁心裏稀罕：難道禮拜就是這樣的嗎？真是少見！林醫生是不是宗教狂？可他平時很正常，很優秀，他邀我來幹什麼？難道是到這兒來打瞌睡？不至於這麼無聊吧！整堂禮拜不過一小時，結束後凡有家庭糾紛、子女問題、心裏愁悶的，都可上前讓長老也就是林醫生，一一按手禱告。這裏沒有什麼密室，就在眾目睽睽之下禱告。連兩位便衣大概也認為每周如此，太稀鬆了，所以他倆也免不了睡眼惺忪。

正在藤野站起來準備往外走時，突然聽到前面林醫生喊道：「藤醫生，您今天第一次來崇拜，為了進一步認識耶穌，請讓我為您按手禱告吧！」奇怪，明明是衝著他喊，怎麼漏了

一個「野」字變成藤醫生了？「藤」去掉草字頭是一個中國姓氏，藤野才是日本姓氏，難道是林醫生太緊張，神經搭錯口誤了？但他還是走上前去站在林醫生前，低下頭禱告。他實在覺得內心空得慌，需要什麼東西來充滿。沒想到的是就從這天起，不但耶穌進入了他心，中國也更滿滿地佔滿了他的心。因為就在他選擇坐在林醫生飯桌對面的時候，聖靈就帶領他走這條路。林醫生用一雙外科醫生明察秋毫的眼睛，一直在觀察，早就懷疑他是中國人，現在又兩次接受了自己的邀請，他要用這個機會讓基督耶穌的寶血來拯救這個人，救活一顆久藏在地下的中國情種，讓他認識自己究竟是誰。是的，就是這位加入了中國國民黨的基督徒醫生，教導藤野懂得了如何愛神，如何愛人如己，特別是如何用生命來愛中國。

　　日本人的秘密化學實驗室，就設在離海邊不遠的一座大洋房裏，房子很氣派、漂亮，樹木蔥鬱，聽說當初是哪位軍閥姨太太的公館。若不是門口有日本兵站崗，警衛森嚴，牆頂還圍著帶電的鐵絲網，一般人真還以為是太太、小姐們的避暑聖地呢！藤野每天在這裏工作九小時，八點進去五點出來，時不時還要加班。進去時連午餐帶的日本料理也要仔細檢查，出來時空飯盒也得打開，不准夾帶一小片紙，全身上下搜遍。日本人都很聽話，知道為了帝國的利益，都很順服地配合。

　　晚上吃完晚飯，藤野稍稍逗兒子玄吉玩一會兒，就進入他只有兩三個榻榻米的書房，關起門來喝酒和練習書法，他的嗜好也就這兩樣。每天喝得酒氣熏天，書法堆得一屋子，日本的、中國的都有。信子告訴賣酒的老闆、老闆娘：為了防止先生不能控制自己，喝多了傷身子，每天讓在他家幫傭的山東大

嬸，拿退還的酒瓶去買一瓶新的清酒。

　　這家雜貨鋪是一位山東老鄉開的，門面不大，除了供應一般家用雜貨外，還批發一些日本糕點和清酒、紫菜等，專門供住在鄰近的日本住戶選購。老闆和老闆娘都勤快、和氣、大方，也能講幾句常用的日語，所以不論是住在附近的中國人、日本人，都喜歡上這兒買點什麼。老闆用日語跟信子開玩笑道：「太太，您家先生愛喝，就別一瓶瓶地買，我幫您一打打地進，也省得您家春華嬸子天天跑。」「那敢情好，他一個晚上把一打清酒都喝完，哪天把房子點著了，賠償費由您老闆出，我也就不用愁了。」日本憲兵也幾次檢查春華嬸子的購物籃還搜了身，但每次除了空酒瓶和幾張日幣，什麼也沒有。老闆除了去進貨平時不串門，是很規矩的人。

　　日子一天天太太平平地過著，只有藤野知道他自己是什麼人，最愛他的信子也許心裏清楚：為什麼過去滴酒不進的人，現在卻天天酗酒，並吩咐每天讓春華嬸子去用空酒瓶換酒？

第十章　遠離祖國重開張

在描述香港和馬尼拉這兩個城市時，盡管人們強調它們有相似之處，然而當輪船經巴士海峽，慢慢向呂宋島方向駛去的時候，站在甲板上的三個人，都感到風光和心情大不相同。聽船上新認識的船員、菲律賓華僑老李介紹說：巴士海峽北跟臺灣島南部相連，海峽南端連接菲律賓。三人誰都沒去過臺灣，何況這個島嶼現在被日本人作為其殖民地統治著，是進攻中國的跳板，然而他們還是情不自禁地往北眺望。臺灣畢竟多少年來是中國的領土，多麼希望看上一眼這個從未見過面的祖國寶島，留下可紀念的一瞥。可現在除了洶湧的波濤，什麼也望不見。這兒的海水藍得很深，有的地方近乎藍黑，給人一種凶險的感覺；不像廣州灣和杭州灣的海水特別漂亮，天晴的時候那種誘人的翡翠綠耀眼、熏人，就像姑娘酥胸上的飾物，帶著青春的香味。唉，才離開一天多，就害相思了。

菲律賓這個由七千多島嶼組成的國家，當輪船慢慢駛近她的海域時，可看到岩石峭壁的海岸，像鱷魚尖利的牙齒；又有無數慵懶、奔放的沙灘，就似半躺的熱帶少女，在冬天溫和的陽光下，展示她富有曲線的瑪瑙色的軀體。要在平時這該是多麼令人著迷的度假勝地，可對剛剛遠離祖國的三人來說，現在誰都沒有心情多瞄她一眼。

馬尼拉是個有一百多萬人口的城市，如同開放在巴石河中的蓮花，河水將她的花瓣一分為二。上岸以前三人就跟老李約好，讓他上岸後充當幾小時的嚮導。他像介紹自己的新娘一樣，滿懷自豪步行在鵝卵石的街道上，領他們遠遠走過聖奧古

斯丁教堂。這個由西班牙殖民者在十六世紀末建造的莊嚴的天主教堂，是馬尼拉建築群中的驕傲，可建築它的最早殖民者，卻從來沒有遵循上帝的原則對待這裏的百姓，只不過上帝的名還是必須掛的。

當年反西班牙的民族革命先鋒黎薩就義的市中心廣場，以及囚禁他的聖地亞堡，老李也只能帶他們遠遠地望上一眼，教他們記住個方位而已。當下要緊的是把他們先送到旅館，卸下隨身行李。至於他們的託運行李，包括辛苦包紮起來的瓶瓶罐罐，還得過兩天才能拿到。接著老李帶他們去完成這天最後一項任務：認識一下中國領事館，到達時因天色已晚，大門都已經關閉。不知怎的，看著這幢西式洋房，彷彿回到了家，心裏踏實、溫暖起來。恩首站在大門口，深呼吸，覺得這裏的空氣都有點兩樣。他笑了，笑自己癡呆，不是離開那塊熟悉的土地才兩天多一點嘛！

第二天，先打電話給領事館，要求拜見領事楊光泩，辦公室將時間定在下午三時。方恩首和周誠信將在香港通過的，中旅社馬尼拉分社企劃書拿出來，複習一下重點準備面談，真奇怪心情就像要去覲見皇上。其實他倆都熟悉楊領事，他曾是清華的年輕教授。

楊光泩原是他們的學長，清華畢業後赴美，在普林斯頓大學攻讀碩士、博士。畢業後於一九二七年回母校任教政治學和國際公法，是這方面公認的年輕權威。當時的「三劍客」對他極為崇拜，每次他有講座，他們仨一定早早去佔座位， 一字不漏地專心聽。演講完楊教授一定按西方方式給學生提問的機會，小老弟也會爭先發問，甚至還大膽地加上兩句自己的看

法，所以楊教授認得了他，路上遇到還微笑跟他打招呼。而今小老弟一聽自己被派到菲律賓來，雖然擔心離家越來越遠了，卻也興奮不已，因為又有機會跟楊教授從新會面，向他討教。真是好，清華學子滿天下！

過了十多年了楊教授還是老樣子，一點不見老，風采依舊，戴著一副金絲邊眼鏡，目光炯炯有神，更像一名學者，而不像政治家。他主動熱情伸出手：「久違了，兩位學弟改換門庭，不搞化學做生意啦！」學弟們心領神會，心裏有數他們來這兒的雙重任務，領事不會不知道，這就是他的精細、謹慎之處。「是啊是啊，做生意第一得領事照顧，幫找好的地段，給我們肥的差使。我們新到這兒什麼人脈也沒有，全靠您提攜。」恩首趕忙回答。楊領事眼裏閃著光充滿笑意。「未來的馬尼拉分社社長、副社長，旅行社還沒開張就學會一套套的生意話，真有你們的！具體事務，你們多跟這裏的華僑商會會長討教吧，我們還是敘敘舊，說說你們從香港帶來的消息。」彼此不知不覺談了個把鐘點，要不是領事底下另有安排，說不定能談半天呢。從領事館出來，就像在家裏飽餐了一頓，肚子飽，心裏喜，嘴上甜，連飯都沒想到去吃。

過了一個禮拜老吳和他太太也到了，而且他已通過父親的關係找到鋪面和住房，一來就安頓好，只要去商業局辦理登記手續就可開張。小老弟可沒這麼幸運，因為他要趕馬尼拉大學醫科新學期的註冊、上課、實習，先忙著顧這一頭，找房子的事只得交給周誠信和丁香去辦，一個是書呆子，只會評斷房子是否合宜秘密試驗，至於怎麼找、怎麼跟人打交道，周誠信可比丁香遜色多了。等老吳一家都安置好了，他們仨還在住旅館呢，幸虧不久訂下了海邊一幢獨立小洋房做住房，條件跟以前

的房子大體相似，不過多了一個臥房，大家都很滿意，趕忙搬家。

　　這裏的商會幫忙初步談好一辦公樓，地點卻不太理想，他們漸漸地才明白，原來馬尼拉有一菲人旅行社，對中旅社來此設分社「分享大餅」有排斥情緒，自然磕磕碰碰不順利。另外新來乍到的方恩首跟軍方上級的聯絡，現在一切只有通過領事館，上級指示，哪怕分社沒開張，他們也必須抓緊NK在人體的試驗。

　　抗戰已經進入第四年，形勢不容太樂觀，大片國土淪入日軍手中，可見當年濤哥堅持將一個秘密試驗室設在香港，而今又同意搬至馬尼拉，是有遠見的。這樣做至少爭取了一段相對穩定的空間與時間，因地制宜進行了小型秘密實驗。在馬尼拉剛立足，表兄弟倆就已開始NK化學藥劑的人體試驗，正常情況下至少要在小動物身上先注射個一兩年，不過現在不是一切都不正常嗎？難以一切依常規按步就班地進行，日軍早就開始試驗NK化學武器了！如此情勢只得提前開始，觀察NK對人體的危害。由於它是液體燃燒產生的一種光，對人視覺神經的損害是毋庸置疑的，那麼對人體其他神經及器官有什麼危害？需要實驗的數據。在這人口比較密集的地區，不可能進行氣體實地試驗，任何氣體的外泄，都會引發危險，所以還是像在動物身上試驗那樣，以一定的劑量、濃度注入人體。

　　隨著注射量的漸漸增加、積累，作為一名醫生的恩首，他清楚自己身上的每一個變化。由於不能寫試驗和診療日誌，怕萬一落到日本特務手裏，他只得每天在心裏不斷重複自己的病歷：開始隔天注射NK 2CC，第三天視力開始模糊，腋下及龜頭

出現紅腫；第五天腋下、龜頭出現疹子，各五六顆；第七天疹子已連成一片，奇癢，睪丸也開始發疹子，五顆。啟用消炎藥膏治療，覺得毫無性趣。第十天部分疹子出現水泡，畏寒，低熱，龜頭、睪丸萎縮，胃口喪失。開始增加口服消炎藥，停止注射。第十二天疹子開始潰爛，精神萎靡，體溫升高。雖然是醫生，但這幾年來的實習學會的僅是為病人看病，卻不知道在自己身上「種植」疾病是極可怕的。當他關了廁所門自我檢查時，心砰砰砰地亂跳，好像患了心動過速症。除了眼睛視力消退至0.5，生殖器官損傷最為明顯，看到它們那可憐的模樣，他感到噁心又畏懼。「五、六、十、十一……，這麼多水泡，我的天啊，都數不清了！」體溫也在不斷上升：37.5……。

恩首覺得自己成了一隻在熱水中被煮的龍蝦，不過隨著水溫的升高龍蝦是神志不清的，而自己卻是神志清晰得很。害怕是自然的，每個人都怕死。當你與敵人面對面拼刺刀時，不是死就是活，根本來不及思考死亡的問題，反而會無視一切。而當你落到敵人手中，歷經折磨，死亡分分秒秒都在威脅著你，這時容易膽怯，甚至淪為叛徒。所以常有人在被捕的霎那，寧願服毒了結生命。恩首明白自己不是什麼英雄，只是個普通的教員、醫生，看到毒液漸漸吞噬生命並危及生育能力，他感到畏懼、迷茫，特別是他知道這樣的試驗才剛剛開始。他不停地給自己打氣：「沒什麼了不起，不是還能天天工作十八九個鐘點嗎？壯實著呢！」要緊的是趕快配副眼鏡，否則手術都看不清。

丁香感到十分困惑：怎麼結婚才幾個月，年紀輕輕，外表看來很健康又英俊的先生，一下子就對房事沒興趣了，完全缺乏三十歲男子那種急吼吼的欲望，倒像個七八十歲的老頭，一

提那事總推說自己太累，一拖再拖，就是不想上陣。有一次，她實在忍不住他的推諉，不知哪來的突發力氣，把他一下摁在身底下，自己迅速爬在他身上，只見他雙手緊緊摀住「小弟弟」，眼睛裏射出可憐的目光，像個犯了錯的孩子在討饒，完全沒有了往日男子漢的氣概。「我太累了，饒了我吧！」丁香習慣他頂她甚至挖苦她，就不習慣他這麼哀求她，沒有一點自信。她歎了口氣滑下身來，「算了，算了！」真比完成房事還累。

還有那個表哥，也不知哪根神經搭錯了，以前在香港他辦公回來，也會跟丁香說笑幾句才上閣樓，現在恩首悶，他比恩首更悶，好像兩人在比賽似的。過去他蠻通人情的，小老弟忙他就幫她餵養老鼠、伺候兔子，後來老鼠、兔子都死了，狗狗生病，他還安慰她，幫著打針餵藥。他們離開香港前，必須不讓丁香知道，偷偷借口送人將狗狗消屍滅跡，他還主動想到叫小夫妻倆一個抱寶貝，一個抱貝蒂，拍一張照留作紀念。現在她一想狗狗，便會拿出這張照片來看看。多麼善解人意的一個好男人，她也一直覺得該給他介紹個姑娘成個家。現在可好，悶葫蘆一個，掛著一張苦瓜臉，老躲著人，身體也越來越瘦，就像個影子似的悄悄在房內移動、消失。要麼兄弟兩人都躲在廁所裏，半天不開門。這是怎麼回事？都成同性戀啦？！

九月的一個晚上，天氣悶熱，明明已是秋天，雷陣雨該失去了夏天的淫威，閃電卻不時似利劍劃破沉寂的夜幕，雷霆帶著整個夏天囤積下來的鬱悶，一路耍潑、撒野、顯威風。丁香全身煩躁，薄薄的綢睡衣被汗水緊緊粘在身上，在屋裏踱來踱去。恩首在洗澡，突然她借口要找什麼東西，慌慌張張門也不敲就衝進浴室。他急急忙忙摀著「小弟弟」，但她第一眼就看

清了，不看不知道，一看嚇一跳，竟發現他正在給自己的龜頭
上藥，「小弟弟」又紅又腫，長滿了疹子，有的地方還血淋嗒
滴。她驚嚇得天塌地陷，屋子像被雷一下擊中了似的，就坐在
濕漉漉的地板上，半天不言語。她希望他給個解釋，可是誰也
不說話，他只是蹲下身來捋了捋她黏在脖項上的幾綹頭髮，能
用幾句話向她講得清嗎？她實在忍不住，低著頭吞吞吐吐地問
他：「你老實告訴我，是不是生楊梅瘡？以前你不是這樣的，
要不要看看醫生？」這話刺激了他，本來的滿腔愛憐立時轉為
憤怒，眼睛瞪得有笆斗大：「你不會說話就別說！神經有毛病
啊？我⋯⋯我怎麼可能染上梅毒，然後再結婚來害你？你當我
是流氓？！沒事的，不用你管。」

　　接下來兩天都像是黃梅天，天悶悶的，地濕濕的，連腳步
聲都是沉沉的，兩口子誰都不理誰。恩首連著「小弟弟」的大
腿根部淋巴結都腫得突突的，連跨步都困難，不免蹣跚。一起
實習的醫生問起高醫生怎麼了？他只能啼笑皆非地答道：「都
是你們馬尼拉的鬼天氣，濕氣這麼重，弄得我水土不服，真沒
想到濕氣能把醫生害死！」丁香對他依舊不聞不問，這真把他
氣得咬牙切齒。以前兩隻狗狗生病她還那麼心疼，那麼擔心，
整天抱在懷裏；現在狗狗不在了，人病了，反而懷疑他生了梅
毒。這樣的女人還說她聰明，完全沒腦子！怎不聯想一下，這
種症狀是什麼引起的？他越想越氣，越不想跟她解釋。兩口子
鬧別扭，整個家就像個殯儀館。那天丁香買了兩磅草莓回家，
在菲律賓草莓不像芒果是本地水果，而是暖房裏栽培出來的，
價錢比較貴。平時恩首是最愛吃這東西的，現在看到那紅紅的
顏色，上面一粒粒突起的，真的有點像他那縮了尺寸、潰爛的
「小弟弟」，覺得她是在揶揄、挖苦他，盛怒之下，把好好的

草莓全丟進了垃圾桶。

　　表哥一看兩人吵得真不可開交了，便主動出面跟丁香說明：恩首的症狀是試驗引起的性器官毛病，不是梅毒，自己注射後也有同樣的病灶，很痛苦，但他們正在想法治療，叫她別擔心。「日本侵略者就想叫中國人斷子絕孫，叫男人都不像個男人，不能打仗。我相信只有中國女人才能諒解、愛護自己的漢子。好好過日子吧！」這才讓她一顆吊著的心放了下來，「那他自己就不能說明幾句啊？」「你想你說了梅毒之類的話，他是個自尊心極強的人，自然覺得受了委屈。你連貝蒂、寶貝得了病都不斷地愛撫，這次怎麼不多愛撫愛撫他？」「他怎麼不曉得愛撫我？女人是最需要關愛的，我還委屈得慌呢！」「我知道小嫂子是最大度的人，跟了這個秘密實驗的負責人，一頭強頭倔腦的倔驢，是受盡委屈，我代賠不是啦！」這是表哥第一次稱她「小嫂子」，丁香心裏頓時舒暢，這次天再塌下來她也能頂住。

　　女人總算擺平了，她原是個比較簡單的人，表哥自己心裏倒擺不平了。不是嗎？丁香有他安慰，恩首有丁香安慰，我的苦悶又有誰想到呢？雖說跟小老弟親似兄弟，可他忙得連頭都來不及抬，天天面對面卻根本誰都沒空多看上對方一眼，眼裏只有那些裝化學藥品的瓶瓶罐罐，以及對方和自己的紅腫潰爛的「小弟弟」、睾丸，連做夢都是這些可怕的東西。

　　原來當初濤哥看上表哥，不僅因為他在化學系成績拔尖，「三劍客」有絕對的默契，也是因為他那時喪妻不久，這個人卻又特別眷戀舊情，至少幾年內不會想到再結婚，這樣他跟小老弟住在一起，才能安安分分作為表哥寄人籬下，充當助手和聯絡員，他們的試驗計劃才能實現。然而人是會變的，看到小

老弟雖然離開了麗珍嫂子，至少現在有個貼心人在隨時關心著他的需要，他倆像一般的夫妻一樣，也常吵吵鬧鬧，至少並不寂寞。吳老闆雖說沒兒女，卻有個好太太。只有自己出入隻身孤影，有了苦悶和病痛也不知跟誰說去，而且「小弟弟」這個慫樣，今世也別想再結婚了，唉！

第十一章　噩耗連連

次年八月方恩首以化身高樂平之名，在馬尼拉大學醫療外科畢業，取得了畢業證書。表兄弟倆人體試驗進行了近一年，現在停止了注射，單單研究治療方案。可恩首經辦的中國旅行社分社登記的事，卻一直不太順利，好不容易到了十月，才算萬事大吉，可以開張。待到上報出廣告時，老吳說要先請個算命先生算一下開張日子，遭恩首反對，他就擺出權威架子一本正經地說：「做生意就得興這一套，否則選的日子不對，其他生意人就會覺得你好奇怪，不合淘，沒人緣。」最後不得不聽老大的。終於擇吉日剪彩，分社召了幾個員工，正式開始營業。總算兩件大事全落實，「三劍客」好不容易鬆了一口氣。

誰想到亂世人的命運就是不能預測，只過了兩個月，即當年十二月七日，日軍偷襲珍珠港，太平洋戰爭全面爆發，第二天日軍便毫不客氣地進襲菲律賓。不管是美國陸軍參謀長馬歇爾，還是美國遠東陸軍司令麥克阿瑟，都沒想到這麼快就要應戰，更不必說遠在亞洲本土的中國政府，於是一切都亂套了。

中旅社馬尼拉分社經營的，原也是抗日需要的進出口物資，為它們提供另一個運輸渠道。怎料及表兄弟倆眼見辛苦了一年多，衝破重重阻力剛成立起來的分社，業務還沒來得及展開，就要解散員工關門大吉，心裏極不是滋味，然而只得服從形勢，一個個拿了解散費悵悵離開。由於沒接到軍方撤退秘密試驗小組的命令，也只好先自行停止試驗，趕緊在家先銷毀秘密實驗室的部分藥品，因為馬尼拉會陷落日軍之手這是絕對的，只是日期還難預料。

　　恩首走在去領事館的路上，行人寥寥，向來樂天過日子的菲律賓人，近來似乎也知道發愁了。去年聖誕節他們一家在這裏過的，正是馬尼拉盛裝打扮的時節，天也不算太冷，處處還見得到節日拿出來銷售的各種花朵，有的姑娘還把花兒夾在頭髮上；櫥窗裏滿是聖誕的飾品、包裝精美的禮物，街上到處能聽到歡欣的聖詩，餐館裏傳出一陣陣烤乳豬的香味；聖奧古斯丁教堂鏗鏘的鐘聲，將節日的氣氛提升到最高潮。然而今年大不一樣。

　　這幾年幾乎每年聖誕節前後日子都很不好過：抗戰爆發那年十二月二十四日，他的家鄉杭州淪陷，他領著妻孥從上海戰場撤出後，幾乎都是在撤退、再撤退中度日；翌年聖誕節前棟棟被炸死；一九三九的聖誕他們準備從香港前往馬尼拉，秘密實驗室面臨撤離，滿屋亂七八糟的藥品、瓶瓶罐罐，誰還有心思過節？去年才過了個還算溫馨的聖誕節，今年又將在恐懼中迎接節日，特別是今天在無線電裏聽到消息：麥克阿瑟司令宣布馬尼拉為不設防城市。當然這是為了保護城市的建築和古蹟，更是為了人民少受痛苦，但這也意味著馬尼拉放下武器，攤開雙手迎來了敵軍。中國人向來不來這一套，也不能理解還沒打呢就說「不設防」，竟然只要日軍不狂轟爛炸，就請「和平」地進來吧。什麼他媽的美國人的禮數？！他忍不住罵了起來。那中國政府怎麼看？怎麼辦？於是他更加緊了腳步，必須馬上到領事館請示。

　　領事館亂成一個被搖撼過的馬蜂窩：搬東西的，燒文件的，請示匯報的，人來人往；電話鈴聲，踢踢噠噠的腳步聲，

高聲的呵斥；加上紙張燒焦的氣味，幾乎使人踏進館內就暈眩。打聽半天才知道武官不在，只得等領事接見，可是有這麼多人要見他，每個人都覺得自己的事最重要。行，誰也別爭，稍安勿躁，老老實實排隊吧。一排就排了兩個多小時，天都黑下來了，他方才得以進入楊領事的辦公室。

在防空燈罩的黑影陪襯下，原本高大的楊光洭好像突然從大號縮成中號，怎麼三個多月沒見他竟然瘦成這樣，眼袋鼓鼓的，臉的輪廓格外清晰。還是領事先開的口：「武官外出前告訴我，沒有接獲有關你們的指令，其實我們都沒有接到撤退的命令。正在檢查是否電臺出了問題，也許從中國來的訊息一律被日軍截斷了。」「那麼政府不能通過美軍司令部的電臺發報？」「誰都不清楚當前的情況，美軍司令部只說叫我一家跟他們的飛機走，但是沒有我們政府的正式撤退命令，再加上這裏眾多僑民的事情，我怎麼可以一走了事？」楊領事一邊說話，手裏一邊整理著文件。「你無論如何也得走，日寇是什麼都幹得出來的魔鬼！」「沒事。說說你們的事，我記得你們是一年來領一次經費，年初本該是來領錢的時候，可現在我們什麼錢也沒有領到，不過你拿著我這張紙條，可去財務組先拿一點點救命錢。我本不管財務，現在不是緊急嘛……」他塞過來一張寫有數額和簽名的紙，沒等開口他就這麼體恤大家，真叫人感動，恩首就更不好意思伸手。「我們兩個在中旅社拿了點遣散費，老吳做生意的，手頭也該有點錢。你這裏太緊張了，我們不領。」隨手將紙條塞回去。「也好，需要錢的人實在太多。你們現在怎麼打算？」「可能先去別的小島，到鄉下躲一躲，看形勢並等上級命令再說。正好前一段時期，在我畢業後曾趕了一份試驗總結報告交上去了。」「這是個島國，想法取

得菲律賓老百姓的幫助，躲一躲也好，只要守住秘密就行。我熟悉這裏，只要還活著，會想法聯絡上你們的。」

談話不過幾分鐘就結束了，屋外好多人等著呢。恩首走出領事館的時候，楊領事有力的大手跟他緊握的溫暖感一直陪伴著他，而且一輩子陪伴著他。他感覺就像一個大家庭遭強盜搶了，父母親雖然不在家，但長兄為父，將弟妹一一藏起來；躲在暗處的弟妹，望著留守的年輕兄長，心裏就踏實、有安全感。領事就是「家」裏領頭的主事人！

回家要緊的是加緊銷毀試驗用品，不讓任何人察覺這普通民房曾用作化學試驗。自己犧牲生命沒什麼，決不能泄露軍事秘密。其實從下半年開始，上級傳來的消息一直警告：日軍可能會發動太平洋戰爭，所以試驗室要慢慢收緊，直至最後撤退，然而實驗又不能停。這真是「又要馬兒好，又要馬兒不吃草」。為了收緊，自然要減少進化學藥品；要維持試驗，又必須有一定的儲備量。為此，表哥已減少去吳老闆店裏進貨。問題是日本人若佔領整個馬尼拉，那麼閣樓上的存貨和實驗室的瓶瓶罐罐以及實驗設備，如不馬上破壞掉，即使遭炸彈或炮彈轟擊，它的廢墟也可能依然是個軍事秘密。

恩首和表哥在閣樓上趁自來水沒斷，將可溶性的藥品都倒入容器內加上水，待溶解後和著自來水一起沖到下水道裏去，卻必須確定不會發生化學變化。桌上大小容器排列成隊，他倆就像魔術師一般穿梭其間「變戲法」，然後又像鐘擺似地擺過來擺過去，一刻都不敢停下來，根本想不到吃飯。丁香收拾好了下鄉的東西，也上來幫忙。「喂！我一天沒煮過飯，我們也一天沒吃過飯。餓嗎？」「是嗎？」表哥似乎這才想起吃飯這

件事。「那我們吃過什麼？」這次換了恩首問她。真奇怪，整整一天就跟著兩個只知道工作的機器人在一起，他們什麼也看不見、記不住。「我不是給你們每人發了幾塊餅乾嗎？你們怎麼全都忘了？」「喔！」「我嘴巴乾死了，反正也沒有開水，就喝點自來水吧！」看看兄弟倆都累得直喘氣，水管因開到最大，發出咕咕的怪聲，就像是從他們喉頭湧出來的。

這幾天並無十分激烈的戰事，日軍只是偶爾打一兩聲炮嚇唬人。當日卻突然有一顆炮彈砰地一下落在附近的地域，天花板震得掉下一塊，感覺就在自家頭頂上炸開了。恩首猛地把身邊的丁香按倒在地，撲上去正好遮住她，桌上有些瓶瓶罐罐倒成一片。「當心NK！」表哥驚叫一聲，說時遲那時快，一瓶裝有淡黃色液體的瓶子震倒後，裏面的液體正順著桌面往下淌。「丁香別動！」一聲大吼，恩首繼續伏在她身上沒動。「表哥你來處理，戴手套！」還好表哥前面工作時一直戴著手套，他小心翼翼地用大海綿將桌面吸乾，再擦了一遍。「行了！」小老弟這才爬起來，幸好冬天衣服厚，只有脖子露在外面的地方淋到了兩三滴，且已紅腫起來，馬上用水清洗，以減少腐蝕。

經過兩晝夜奮戰，那些特殊的可溶性藥品差不多都銷毀了。叫人擔心的是外面形勢怎樣，還走得了嗎？老吳聯絡上開出去的小船了沒有？恩首在家把一部分能冒充診所用的普通藥品，盡量整理出來搬下樓，必須毀滅試驗室的痕跡。他的脖子幸虧有昨天的應急處理，不過還是有點紅腫，有點僵硬，加上他的大腿窩的淋巴還沒消腫，「小弟弟」的潰爛雖已結疤，可還有點牽牽拉拉的隱痛。同病相憐的兄弟倆，行動起來活像「卓別林」在演無聲電影。他們別別扭扭地跳上跳下，搬上搬下，動作倒也還算利索。

　　這天晚餐是兩天以來第一次吃了個飽足，沒想到飯後人卻更犯困。丁香幾乎把一罐藥粉全撞翻撒在恩首身上，他正想開口痛罵一頓這笨婆娘，看到她累得站都站不住的樣子立即閉上嘴，並下令天大亮前大家睡兩個小時。蓋上被子，其中兩人像被魔杖點了穴似的，馬上睡熟了。可是恩首卻不能入眠，這種場面又勾起他對長沙那一幕的回憶，棟棟那塊傷疤盡管縫合已久，今天卻又血淋淋地撕開了。棟棟你在天上不會寂寞，有素珍阿姨陪你，有天父疼你，就是爸爸、媽媽想你，……慧慧你想爸爸嗎？近三個月沒收到你媽的來信了，她知道馬尼拉馬上將淪陷，還不知急成什麼樣呢……

　　一九四一年的除夕，極悲慘的一個除夕，老吳總算找到了船員老李，並通過他聯絡到一條小船，有兩人划槳，帶領著兩家人冒險摸黑出了港灣，往老李的家鄉，一個不知名的小島駛去。船划了足足一天才到達，老李把他們五人領到他老家的屋子裏，讓他們先沖了個涼，又請族人幫忙將大夥兒餵飽，由於過度的勞累，躺下足足睡了兩天一夜。當他們帶著驚懼醒來，已經是一九四二年一月三日傍晚。

　　恩首第一個醒來，一下子搞不清自己現在身處何方，半天腦子裏的線路才接通，這是稀有的現象。他摸摸索索走到中間的堂屋，這裏的房子結構跟中國農村相差不遠，只是簡陋得多。老李一個人坐著猛抽當地的呂宋煙葉，看來他已經外出打聽過消息，緊蹙的眉頭告訴恩首事情不太妙。

　　「醒啦？不好的消息：聽說馬尼拉已經落在日軍手裏了。」當頭一個霹靂，差點沒把恩首打得癱在地上，半天才「醒過來」的他接著問：「那扼住馬尼拉灣門口的克雷吉多要

塞也丟了？不是號稱『永不淪陷的要塞』嗎？」「眼下還沒丟。不過聽華僑傳說，還有一個更壞的消息，那就是：中國的總領事跟所有外交官員，都被日軍抓起來了，看來夠嗆！」這次恩首真的手腳發麻，頭腦一片空白。

當恩首走進臥房叫醒了四個同伴，告訴他們這兩個噩耗時，自己倒又真的清醒了，因為他是這個秘密小組的頭，必須學會在最嚴峻的時刻保持清醒的頭腦。「既然馬尼拉陷落、外交官員又全部被捕，我們根本沒法再跟總領事楊光洼聯絡上了。一切聯繫、指示、供應全都斷了。如今我們真的成了斷線風箏，掉在他鄉土地上。好在我們有五顆頭顧五雙手，還有這兒的華僑，要相信鹹魚是能翻身的。」

他的嘴唇因多日缺水，至今還龜裂著，又是一嘴的燎泡，鼻子底下是火氣發出來的「爛草莓」，眼睛紅紅的，因為瘦眼球特別突出，脖子上NK留下的疤痕又紅又硬，有的地方還滲出黃黃的水。向來英俊的方恩首從未像現在這麼醜陋，然而內裏有一股精銳之氣，就像戰士的雕像那樣，給人一種英勇有力的感覺。他領頭，五雙手緊緊握在一起，他們開始冷靜地商量：從今天起打入菲律賓民眾，隱蔽自己真實身份的方案。

第十二章　世外桃源

三個月以後在老李的幫助下，高家三兄弟在村子裏安頓下來。方恩首使用的是高樂平這一名字。真奇怪，吃這裏的糧、接這裏的地氣、穿這裏的衣衫，皮膚也就越來越像本地人，不仔細看就跟當地的華僑一個模樣，還真分辨不出來。特別是丁香、吳嫂穿了村婦的短衣短褲，又吃了這裏的玉米，那個胖墩墩的模樣，就像「無錫大阿福」，特別可愛。主餐用玉米麵做的糕有點甜味，一頓可以吃下好幾塊。肉雖然很難見到，但魚蝦之新鮮，幾乎頓頓做主菜。丁香隔三岔五就要跟吳嫂比腰身，看誰的肉長得更快，她似乎完全忘記了當年在舞場怎麼盡力保持腰身的纖細，一味地讚揚這裏的玉米、魚蝦實在養人。還有這兒的芒果，不像馬尼拉論個兒賣，是論斤秤，價錢簡直賤到隨你吃。

唯一缺陷是口音一下子難改，難以蒙混過關。這些清華學子的英語純英國紳士腔，跟帶菲律賓本地腔的土英語雖能溝通，卻不可同日而語。他們中間進步最快的是吳老闆，他經常跟走街竄巷的鄉村小販搭訕，又一場不拉地去集市。日本人雖說佔領了馬尼拉，但沒佔領菲律賓所有的海島，鄉下農民和海邊漁民無不依賴物物交換的集市貿易，所以日軍沒到的地方集市照常開放，吳老闆一到那裏就生氣勃勃，如魚得水。一天一個帶著斗笠的鄉下人，挑著裝木瓜的擔子吆喝著，停在高家暫住的屋子旁邊，還探頭探腦地操著菲律賓口音的蹩腳英語，向丁香要水喝。丁香不敢得罪鄉下人，又怕這是日本間諜，顫顫巍巍地舀了一勺水奉上前去，不料那人突然脫下斗笠大笑起

來，原來是老吳！後來丁香複述這一切時，每個人都笑得前俯後仰的，啊呀呀！自馬尼拉開戰以來每天都緊張兮兮，從沒有這麼開懷過。要是真能這樣生活在漁村，倒也真不錯！

可惜在這種年代，連暫時在「世外桃源」歇腳都極難能可貴。四月八日晚巴丹發生強地震，連高家落腳的島也天動地搖，鄉民們都起身，以為是日本軍隊用大炮轟打了進來。第二天才獲悉，這場天災使巴丹精心築起來的防禦工程全都坍塌，僅剩的糧食、武器、彈藥也都被埋起來或震沒了。日本海上艦隊趁機用大炮猛轟，並出動轟炸機進行地毯式的濫炸。接著又聽說巴丹的美軍司令金將軍投降日軍了。問題是消息是否傳得有誤，要是真投降了，怎麼日軍還一個勁連續轟炸？原來這是日軍的武士道精神，他們向來認投降為可恥，所以對可恥的投降者大開殺戒是受推崇的。現在剩下的美菲聯軍，究竟應該為了保全幾萬生命而投降，還是應該為堅守誓言和保衛陣地戰鬥到最後一卒？

鄰居家無線電一遍又一遍在廣播，麥克阿瑟對巴丹軍頒布嘉獎令，高樂平聽了就像一頭困獸，在山崖邊的熱帶叢林裏繞來繞去，參天老樹像刺在他腑臟裏的長矛，痛苦無比，以致雙手捧著頭大聲吶喊。他恨不得這一刻就掉下石崖，或者被最毒的蛇咬死，因為這種痛苦最多不過幾秒鐘之久，沒什麼了不起。而活著必須面臨的是無盡的責任，以及對屈辱和死亡的恐懼。

是的，眼看由於巴丹的投降，與它隔海相望的克雷吉多要塞的美軍司令也必然會投降，不過是時日而已。因為美國人的價值觀跟中國人、日本人不同，他們是基督教文明國，看重的是上帝創造的人的性命。幾萬人的生命在天平上一傾倒下去，

局部的輸贏、軍人應守的命令和榮譽都顯得不重要。中國是講究儒家文明的國家，提倡「士為知己者死」的荊軻精神，只要受知我者明君的委託去完成一項任務，那是拼了命也要去幹的。日本信奉佛教，只崇拜佛祖一人，在地上只忠於天皇，面臨險境守不住了，眾將士齊剖腹自殺，以謝罪於天皇陛下，普通人的性命有什麼了不起？

這些亂七八糟的思想就像毒蔓糾纏住大樹的枝幹，樂平覺得幾乎不能呼吸。他不住地搖頭，想擺脫這些有關價值觀的念頭，因為美菲聯軍的全面投降已迫在眉睫，面臨日軍佔領的現實，問題是：這個秘密試驗小組今後該幹什麼？能幹什麼？是隱蔽在鄉下，放棄試驗任務以保存實力，還是回到馬尼拉利用城市的條件，主動尋找領導關係，以手頭餘下的美金創造條件，有朝一日繼續試驗？心裏的天平不是向一邊傾斜，而是兩邊不停地搖晃，現在的他不該只是個血氣方剛的青年，說拼就衝上去，作為這個精英小組的負責人，成員們可以不顧性命，他還是要為他們和家屬多方考慮。

幾天後又傳來噩耗，說是日軍四月十七日已經在義山槍殺了中國領事館的全體成員，即八位外交官員，總領事楊光洤也在內。不過這些消息並沒有得到證實。華僑中也有傳說：楊領事就義前突然轉過身來指著胸口對劊子手說：「對准這兒打！」這麼清楚的細節不像是虛構的。這可怎麼辦？楊光洤一直是高家三兄弟聯絡的唯一上級啊！

記得大半年前，化名高樂平的方恩首，獲得馬尼拉大學醫學外科畢業文憑時，雖不能張揚，但楊領事知道後，還是請了他夫妻倆和周誠信去家裏吃飯，以示祝賀。那是八月的一天，

第十二章　世外桃源

楊領事家住在一幢獨立的洋房裏，有臺階，有花園，顯得蠻有氣派。本來嘛，楊領事出身於上海頗有名望的商人家庭，父親腰纏萬貫，兒子卻沒繼承他的生意，而做了教授、政治家。他的太太也是名媛，出身望族。那天她穿了一件白緞子無袖旗袍，盡管有了三個孩子身材還是那麼苗條。那種高雅的氣質、美麗的容貌，一雙充滿智慧的眼睛，只要看上一眼，哪個男人不動心？誰都說楊領事和她是天設地造的一對。三個女兒更是又漂亮，又可愛。這一家，叫人看了不勝羨慕。

此刻小老弟第一次想起自己的小女兒，覺得有兩個女兒其實也是很好的事。看著這一家，這幾個女孩，他不能不想起自己的另一個家，而且特別想念慧慧，她該有楊領事第二個女兒那麼大，八歲的大姑娘懂事了，他的慧慧說不定更聰明呢！是梳小辮子還是直頭髮？不，不會梳辮子，因為麗珍說過，慧慧的臉型像爺爺，長方臉要留長點的頭髮向裏捲一點，襯著才更好看。麗珍向來會給孩子打扮，孩子帶出去沒有人不說漂亮的，他也因此自豪。撤退前由中旅社轉來了麗珍的信，她依然遵囑寫得很短，用英文寫的，最後一行居然出自慧慧稚氣的筆跡：「Dear Daddy: I miss you. What time you will come back? Kiss you!」（親愛的爸爸：我想念你。你什麼時候回來？親吻你！）

當時楊領事好像發覺他有心事，問道：「有幾個孩子啦？幾男幾女？」恩首的心還在遠方的太太、女兒身上，一時沒回過神來不知怎麼回答，丁香搶先回答道：「我們來馬尼拉之前剛結婚，還沒有孩子呢！」「那麼就當著你太太的面，我要勸你一句：中國人以為男孩才傳宗接代的觀念，一點道理也沒有。社會越進步越不該有男尊女卑觀念。我就覺得有女孩特別幸福，因為她們心細體貼。」隨即轉身問周誠信：「你呢？」

「我太太過世了，沒有留下孩子。」楊太太代她先生說：「對不起，冒昧了。不過您還年輕可以重來，快點加油，有了孩子家庭會更幸福。」誰說不是？這是三個人的心聲，可是跟這個倒霉的NK接上了緣，又怎麼懷孕生子？三人不禁都低下頭黯然神傷。楊太太很驚愕，不知自己說錯了什麼話。

……倘若現在楊領事真犧牲了的話，楊太太和三個女兒不知怎麼樣了？想到這些，他們覺得心都揪起來了。

又過了半個月，高家三兄弟在鄰里中聽到傳言：美菲聯軍總司令溫賴特中將，已率全部軍隊向日軍投降，保存了九萬士兵的生命。菲律賓人都紛紛轉傳這類小道消息，說溫賴特表示在責任和榮譽面前，他選擇了前者。至於美國人對巴丹島及溫將軍的投降行為怎麼評價，那都是以後的事，是史書記載的事。眼下的局面是菲律賓政府逃亡美國，日軍全部佔領了這個多島的國家，統治這多難的民族。

五月的菲律賓已經十分炎熱，雨季還沒正式開始。高家三兄弟在那悶熱的晚上，和著外面青蛙的合奏，在漁舍召開了一生中最重大的會議。小老弟說了開場白：「別怨天，別怨地，瞬息萬變的形勢是我們的上級也預料不到的。領事館被端了，政府連撤離外交官的事都沒來得及安排好，哪還顧得上我們？從今以後咱們的打算就得靠自己。現在得討論出方案：是隱蔽在農村保存力量、生存下去，化學試驗就壓根兒別去想了，還是伺機回馬尼拉去，設法聯絡上城市的華僑勢力，並尋找有沒有潛伏下來的關係？得有錢、有化學藥品，英雄才有用武之地。」

半晌沒人開口，這事太大了。在異國他鄉本來就夠難的，

有個領事館就像有個長兄管著事，現在長兄都被殺了，儈子手還在屋裏霍霍地磨刀，我們赤手空拳還要闖進去嗎？不闖，躲在鄉下苟活著，那派我們來菲律賓又是為什麼？上級濤哥他們這麼看重清華「三劍客」，難道「士為知己者死」是空頭支票？於是最有儒家名士風度的周誠信開腔了，「這漁村裏的桃花源風光固然不錯，但我們不是漁翁。應該回到馬尼拉去，那裏才有化學藥品，才有用武之地，哪怕是『風蕭蕭兮易水寒，壯士一去兮不復返』！」「別忘了，你我都是家中的長子，你要想好了，真的不復返，怎麼盡家族中的責任呢？」小老弟提醒他。老二答道：「自古忠孝不能兩全。」老吳插話道：「你們都是長子，我是一個逆子，我老爹早就講有個算命的跟他說，咱家必出個逆子。他早就把我劃為透支戶，不，現在早就不是透支戶而是爛賬戶。所以我破罐子破摔了，還是回馬尼拉去！看看在馬尼拉還有沒有可能，從遠方老爹身上刮到點油水。那是大城市，跟新加坡向來有往來，化學藥品也比較有辦法弄到，不像這兒只有木瓜、芒果。」一場嚴肅的政治談話，最後輕鬆地做了決定，畢竟中國人血管裏還流淌著祖先荊軻的血液。

這個決定也早在小老弟的預料之中，他沒法反對，多年之後每當他想到這夜壯士們的心志，不知怎麼的他一直有種內疚：為什麼他作為小組的負責人，對每個生命應負起責任的人，沒有在那夜對隱蔽在農村的方案，發動大家多加討論，竟在一時沒人接話茬時就以老吳的決志作了最後決定。他獨自一個人的時候曾再三衡量，天平翹過來又翹過去，可是跟弟兄們一聚攏，他怕人誤會沒上戰場就當縮頭烏龜。是的，對美軍司令的投降行為，絲毫不能理解的他們，自然不會同意為尊重生

命不作無謂犧牲的主意，一定是冒險堅持走荊軻的路。

　　事情不像想的那麼簡單，能說走就走。第一得通過村裏人打聽馬尼拉準確的現狀，也就是說不能聽傳說，得見著最近親自去過馬尼拉的人。第二得找關係，要不然到了那裏住哪裏，現在當然絕不能住旅館，招日本人懷疑、抓捕。第三得做些衣食錢幣方面的準備，鄉下人都精明著呢，美軍一投降，美元馬上不受歡迎，兌換率很低，因為誰都怕日本人懷疑錢是從美軍那裏流通過來的，而他們當時拿到的中旅社遣散津貼都是美元。在這裏還有老李和他的家族可通融幫忙，可到了馬尼拉，人脈關係不多的他們，豈不馬上會變成窮光蛋？

　　更棘手的是，他們之中身體最弱的周誠信得了瘧疾，一下發冷，蓋幾床被都挺不住；一下又發高燒，燒得迷迷糊糊。幸好小老弟離開馬尼拉時身上帶了點常用藥，裏面就有奎寧，也幸好沒被海水泡濕，全部給他用上了還病了大半個月。丁香真捨不得表哥，「唉，人都瘦成紙片糊的樣兒，要不是樂平是醫生想到包點藥，你還真被這傳染風颳到那邊的新墳堆裏去了。要曉得最近村裏生痢疾、瘧疾死了不少人呢！」「你會不會講話？不會講，向人家吳嫂學習學習，笑眯眯地不開口。」這次吳嫂倒開口了：「她是好心！」「好心還盡講晦氣話？還不快去準備些吃的，帶在路上。」「不用你說，我學了做菲律賓的Suman，一種甜食，很像我們的粽子，糯米包在椰子葉裏蒸熟了很香，一條條長長的，帶起來也方便。」丁香以為這次她的主動總得受表揚，誰知小老弟又臉一板，「說你聰明真夠聰明到頂了，天這麼熱，熟的甜食路上還不搵得發餿發霉，不小心吃了還不得痢疾？你以為這是在香港開Party，學做個新點心露一

手？得帶生的，像香蕉能耐饑，帶上一點比較青的，一路走一路熟，爛了丟掉也很便宜的。還有木瓜也行。」丁香、吳嫂頻頻點頭。丁香一點不計較樂平最近老頂撞她，知道他煩心的事太多了，火氣特別大，你看他鼻子底下盡擺「爛水果攤」呢，讓他朝她出出氣也好。

第十三章　中西醫診所

　　經老李推薦，最終高樂平一家向島上的一名華僑，租下了他在馬尼拉的一個小鋪面，本來是賣茶葉的，主要賣從中國進口的茶葉。打仗了，誰還來買這種奢侈品，生意不好，就關門回小島來住。鋪面不到三十平方米，不過還有個小閣樓，勉強可以塞進五個人住。說好租金一年一付，原先人家不肯收美金，經老李再三說合，說中國人幫中國人，你不租出去，房子閑著白閑著，不能生財。最後丁香、吳嫂又各自加上一副金耳環，這才成交，總算有了落腳地。

　　為了能得到本地的供應，日軍拼命想維護馬尼拉昔日的繁榮，甚至開放海禁，讓菲律賓諸島恢復了跟馬尼拉的船隻來往。老李說到了七月臺風季節，駕小汽船上呂宋島會多麻煩，便急急忙忙趕在六月中，領了高家五口進馬尼拉，不知不覺他們已在小島住了半年。

　　租下的房子是在馬尼拉維多利亞小巷的邊緣，木屋結構，鋪面上著門板，一看就知打烊多日了。這個地區居民穿著不像市區那麼整齊，行色匆匆，似乎都在為糊口忙碌。在這樣一個雜亂的貧民區隱藏下來，自然比別的地方方便些，這是大家的首要考慮。為此，生活方式、外貌打扮都必須有所改變。高樂平蓄起了短短的八字鬚，故意駝著背，戴著早就配起的眼鏡，顯得老了十幾歲，誰都難認出他就是中旅分社那個意氣風發的負責人方恩首。周誠信現在叫高爾梓（二子），一場瘧疾使他瘦得脫了形，顴骨高聳，眼睛深陷，頭髮還留得特別長，簡直像個鴉片鬼。只有老吳還比較有點生意人模樣，取名高達梓

（大子），只是短襯褲一穿更像一個小販。這三個男子漢和兩個女眷，組成了一個大家庭。

走進租屋內，一股潮濕的霉味直沖鼻子，原來鋪面不但比較小而且不敞亮，外面才下午四五點，豔陽高照，這裏面可是黑黝黝的，需要開燈。好不容易找到電燈拉線，發現燈泡是好的，電流卻不通，可能主人怕電被偷用，電路早被剪斷了。這種狀況使大家有點喪氣，老李拼命罵屋主預先不打個招呼。老吳滿臉笑容地說：「李哥，你已經盡到責任了，辛苦了一天好不容易把我們一家安全帶到。趕快去找你馬尼拉的親戚家借住一宿，我們沒任何好吃的可招待你，你就找個小飯店解決一頓。」說著將幾張菲律賓紙幣塞在他手中，老李也是實在人，道了聲「以後來馬尼拉一定找你們」，就走了。

老李剛走樂平就吩咐丁香：「快把我醫藥箱裏的手電筒、橡皮膏和剪刀找出來！」「誰受傷了？」她一臉的驚慌。「你的腦子受傷了！男士們跟我檢查電路，趕快把這裏和閣樓上的電燈接通；女士們打掃衛生，看看有什麼能拿來當床的。還有晚上能吃什麼？」

分吃完最後一點木瓜和香蕉，各人肚子還嘰嘰咕咕亂叫。新來乍到路不熟，對日軍佔領的情況也不知曉，不能出去找吃的，各家只得分頭睡下。老吳一對年紀最大，優待睡閣樓，正好原來有鋪板，就是熱一點；二子人瘦睡櫃臺，馬馬虎虎湊合，他腿長萬一掉下來也容易落地；小老弟、丁香睡櫃臺後的一席地上，地潮濕就將帶來的一條被子分給他們鋪上。好在天熱，各人胡亂蓋些東西就行。樂平自以為最克己，將最差的分給自己。

誰知半夜醒來聽到樓板不住嘰嘰嘎嘎地響，樂平心想房子

久不住人，會不會進來什麼熱帶動物？不放心地跑上去一看，見老吳睡的板上和地下全淌著水。「吳胖子，你在『桑拿』啊？就差頭頂的蒸汽沒將屋頂掀掉！」他趕緊叫醒丁香讓她睡上去，將老吳換下來，不然他要失水休克了。丁香才上閣樓，表哥又跑來說：「咱仨擠一擠吧，我人瘦，骨頭擱著硬櫃臺實在疼得受不住，哪還睡得著？你偏心只顧他不顧我？」「那麼一點點地方，三個擠成一團，老吳不又得熱死？行，我睡櫃臺，好在我比你多幾兩肉說不定頂用。」這一夜五個人中就數吳嫂睡得最好，一覺醒來，怎麼上下左右全都顛了個個兒？把她笑得差點從閣樓上跌下來。

第二天起，各人為分派的任務奔忙。老吳和周誠信搭夥出去著重在找關係；兩位太太外出買食物和生活用品；樂平在附近溜達，熟悉街道、鄰居，順便觀察市面行情，看能否在這個區域幹些什麼事。

一天忙下來，最有收穫的是娘子軍，她們天生就有採購和置家的本領。當然她倆早就被警告：絕不能去原先居住的高級區，窺探以前住過的那些洋房，也不得在高級商業區採購高檔商品，必須完全忘記自己是高級職員和成功生意人太太的身份。現在處處需要討價還價，像個平民。最終能買到的只有草蓆啊、粗布被單啊等家庭日用品以及烹飪用品，還有熟食、麵包和一些乾貨，糧食必須報上戶口才有配給。樂平早就關照：不准多買，得省著用，這半年來只有付錢出去，沒有進賬。最沒收穫的是找關係的，處處斷線、碰壁，不過這也早在意料中。他倆垂頭喪氣、滿身臭汗地回來了。「沒關係，咱們現在是沒娘的孩子，要找個寄養家庭不是那麼容易的，說不定一兩

年都得做流浪兒。先得想辦法自己找吃的，活下來第一！」樂平安慰道。

　　半個月後，按屋主事先教的戶口算報上了，關係是三兄弟和妯娌，高姓，臺灣生意人。倘若說是中華民國難民，日本人馬上會盯上你；說是臺灣生意人，印象就好多了。菲律賓本來跟臺灣相隔不遠，這裏的臺灣人不少，問題是誰也不會講臺灣話，不會露餡嗎？好在吳太太祖祖輩輩都是福建晉江人，臺灣人講閩南話的最多，冒充一下臺灣人還能行。老二的母親也是福建人，多少可以湊合兩句，而其他人說好對外暫時閉口。接下來的半個月，當然是在家跟吳嫂學閩南話，隨時準備對付日本人查戶口。學習成績二子不算，自然是老吳最好，小老弟第二，丁香最差，只得決定叫她暫時裝口吃。

　　兩個月後老吳弄了點中藥來。這年頭西藥很多是日本人控制的違禁品，他自然先不敢去動，就買了點最最普通、市面能流通的西藥，讓樂平和祖上是名中醫的他太太搭配坐診。將原來的櫃臺拆了，放低後變成兩個坐診臺，櫃臺後陳列著一些中藥、西藥，櫃臺前則放兩三把椅子，門口掛起一塊白布和一個木牌，畫一個小的十字，寫上高氏中西醫診所，再將樂平的醫學畢業證書——這可是貨真價實的，那麼一掛，又去衛生局辦了登記手續，診所就算開起來了。

　　在這大醫院有名醫生連連外逃、缺醫少藥的年代，人又不可能不生病，能有廉價又醫術精湛的診所開出來，自然是老百姓和日本當局都歡迎的。樂平自己和老大都佩服這件事辦得又快又漂亮。從此老大、老二專心跑外勤，找關係，找藥；樂平和大嫂，即吳太太坐診，她還兼採購。丁香專管「進口」工作，大夥本來很怕她鬧情緒，她卻樂此不疲，還興致勃勃地向

大夥兒匯報，準備做什麼吃的。只是每晚的睡覺是項艱巨的工作，經常得樓上樓下、臺上臺下、地上地下地倒騰，實行「三班倒」，才能統籌兼顧。

　　丁香跟吳嫂常睡在一起，慢慢話也多了。吳嫂雖然話少，卻句句叫丁香佩服，便很自然地把她認作知心朋友。夜晚睡在閣樓上少不了滿身汗，所以都不講究，穿著短褲頭、背心。吳嫂讚歎丁香身材比她好，丁香卻抱怨道：「再好也沒有用，引不起他的性趣。」吳嫂聽出她話中有話，「你們怎麼了？」輕聲問道。「心煩！」這在整天看來傻樂的丁香，實在是怪事。現在她主要負責飯食，誰都以為這對以前自家根本不開伙的舞場臺柱來說，是件苦差事，她卻很用心，變著法兒採用便宜的本地食材，燒出可口的食物。年三十晚還烤了菲律賓口味的乳豬，膾炙人口。但這個晚上她真的愁容滿面。吳嫂建議她：「說說吧，心裏會好過些。」
　　「你們以為我下樓睡，有樂平陪著就能睡得好，其實更睡不著！」吳嫂沒追問，只輕輕撫摸著她的肩膀。半天她才接下去說：「我們已經差不多一年多沒夫妻生活了，只有結婚的頭幾個月是正常的。自從他接種NK開始就不行了，他那個……一直在潰爛，可受苦了。後來不做試驗下鄉了，再加上塗藥，慢慢痊癒結了疤。可是他那個已受了傷，所以他沒信心，也沒興趣，我們很難得能享受那麼一次。我不怪他，想幫他，只是不知道該怎麼幫？」吳嫂還是沒話，只是深情地望著這個可憐的女人。丁香又接著說：「他自己是外科大夫，專家，我也看到他老是塗這藥抹那膏的，就是見效相當慢。就像病人笑高大夫：自己脖子上的牛皮癬都治不好，他只得騙病人說不適應這

兒熱帶雨林氣候，濕氣太大，牛皮癬沒法根治。其實就是撤退時他為了保護我，脖子被NK淋到這麼幾滴，就是不得好。這大半年沒有注射，NK也早倒光了，但他那個就是很難完全恢復。」「該死的日本鬼子要搞化學戰，把個年輕漂亮的大夫為了試驗弄成這樣！……老二也這樣嗎？」吳嫂才說出口就知自己失言了，臉都紅了。丁香倒沒在意，猶疑地點了點頭說：「我想……我想他倆差不多，老在一起嘀嘀咕咕地調藥、上廁所。你不記得他打擺子病成那樣，汗全濕透，從沒見他穿過短褲，總穿個長褲，捂得緊緊的。」「我還真關心少了，老吳不讓我過問試驗的事。以後讓我用中草藥給他們試試。」

　　一年時間在忙碌中就這麼過去了。樂平和大嫂在診病中結識了一些病人，包括華僑，跟他們建立起不錯的關係。老大跟老二在做生意中，也認得了一些華僑和菲律賓本地人。只是找不到國民政府和軍隊的關係，他們還是幾隻掉隊的孤雁。令人高興的是老老吳，也就是老吳的父親，居然通過自己的關係網找到了這個浪蕩子。他父親所在的新加坡雖然被日軍佔領，輪船也都被搶走，然而瘦死的駱駝總比馬大，老爺子逃到了美國，那兒沒有戰爭。老子知道兒子還活著，還是忍不住馬上叫人轉錢給這逆子，叫他設法去美國舊金山，在那兒等他。

　　老吳拿到這筆錢，卻用來買了違禁的化學藥品，囤積在一個庫房裏，準備有條件東山再起，因為上級曾交代：「沒有命令不能停止試驗。」對他這樣做，全家都反對，說他是在走鋼絲，他就是執意不聽。「這不是走鋼絲，是在叫鬼推磨，幫我們推磨！這樣我能安心些。」「老吳，你不能認為我們已經停止了試驗心就不安，以為沒完成上級的命令。不，自從接種NK

以後，我就一直在觀察自己和二哥，在不斷設法治療，這不也是試驗嗎？看來濤哥他們叫我學醫，真有遠見。現在已知一般消炎藥對NK引起的潰爛療效很慢，有這個結論也是試驗的結果嘛！把這些都記在心裏，就是試驗報告。我們以前也想試著配置能抑制NK的新藥，只是馬尼拉的淪陷使一切不得不停頓。沒有條件繼續秘密試驗，那麼保存實力就成為首要任務。『留得青山在，不怕沒柴燒』，你說對嗎？」樂平第一次這麼嚴肅地跟老大談，老二也不停地點頭，最後他還加上一句：「而且你一直是最好的、勞苦功高的後勤部長。」「是的，最棒的！不過暫時應該休養生息。」老二也這麼說。

樂平平時釘在診所，只得偷偷關照老二把老大盯緊些。「咱們現在步子要放慢，都沒受過特工訓練，沒做過間諜，得慢慢學這一套。老吳做生意一向很順利，但日本軍人不是生意人，是吃人的野獸。千萬要小心，不能以做生意的心態做秘密工作，絕不能讓他們一網打盡，反而要乘虛反擊。」

租約一年到期了，除了續約必須再另租一處房，分成中西醫兩個診所。地點要近，因為沒有電話聯絡，只有「11路交通車」，完全靠兩條腿。幸好這一年還有診金進賬，又貼上兩隻金戒子，就在不遠處租到一開間的鋪面房，也帶個閣樓，比原來租的房還大一些。便決定讓老大一對搬過去，開中醫診所，晚上就睡在樓下診所裏，閣樓做儲藏室用。吃飯還在老診所，免得兩處開伙費事費錢。

一天凌晨天還沒亮透，就有人急切地敲老診所的門。睡在樓下的老二剛掀開一點門，就閃進來兩個人，轉身立馬將門關上，並逼老二掛上「今天暫停門診」的牌子。其中一人臉色蒼

白，緊緊摀住肚子卻還是有血往外湧。樂平一眼就明白這是槍傷來要求手術的，便先安他倆的心：「放心，這年頭挨槍打必定是被日本鬼子打的，是好人！我會盡力幫忙的。」接著叫老二趕緊跟他一起消毒、作手術準備，做他的助手，並關照那位陪傷員來的人和丁香一人按頭，一人按腳，不讓病人動。這年頭麻醉藥是違禁品沒法搞到，傷員只能不用麻藥、嘴咬毛巾忍痛做手術。

　　兩個小時以後，樂平脫下口罩笑眯眯地說：「手術成功！子彈已經取出來，線也縫好了。你很幸運沒傷到橫膈膜，否則要麻煩多。現在生命是沒危險，還得注意護理。」他交代護理要點，送了兩天的消炎藥，解釋道：「很抱歉，明知不夠，但已經是掏老底了。十天到兩周後來拆線。」傷員和同來的人感激得要命，想塞點錢給大夫，樂平堅決拒絕。「給傷員買點營養品吧。以後有事還來找我，我會幫忙的。」

　　那晚大夥兒分析：這個傷員想來是菲律賓游擊隊的，他們在美菲聯軍投降後，是這一帶唯一的抗日地下武裝。大夥兒都肯定小老弟和老二：「只要是反日的，咱們就盡量地幫。」這以後真的就不斷有游擊隊傷員偷偷上門求手術，高醫生手術高明的美名不脛而走。老大又偷著買進一些麻藥和消炎藥，都是他自己貼的錢。為救人命，樂平也贊同老大的做法。

　　每年快到聖誕節的時候，小老弟的情緒就特別壞。老大和老二都忘了往年的事，猜不透這是為什麼，丁香可是聽過一遍就把它釘在心版上：他是在懷念兒子，為棟棟自責呢！現在在這個不信基督的軍國主義統治的城市，沒有一點節日的氣氛，有人甚至連今天是幾月幾號都搞不清楚，樂平卻從不糊塗。

　　老大在中醫診所閣樓上，設法安置了一部收音機，經他撥弄可以收到美國之音，這下他們再不是聾子和瞎子了。

　　一九四三年拖著沉重的步伐，終於快要跨過去了，盡管戰局暫時還詭譎不定，日本侵略者在中國、在菲律賓、在遠東暫時還很猖狂，但展望一九四四年，高家的成員還是充滿了希望。

第十四章　又來一個

元旦那天老大和老二做完一筆交易，在外面小飯館吃了頓午飯。馬尼拉的冬天屬於旱季，乾燥且有點冷，可以穿薄棉衣或夾衣，這對怕熱的老大來說是福音。早上有薄霜，天氣晴朗無雲，湛藍湛藍的天空，襯托著海邊乳白色或瑪瑙色的沙灘，海浪有起有伏，均勻地呼出海洋那股特有的腥味，帶著極大的誘惑力。在小飯館吃午飯時，老大叫了一客Adobo，那特有的西班牙風味，加上菲律賓口味的炒面，喝著兩小口土酒，簡直叫人陶醉。「兩年沒上飯館吃飯嘴饞得不行，心裏更想得慌。今天是新年元旦，也算是回馬尼拉第一次慰勞自己。等會兒也給他們買點回去 吧！」老大這麼安慰老二，怕他吃著不安心。

老大今天心情特別好，吃完了還提議去帕西格河岸聖地亞哥古堡附近轉轉。「是曾關過愛國詩人黎薩的地堡嗎？」「是啊，聽說也關過楊光泩領事。」「楊領事在清華做教授的時候，我們文學小組有一次舉辦紀念黎薩的活動，他聞訊突然跑來參加，還應學生邀請即興背誦了詩人《起義者》中的一段。聽說他特別鍾情於黎薩，這跟他以後選擇來菲律賓做領事，我看有關係。」「有這麼回事兒，我怎麼沒聽說過？」「你問小老弟，他也參加的。你那時除讀書以外，只對做生意感興趣，我們文學小組的活動你是不聞不問的。楊領事那時就戴眼鏡，很有風度的。」「小老弟告訴過我在學校就認得楊領事，我們不是還一起聽過他的講座？就是沒詳細講在文學小組活動時，還聽他朗誦過詩。」「聖地亞哥古堡既然關過這些愛國者，日本人怎會開放呢？」「你這書呆子，當然不開放，我們就不能

到附近轉轉？」「再去黎薩英勇就義經過的大道逛一逛吧。以前在馬尼拉中旅社任職，日夜忙著分社開張和秘密實驗的事，氣都來不及喘，我從來沒時間來過這些地方。倒是現在，沒有試驗，我又不會看病，變成閑人一個，唯一任務就是出來轉轉，找找關係，那就多轉轉吧。」

　　這天回到家，二哥拿出一包熟菜的同時，臉紅紅地問樂平：「你猜我們今天在聖地亞哥古堡附近轉悠的時候，遇見誰了？」「遇見誰？總不會遇見墳墓裏鑽出來的黎薩吧？」「一個人，你做夢都想不到的！」小老弟突然滿懷希望，睜圓了眼：「怎麼？領事館的外交人員不是全遇難了嗎？難道真有漏網的？」「怎麼專想到地底下的死人，不想想活人？……是的，誰也想不到的。」「別賣關子，快說！是找到上級了？」「想得美！是梅蘭，那個某某人的表妹，在香港中旅社附近上班的女孩。」「她一個姑娘，又沒錢，怎麼可能從香港渡海過來？」「就是！簡直叫人不可思議。」接著，他複述了梅蘭說的故事：香港淪陷前夕，那家親戚自顧自走了，叫她看門。那時炮轟得厲害，市面上什麼也沒得賣，她上街到處找吃的，甚至上人家門討吃的，就那麼大街小巷地轉。有一天突然在一條不太熱鬧的街上，腳踢到一隻皮夾子，打開一看有不少美金，還有金戒子、金首飾等，包得好好的，想來是逃難的有錢人遇難或丟失的。等了好久也不見人來找，她就收起來，心懷感激，心想是老天爺可憐我這孤女，救我來了。香港淪陷後，她想回大陸，但家鄉東北太遠回不得，就跟人偷偷搭夥包了船，闖馬尼拉來了。

　　在講梅蘭故事的時候，丁香也走過來注意地聽著。「你

信她胡編的故事？」「當然不信，沒這麼好的巧事！看她穿得比以前體面，好像手頭是有點錢了。」「在這個世道，一個窮人家的姑娘突然有起錢來，不會有好事！不是賣身，就是賣身兼賣靈魂。是你主動跟她搭訕的？」「我才沒這麼傻呢，壓根兒沒想到會在這裏碰上她。是她主動上來熱情招呼，還讓我介紹老大。」「你介紹了？」「不介紹怎辦？老大就站在旁邊，我便說他是我哥，她記性好著呢，說好像在你們的婚禮上見到過老大。」樂平眉頭緊皺，「她還跟你要地址，想進一步聯絡嗎？」「是！可熱情來著，說要來看看嫂子。我記得你關照過任何人都不給地址，就推說地方太小見不得人，又說今天天有點冷衣服穿少了，便趕緊拉著老大走了。」丁香在一旁插嘴道：「也許人家一個孤女想找熟人講講話，別神經太緊張，她也怪可憐的。」「你就是沒頭腦的東郭先生！她跟老二就這麼有緣？老是一不留意就碰上了，一次兩次三次的，一下在香港，一下在馬尼拉。鬼才信她的話呢，這可能是個信號，有人在找我們！幸好老二不像你這麼糊塗。」

　　晚上老大過來，兄弟仨在閣樓上嘀咕了半天，最後決定最近一個月老大老二都在家呆著，不出去露面，以後看形勢再說。

　　高爾梓白天給小老弟當助手，倒也忙忙碌碌的，可到了晚上就難熬了：老大和小老弟都有自己的另一半，回到各自睡覺的地方，卿卿我我也好，吵吵鬧鬧也吧，總不至太寂寞。而他從太太去世以後，就一直伴著幾本書。在上次撤離馬尼拉的住宅時，連衣服食物都不敢多帶，書這樣的東西是更不用說了，他從家鄉千里迢迢帶出來的幾本最愛的書卷都丟在那裏了，現在再想買中文書簡直就是做夢。前幾天有個病人，送給他們半

本撕爛了的黎薩英文詩集《獻給菲律賓青年》，竟成了他的寶貝。到了晚上不再像以前一直忙試驗，忙得暈頭轉向，而是閑得頭腦空虛。一空虛就會瞎想八想，白天說過的話、碰上的人，就會一遍又一遍地重演。

今晚這個老跟他碰上的梅蘭就又闖了進來。人的腦子說也奇怪，會自發產生一種反叛意識：白天「理智」和樂平對話，說梅蘭太令人疑心，故事編得一齣一齣的，她怎麼老是像踩著他腳跟似的，這裏那裏地突然相遇，讓他注意她，關心她，這是一個什麼人啊？晚上「感情」辯駁說，也許真像她所說的，並非有心要遇見他，只是太有緣分了，是緣分將他倆拉在一起。為什麼要把她想得那麼壞呢？樂平太神經兮兮！高爾梓越想擺脫這種念頭，就越是被它纏得緊緊的。越是在家裏閑得無聊，梅蘭出現在腦海中的次數越是多。這是怎麼啦？當初只不過梅蘭那個瞎說八道的老狐狸表姐，提出要他跟她交交朋友，其實又沒正式交往，連話總共都不過講了十來句，為什麼現在自己會反復地掛念她呢？……不能聽小老弟的話，在家呆著準會閑出毛病來。

老大生意人也是喜歡在外跑的人，不過閑了大半個月，兄弟倆又偷偷地約了往外跑，找關係是主要的，其次做點小生意，進點貨。小老弟攔也攔不住，只得再三叮囑：萬一又碰見梅蘭，一定要躲著走，繞著路回家，千萬別搭訕，得對她多加小心！在這件事上，丁香一直站在二哥方面為他說話：「當時表哥不是主動的一方，已經夠君子的，從沒談朋友。不過你沒發覺，自從他在這裏重新撞見梅蘭以後，總有點心不在焉，說不定心裏想什麼呢。一個三十多歲的男人，沒老婆，又混在你們有老婆的男人堆裏，心裏能不難受嗎？」「你別瞎說，二

哥對他死去的太太忠誠得很呢！」「沒聽說過一個年紀輕輕的男人死了配偶，能一輩子不娶？你們那些吃什麼神仙飯的領導？！盡是飽漢不知餓漢饑！」「神經病，誰要你多操心！」樂平嘴裏罵著，心裏卻不得不承認她說得不無道理。當初上級怎麼沒想到老二的伴侶問題，也可能來不及顧上，要知道找一個像丁香這樣的女人，已經費了老大勁。他雖然跟我一樣「小弟弟」不太爭氣，可是不等於不需要女人陪伴，完全沒有性要求。唉，也真是夠可憐的！

夜深人靜，樂平的思緒像脫韁的野馬，楊太太和她的三個孩子不知怎麼樣了？當初政府真不該遲遲不下撤退令，來不及嗎？命令被截了嗎？需知這一下就犧牲了八個優秀的外交人員，牽涉到多少家白髮父母以及孤兒寡母，多少張「桌子」由於一條腿被砍斷，整個家庭的「臺面」就傾斜了，就報廢了。是的，他們會被作為烈士紀念，八個都是英勇的烈士，將來名字會被鐫刻在大理石的紀念碑上。但這種犧牲難道不能避免嗎？

唉，不去想他們了，也不知道麗珍和孩子們怎麼樣，已經兩年沒任何消息。只要跟上級聯絡不上，就不會有她們的消息。在上的想到的，總是個人、家庭必須絕對服從國家利益。是的，應該服從！可是作為國家代表的政府，又為各個個人和家庭考慮周全了嗎？想到過這一張張「臺面」報廢的悲慘嗎？真的，不明白！⋯⋯不過幸好在上海，麗珍和孩子應該相對比較安全，也許跟著我更不安全。

兩個月後的一天中午，老大跟老二在小攤子上吃東西，突然一個女人坐到他們旁邊來，一抬頭又是梅蘭！老二正準備起

身離開，梅蘭卻不讓他走：「一起吃點嘛，我是經常光顧這裏的。做小生意糊口，瞎忙，自己來不及做飯。」老二記得以前梅蘭話不多的，現在一口氣居然講了一串，好像要抓緊時間為自己分辯為什麼又遇見他倆。馬尼拉一百多萬人口，平時沒有聯繫，要能這麼容易一再遇見熟人，真有點像走出門天上掉餡餅似的。

　　老二這次乾脆不開口敷衍，老大覺得局面太窘，隨便搭訕了兩句，就把錢放在桌上準備站起來走路。梅蘭忙喊道：「老闆，我一起付，記在我賬上。」這話好像為了證明她的確經常來這兒吃。隨即她把桌上的錢塞還老大手裏，說：「就讓我付一次小錢吧。」於是站起來跟他們一起走，這真是甩也甩不掉的尾巴。老二特意甩臉子，不講話，想叫她難堪，快走開，可她就是緊隨著他們，邊走邊說：「我想隨你們去看看丁香姐，行嗎？」「上次已經告訴過你地方太小，不適合你去看。我們還有要事要辦，請留步！」老二的臉拉得比馬臉還長，而且停在那兒不動，倘若她還要糾纏，他似乎能站在那兒立時變成化石。梅蘭畢竟是女孩家，臉立刻紅得像喝醉酒，低下頭說了聲：「對不起，別生氣。」就逃也似地快步走開了。

　　這次回家大家一分析，真的覺得不對勁了。當晚也有雷陣雨，鋪天蓋地的雷聲滾滾而來，連閣樓都震動了。難道真有滾地雷衝他們而來嗎？大家神情嚴肅地討論著，那她後面究竟是誰呢？是日本鬼子嗎？她又不太像他們的走狗那麼凶狠；是自己人嗎？絕不會用這樣的女孩來試探，來聯絡。最後認定還是前者的可能性佔十分之八九。當即決定最近絕不再進違禁品，老大也不能去囤積藥品的庫房查看，連房租也別去交。「那不是此地無銀三百兩，反而容易暴露？」「你反正用的假

名，報的假資料，要查物主得有一個過程，能拖多久就拖多久唄！」「幸好鄙人有遠見，房租是一年一交。」「你倆也絕對別外出，得像土撥鼠那樣藏著，有事叫丁香、吳嫂多跑跑。」「也別太緊張，八字還沒一撇呢！」二哥申辯道。「我們都是書呆子，都沒做特工的經驗，馬上得防起來，等那一『撇』下來了，哪還來得及防？那就等抓捕吧！」老大突然站起身來，「不！我是絕不讓鬼子抓到的，他們是魔鬼，那種酷刑人是受不了的。好在我們是搞化學的行家，氫氧化鉀準備一點，可以死得痛快些。」誰也沒接話茬，但誰都在心裏說：對！老大，我們絕不能讓敵人活捉。

唯有老二夜深人靜時，總有兩個梅蘭在跟他對話：一個是可憐兮兮、衣衫單薄、寄人籬下的東北女孩，一個是來路不明、隱藏較深、會纏人的「馬尼拉」女孩。這時他真的希望梅蘭僅僅是個賣身的女孩，因為她眼中時不時閃出一種可憐自責的目光，那樣的她還值得同情；若是出賣靈魂給日本鬼子的，那她就是鬼！可是，他幹嘛還老想起她？我若人鬼不分，還能算是人嗎？

第十五章　難分難捨

　　高家三兄弟又過了半年多還算平安的日子，樂平和吳太太以自己的醫術，在這貧民區站住了腳。無線電中好消息頻傳：年初美軍佔領馬紹爾群島，切斷了日軍在南洋各地與本國的聯繫；六月英美聯軍在諾曼底登陸，歐洲開闢了第二戰場；在中國與日軍的大型戰役長衡會戰，居然相持一個半月多；在印緬戰場的中國遠征軍大揚威名，再加上從菲律賓遊擊隊傷病員這條線傳來的消息，都證實日軍的日子越來越不好過，高家成員的眉頭因此就不那麼緊蹙了。

　　可是稍為舒心的日子後面，接著爆炸了令三兄弟悲痛欲絕的消息。大約是十月底的一天夜裏，雨又滴滴答答地下個不停，屬於熱帶雨林氣候的馬尼拉，雨水就是多。老大照常一人守在無線電旁，自從開始「土撥鼠」的日子，在雨天的晚上守著收音機，是他最大的享受。突然無線電裏報告了一則新聞：中美盟軍空軍一架飛機在越過喜馬拉雅山東南第三峰時，突然遭日機偷襲，被擊中爆炸。他早聽說這條航線極其難飛，經常有飛機失事，這次所以有特別報導，是因為機上載有一位美軍都熟悉的中國中將。當他聽到 General Rentao Li 的名字時，本來豎著耳趴在桌邊的他，一下跌坐在閣樓板上，怎麼會是李忍濤？不可能！天下同名同姓的人多著呢。他再坐回原處仔細聽，美國播音員介紹說：將軍畢業於弗吉尼亞軍校化學兵器專業，是中國化學兵部隊的領軍人物。那……那就毫無疑義是濤哥了。濤哥啊，濤哥，你怎麼不關照一聲，也不聯絡一下我們這海外斷線風箏，就獨自乘風飛去了呢？要飛也得一塊飛嘛！

　　老大已記不得他怎麼不顧太太的勸阻，根本沒考慮到夜
裏戒嚴，也沒拿雨傘就衝出家門，一路跌跌撞撞，跨進西醫診
所便跌趴在地上，絕望地叫了一聲：「濤哥走了！不管我們
了！」和著身上湯湯滴的衣服，喪魂落魄地癱瘓在那裏，寫就
一個濕漉漉的「大」字。

　　小老弟和老二毫無思想準備，突然聽到這噩耗，兩人都
驚呆了。樂平眼睛一動不動地瞪著樓板，腦子好半天呈麻木狀
態，一片空白，沒有思維，沒有悲痛，什麼也沒有，彷彿又一
次經歷棟棟去世時心被掏空的感覺。丁香不斷地搖晃他這才回
到現實，意識到掉隊的孤雁又被剪去了翅膀，這個秘密試驗小
組今後還能歸隊嗎？窗外閃電與黑暗交戰，反反復復，來來回
回，那種叫人驚悚不已的雷聲，令人一生都難忘，好像整個天
地都在為這麼個傑出將才的隕歿嚎啕痛哭，滂沱大雨就是天公
為他壓抑不住的淚水。

　　為什麼啊，為什麼？！上帝啊，為什麼你不為中國留下幾
個真正有用的將才，卻叫不少庸庸之輩和贏贏小人霸占軍中重
要位子？你這麼早接他去派什麼用場嘛？！天上沒有戰爭，無
需化學兵將領，而血流成河的中國需要化學兵，沒有李忍濤中
國化學兵不行，他可是化學兵之父啊！父親走了，留下嫩弱的
稚子怎麼上戰場？至此他所聽到和實見的李忍濤，就像一座雕
像矗立在眼前。

　　李忍濤這位雲南開明紳士、富豪之家出身的清華學子，在
家鄉讀書時曾參加過「五四」，是學生運動的領袖。就讀清華
時任學生自治會會長，有一股子領袖氣派，聞名全校，因此早
就有了「濤哥」這個封號，即使是同年級年長的同學，也心甘

情願地稱他「濤哥」，更不要說學弟「三劍客」了。圓明園一別，他先後去了美國和德國軍校，以優異成績學成歸國後，成為中國化學戰方面的棟樑之材。俞大維、桂永清等都向何應欽推薦，何看重了又推薦給蔣介石。聽說他在「九一八」事變後就急急上書國防部，請求加緊購進化學軍軍備，組建化學兵。時隔兩年便組成中華民國陸軍化學兵部隊，對外稱學兵總隊，在南京孝陵衛羅漢崗建立基地，由蔣介石親自批准初建一個團。濤哥親自擔任上校大隊長、總教官，主持好幾期化學兵幹部訓練班，設立好多門化學戰專門課程。

其時方恩首在杭州工作，被濤哥拉去當了教官，這才有編寫教材的事。就在方教官忙於南京、杭州來回奔波之際，聽說李忍濤曾作弄日本女間諜，利用她不斷拜訪他在南京城內的家，跟他和他太太套近乎，套情報，誘她發出化學兵編練假計劃，誇大當時的化學部隊兵力，日軍收到假情報後十分驚恐。這些雖是傳聞，濤哥知道了笑稱無稽之談，倒可以用來編寫間諜小說，可誰都不知真情實況到底是怎樣的。總之，日軍對這位中國化學兵領軍人物的畏懼和憎恨是可想而知的。

濤哥率領學兵總隊（即化學兵總隊），在溧陽和句容間的國道軍事演習中，訓練有素地施放演習用的煙幕彈和瓦斯彈，這一傑出表現使何應欽、蔣介石以及德國駐華軍事顧問團團長都讚歎不已，一致讚賞他的軍事天才，這下威名更是揚天下。

抗戰伊始，方教官親自參加了李忍濤率領的，「八一三淞滬戰役」中的化學炮戰，親身感受到精良技術帶來輝煌勝利的喜悅，報端以「昨夜我炮兵揚威」為標題，傳達了民眾欣喜的心情。可是一個多月後，由於日軍對這支炮兵隊咬牙切齒，終於打聽到炮兵駐地，派飛機將駐地十六架炮全部摧毀，李忍濤

也在戰鬥中受了傷。盡管「李文斯」化學拋射炮成績斐然，打得准，殺傷力強，給在前線的軍民鼓了氣，但整個淞滬戰役還是打得悲情十足、死傷慘重。

此後這支化學兵隨政府不斷地撤退。到了武漢，一度參加實地化學防禦戰，顯示了化學兵的神力，以後卻還是得撤退。恩首在長沙受命脫隊，被派往另一戰場。化學兵最後秘密撤退到四川省的納溪至敘永，在那裏建立了基地，有軍械處、化學庫、實驗室等設備，致使日軍對我軍的化學防禦力量一直不敢小覷。國民政府成立防毒處時，李忍濤任防毒處處長。數年後化學兵總隊又派出兩個炮兵團參加中國遠征軍，到緬甸、印度參戰，戰功顯赫。此時方教官和他的秘密試驗小組，他們人在遠方心卻跟著化學兵走，一直關心它的動向。在馬尼拉發出去的他們的試驗報告上，上級有這樣一句回覆：日軍所以至今沒敢正式生產NK，是因為知道我們已有準備。李忍濤在這方面的計劃，說明他很有遠見。

至於濤哥是怎麼到的印度，又怎麼被日軍打探到了情報，在喜馬拉雅山南峰被日軍飛機擊落，這些詳情樂平他們當時自然不得而知，是多少年後他回到臺灣才聽友人說端詳。原來日軍對這位化學軍將領早就聞風喪膽，恨之入骨，曾不斷派出間諜探聽他的行蹤，企圖謀害。濤哥是到印度巡視他的炮兵部下，又參加了多種聯合軍事會議。他的行程被日軍刺探到了，特地派出六名男女間諜打扮成僧人、難民，潛往緊鄰蘭姆加爾的魯浦鎮偵查，在大吉嶺的日軍秘密電臺專門截聽盟軍戰場指揮官的電波，然後指揮四架零式戰鬥機空中伏擊，濤哥所乘飛機機身霎時成一巨大火球。

濤哥身軀早已成灰，灑在他所眷戀的白雪皚皚的山麓上，

烈士的浩然英氣永遠堪與喜馬拉雅山媲美，他的儒將風采將永
遠記錄在中國抗戰史冊中。那雷雨之夜的徹骨之痛，對他們兄
弟仨來說是永遠無法治癒的⋯⋯

　　第二天，兩邊診所都關門，丁香雖燒了飯，整整一天也沒
一個男士吃一口，一個個都像是得了癱瘓症似地臥床不起，兩
個女人這才真明白了問題的嚴重性。當初獲悉楊領事犧牲的消
息，他們也沒這樣啊，不都還抖抖嗦嗦地站起來了嗎？這次的
消息真把三個男子漢都打得趴下了嗎？這叫她們怎麼辦呢？

　　第三天是個大晴天，陽光透過樹葉上的水滴折射成無數個
小金幣，投進了西醫診所。丁香醒來發現樂平已經坐在平時坐
的診椅上，手裏擺弄著一支筆，說：「起來燒早飯吧，我去喊
他們來吃飯。」丁香霍地下了床，高興真的能雨過天晴。「把
昨天的熱一下，一刻鐘就成，你快去叫吧！」三兄弟急匆匆各
自劃了兩口，便上閣樓開「三國」會議。

　　「這次真的是徹底斷了線。我們仨過去都是教書和做生
意的，並不精通政治和軍事。當初秘密試驗小組成立，是濤哥
將我們招了去布置任務和計劃，甚至給經費也是通過防毒處的
他。到香港以後中旅社那根線也是聯絡到他，化學軍三方面的
力量和匯報全都匯總在他那兒。我們壓根兒沒見過第二個領導
人物，當然肯定是有的，只是我們不知道。照道理，我們的名
字應該都記在國防部防毒處的檔案櫃裏，可是又有誰知道呢？
現在我們在馬尼拉名字是高樂平、高爾梓、高達梓，連老吳租
房、交房租，凡出面的地方都用了假名，方恩首、趙爾才、
吳福源早已不存在了。領事館認得咱們的幾個外交官又全犧牲
了，上級領導即使要聯絡我們也幾乎不可能，真的是大海裏撈

針。從現在起我們就是遠離祖國的一支秘密獨立大隊。該做些什麼，能做些什麼，大家討論討論。」小老弟期待著大家。

老大眯著眼看著天花板說：「我們既要做對國家有益的，又是自己熟悉、不易暴露身份的事，就很不容易。我出了清華，除了做化學生意沒做過別的。現在日本軍隊又什麼都禁止銷售，你們幫我想想我到底能做什麼生意？」

二哥剛回到馬尼拉的時候，因為瘧疾瘦得不像個人，這兩年剛養起了點肉，昨天一天不吃不喝又馬上憔悴不堪。他低著頭無精打采地說：「不試驗，不需要找關係，那我不變成廢人一個？」

小老弟雖然慶幸前幾年的苦沒有白吃，現在有個外科醫生的執照，對繼續在自身試驗、治療，對隱蔽下來都大有好處，不過內心深感有一股消極的情緒，隨著濤哥的逝去在蔓延。現在哥們兒無需空洞的撫慰，迫切需要的是具體建議。有了目標，智慧和力量就能發掘出來。「我覺得菲律賓遊擊隊是目前我們唯一接觸到的抗日力量，既然大方向一致，我們就得多接觸、多了解，並盡可能給予支持，何況他們中間有不少華僑，是我們需要發展的關係。過去因為秘密試驗，我一直強調關係越少越好，而今不同了，在實驗室的秘密試驗早停了，實驗的檔案記錄只記在我們心上。要保護好自己、保護好這份檔案，單靠我們幾個不行，還必須靠關係。否則在這裏沒有根，沒有人脈，孤家寡人沒法保護自己。大家想想是不是這個道理？」

老大、老二的目光都聚焦在小老弟臉上，眼中散發出新的希望。然後大家具體商討了應該立即去做的事，決定從今日起老二就留在診所，專門做高醫生的助手，接觸病人，幫助病人，無需無目的地找關係，因為沒有人會現在來找他們。老大

去找遊擊隊的採購員，了解他們的需要，發揮他的特長和關係，幫助他們做生意，採購一些緊俏物資。小老弟和吳嫂中西醫結合，重點攻傷科，幫助遊擊隊解決缺醫的問題。經濟上不要再幻想有任何外援，完全得靠看診活下去，因此不得不採取共產制，緊縮開支。丁香還是後勤總管，除了進來的中西醫藥用品費用由老吳負責，家裏的開銷全由她一人掌管。

討論到最後，二哥半彎著身子站在閣樓上說：「昨天我只會像屈原《天問》那樣，對不公平的老天爺發出一系列的責問，問得肚子氣鼓鼓的，當然也就吃不下飯。想不到今天咱仨一討論，盡管對濤哥的思念、悲愁還在，但肚子裏的氣泄了不少，都鼓搗到氣球裏去了。氣球升天，我希望濤哥能看到它，收到它，為此得到安慰：弟兄們會為了你而更努力，你一路走好！」

老大正好立在閣樓中央，他不用彎腰，接著老二的話茬說：「對！三個臭皮匠賽過諸葛亮，我們這個諸葛亮一定為你劉備大哥——濤哥，打下蜀的天下。將來有一天我們會陪你一起，在天上喝慶功酒。你等著！」

第十六章　死人活人

　　一九四五年一月，還是青島的海邊，冬天冷得徹骨，在這兒居住的日本人的心情，也像這兒的凍土一樣冰得化不開。太平洋戰爭已經爆發多年了，日本政府和軍隊深感捉襟見肘的困惑。他們盡量隱瞞壞消息，但遠離本土特別敏感的日本人，從當官的臉上經常看到陰雲密布，就能覺察到事情不妙，尤其是隨著去年夏季颳來了「臺風」——青島這個日本海軍軍屬特多的城市，不斷收到報喪信件，軍人隔三岔五地死亡。為帝國獻身雖說榮耀，可身後留下的孤兒寡婦是淒戚的，使人壓抑得瘋狂。

　　藤野雖照常上班，卻也能感受到一種內在的緊張、緊迫、緊縮。日軍在久久啃不下長沙、衡陽之後，在第四次會戰中，竟瘋狂地又一次冒天下之大不韙，使用毒氣彈。美軍化學部隊情報官很快研判出，這次用的是芥子氣和路易氏氣混合物。日本化學部隊為此十分沮喪。一種化學武器的殺傷力，包括它的神秘性，應當會給對方兵士精神上很大的威儡力，若是謎底一下被戳穿，那說明下次再用對方就比較容易防禦。究竟是美國對化學武器的研究太先進，還是中國方面太厲害，滲透到他們保密系統中來了？他們還來不及測檢。

　　日方的秘密化學實驗室接到上級命令,鑒於最近海軍和空軍的某些失利，在海岸線上的青島很容易受到轟炸和突襲，必須馬上撤離，返回東京，以保全研究成果，這對研發新的化學武器有利。原先形勢順利時試驗放在中國海岸，便於就近生產武器；現在要挨打了，還是本土最安全。所以藤野上班，實際是

在做結束和轉移的準備。

回到家，信子發現他連逗兒子玄吉玩的興趣也喪失了，一門心思躲在書房喝酒，整天嚴肅得一言不發，不知他腦子在想什麼，她忙著打理也沒時間與他溝通。離開前兩天，春華嬌子已被藤野力主辭退了，沒交換的幾個酒瓶散亂地倒在屋裏，書法的稿紙當然不需要帶到東京去，撒得滿屋都是，再加上帶不走的東西，原本那麼整齊的一個家，現在顯得狼藉不堪。

離開青島前的深夜，信子因為白天太累了，沒有惆悵、沒有失眠，倒頭就睡著了，卻被藤野輕輕搖醒。

「信子，我要跟你說幾句緊要話。我這一生最對不起的人是你，可是你知道我深愛著你和兒子。我必須跟你說：不管明天發生什麼事，你都要相信這全是為你們好，這樣你就能撐得下去……」信子心急地打斷了他：「你，你……明天要幹什麼？告訴我，別做傻事！」「放心，我不會殺人放火。你知道我是中國人，向來對日本人友善。現在有人進了我家，殺了人，奸汙了我姊妹，我不能裝聾作啞。除了你沒有第二個人知道我是中國人。」「你知道，我就是死了也不會出賣你。」「當然知道。你也應該知道，不管明天我做什麼，也都是為中國好。」「那就求求你告訴我明天要幹什麼，求求你！」「時間不多，聽我說，別插話！到了東京，你一定得堅持說我是日本人。待到戰後有機會，你千萬要帶兒子玄吉——劉中一起回臺南，回中國，因為我是中國人，兒子劉中也是中國人。住在我的家鄉，看著我日夜思念的山山水水，也就是看見了我。也許是我的肉體、也許是我的靈魂一定會到那裏找你們的。」信子實在忍不住，摀住他的嘴，「你明天不跟我們一起回東京？你的話太叫我害怕了！」「別問，別再說話，聽我的，緊緊抱

住我，珍惜我們的時光。」

藤野了解，只有日本女人信子才能如此順服，他這可憐的女人！北風一陣陣呼嘯而過，將積雪、掉落的冰凌和垃圾捲成漩渦，吹得門口的風鈴直打轉，也不知它是在為主人嗚咽送行，還是在為他們奏一首英雄進行曲。信子冰冷的身子緊抱住她丈夫火熱的軀體……

第二天信子背著包裹、牽著兒子，向靠在碼頭準備駛往東京的運輸艦走去。藤野左手拎著籐箱、右手拿著一瓶清酒，邊走邊喝。信子叫他現在別喝，他則不快地呵斥道：「你再囉嗦，我就不走了。」妻子對他沒辦法，不放心地不時回頭看看，心想只要快點上船，就比較安全。她放快腳步，拿著護照和船票先通過崗哨，上了船往右拐。藤野也拿出了護照和船票請查驗，一邊仍喝著酒，腳步踉蹌。日本兵請這位醉漢尊重公眾形象，把酒收起來上了船再喝。他卻挑釁地將酒瓶在人眼前亂晃，然後邊喝邊跑上通艦船的擱板，嘴裏嚷著：「你來收啊，你來收啊，我看你有本事收我的酒！哈哈，哈哈！」他跑上甲板將箱子一擱，然後向左拐，是跟信子他們相反的方向，突然又大半身探出船欄外，搖晃著酒瓶示威道：「來啊，來收我的酒瓶，有本事你就上來收！」話才收尾，一個重心不穩，他掉下海去了，手裏還晃著酒瓶，連一聲「救命！」都沒來得及叫出來，就掉到艦船與碼頭的縫隙中去，簡直就像一幕牽線傀儡劇，線突然斷了。等信子、兒子、崗哨及眾旅客反應過來，這個醉漢已經沒頂不見蹤影了。事情發生得太突然，不僅信子呆住了，就連請他上船再喝的日本兵都傻呆了。

　　打撈工作不順利，有人說只有潛水下去，才能搞清底下究竟是什麼情況。不過天這麼冷，等調來了潛水人員，掉下去的人還不早凍成僵屍了！信子張大了嘴僵在欄杆旁，不會哭，不會喊，也不會講話。有人問她先生會不會游泳，她也不回話，不點頭也不搖頭，就像一尊泥菩薩。其實這尊「泥菩薩」還是有思想的，她知道從小在海邊長大的丈夫，游泳游得好著呢，不應該掉下去就冒不上來，除非他不想上來，覺得這樣做對她和兒子好，對中國好——就像他昨夜說的，那他就不會再上來了，打撈也沒用。她默然接受這一切，因為這是她最愛的人決心做的事。

　　運輸艦最終還是啟航了，信子和劉中離開了中國。十天後海邊打撈到一具屍體，個子和藤野差不多，穿著也一樣，臉已經爛了，估計是掉下去時撞到什麼了。這下日本軍方放心了，人死總比失蹤好，要知道他可是秘密化學實驗室的專家，萬一活著被中國人找到，挾持去，麻煩可就大了。現在只要通知家屬，安撫一下，不計他自己喝醉、失足的過失，待遇按為帝國獻身的戰士配給，還不光榮？

　　不久，江蘇南通附近一個鄉下小鎮，這個新四軍駐地來了一位陌生人，光棍一條，又黑又瘦，很見老，戴副眼鏡，說的國語有點怪怪的，見了人習慣性地點頭哈腰，當地人懷疑他是日本奸細。新四軍的負責人卻說他是中國人，是國民黨友軍送來避風頭的，他們認為這兒比一般鄉下更安全。聽說還是有功人士，要好好保護。他自稱臺灣人，全家在東北被日本人殺害了，他一個人逃出來，逃到南方來想做點小生意謀生，賣點小雜貨。但他沒有生意人的氣質，不善於說話搭訕，整天就呆坐

在櫃臺上，店裏也沒什麼生意，大家叫他趙老闆。

一到晚上趙老闆早早打烊，一個人胡亂燒點吃的就熄燈睡覺。在這兵荒馬亂的日子，只要他不是日本奸細，人們也就懶得理他。在這漫漫長夜，趙老闆——其實是劉奎元，一個人慢慢喝酒、慢慢熬，誰也不知悉。鄉下人愛說：「老伴老伴，點燈說話，熄燈作伴。」他既然連個老伴也沒有，只能熄了燈，獨個兒自說自話。

以前青島的家及周圍環境，雖說也很安靜，但那是有生氣、有家庭氣氛的安靜。隔壁房裏會不時傳來兒子的笑聲，娘兒倆的說話聲，信子走來走去拉開門又拉上門吱吱嘎嘎，即便是深夜他一個人用特殊的藥水，往清酒商標的背面記錄白天的試驗程序、方程式以及結果，他也從不感到孤單。

而現在這個小鎮，卻是徹底的安靜，沒有狗吠——因為過去跟日軍的拉鋸戰，狗都被殺光了。石板路上沒有腳步聲，偶然有隔開好幾個門面的人家，木門開關也聽得清清楚楚，甚至連隔壁的老頭兒咳嗽吐痰也都一一傳進耳膜。有時他似乎又聽到了門口風鈴的歌唱，海濤拍著堤岸的輕輕歎息，信子在廚房裏為他準備宵夜悉悉悉索索的響聲。雖然他不止一次告訴信子，他喝酒不需要什麼宵夜，然而阻止不了她每晚睡覺前的必修課。只有將一些點心放在廚房桌上，以備他不時之需，她才能安心去睡。不過那時的藤野往往結束了工作，還真肚子餓得厲害，就不聲不響地領受了太太的一份心意。而今他明明知道這些聲音是幻覺，卻又真真切切地聽到了，欣喜地在這份真切中，享受與妻兒相會的親情，目睹了信子那雙清澈如水的杏眼和她水銀般的淚珠，直至醒來方才知道又是黃粱一夢。

　　誰會料到，那天在運輸艦上劉奎元掉進縫隙去以後，他迅速根據前些時候青島海邊雜貨店老闆，通過清酒酒瓶商標背後用藥水寫的、一塗上特殊藥水就能顯示的水下導行路線，潛游七、八分鐘，就被事先埋伏在海邊的人救上來。盡管他事先喝了不少酒，還是快凍僵了，要不是有那點酒打底，真的扛不住。上岸後他還是生了一個多月的病，肺炎、高燒、昏迷、盡說胡話，且說的是日本話。生理、心理的病折磨著他，使他很難恢復，是林醫生的來臨救治了他。

　　那天，他迷迷糊糊地醒來，林醫生正坐在他身邊，低著頭好像在為他做禱告，然後抬頭對他一笑：「我知道你會醒過來，也會很快好起來。」他很驚訝，不放心地問道：「我記在酒瓶商標背面的試驗記錄，你都按編號收到了嗎？」「收到，收到，一份不缺，難為你這個化學腦袋，能在每晚將白天的實驗記得那麼清楚。」劉奎元深深歎了口氣，如釋重擔，閉上眼似乎沒力氣再說什麼。

　　於是林醫生向他揭了謎底：「我們按你的身材和衣著，另外找了一個假屍首蒙混日本鬼子，以證明藤野已經死了，這樣你就很安全。現在你就隱藏在這鄉下，將來準備為揭露日軍使用化學武器做見證。我還給你帶來最好的消息，信子和你兒子，在三月十日美國人的東京轟炸中很平安。」「什麼，美國人轟炸了東京？」「是的，就在你昏迷期間發生的。我們也是從無線電裏知道的，然後就通過東京的日本朋友去打探了一下消息，回音就四個字：平安無事。所以我今天一定要親自來告訴你。」劉奎元緊握住林醫生的手，淚水忍不住滾下來，他也不去擦。「我們已經多年未見了，你還在新京醫院？」「早不在了，故意服藥肇成了手發抖的病兆，這樣就可以放下手

術刀，給你做秘書。我早就搬到青島，直接負責你的安全與聯
絡。春華嬸子跟雜貨鋪老闆，都是我安排的。我專門整理你傳
出來的每一份記錄，然後抄寫成幾份，通過不同途徑傳到軍隊
上級手中。」「我可一點不知道。」林醫生哈哈大笑，「當然
不能讓你知道，你只要管你喝酒、換酒瓶。哈哈！」劉奎元突
然環顧四周，眼中流露出渴望的神情：「這裏有沒有日本清
酒？讓我們為立下大功的清酒乾一杯！」

　　這個晚上，劉奎元沒有再做亂七八糟的胡夢、說胡話，
倒是做了一個特別的夢，夢中的情景太逼真了：他和信子在河
邊散步，她還是習慣性地落後半步，低著頭。他想去牽她手，
忽地一個手中拿著酒瓶的日本浪人跑來隔開了他們，並將信子
舉起來扔在河裏，信子不會游泳啊，他馬上縱身一躍，可是駿
黑的河面上哪兒有信子？他一邊游一邊叫她的名字。……後來
這水又變得冰冷徹骨，他一個人在黑暗中潛游，一個人，一個
人，沒有家人，沒有朋友，但他又清楚地知道他的朋友在附近
等候接他，他的主在身邊保佑他。他必須游……游……

第十七章　讖語成真

　　高氏診所與遊擊隊傷員的關係更密切了，自然也就更增加了危險性，這點大家心裏很清楚，然而這也是目前有良心的中國人唯一能做的。考慮到萬一被日軍發現，一鍋端就慘了。因此共產制實行了一個月，最大的弊病就現端倪：兩個診所聯繫得太緊密。高家是個大家庭，飯一起吃，零用錢統一發，省是省了不少支出，而且在困難環境下彼此有個依靠，心裏好過多了。可是萬一一個診所有麻煩，另一個肯定受牽連。於是分久必合，合久必分，就又分開吃飯，分開管理；平時兩家盡量少走動，由老二擔任聯絡，時不時走訪一下，不過他也盡可能少外出。這樣，總算又平安地度過了一些時日。

　　時光已進入一九四五年，誰都滿懷盼望，盼著能在這一年結束戰爭。大陸中原日軍的「三光」政策，未能給他們帶來多大甜頭，堅韌的中國人還在不屈不饒地抗擊。美軍在太平洋反攻的形勢極好，日軍節節敗退，馬尼拉的老百姓都在翹首以待，準備迎接美軍，從日軍的鐵蹄下解救出來。高家也一樣，一直懸著的心似乎可以放下一半了。

　　一天早晨二哥吃了早飯，見小老弟正在給凌晨趕來的一個遊擊隊傷員拆線，無需他幫忙，便想去老大那兒轉一轉，看一眼，昨夜他眼皮老跳。出門還沒走多遠，卻慌慌張張退了回來，丁香見他神色不對，忙迎了上去。「我遠遠看見梅蘭，還有幾個帶槍的日本兵，正朝老大家方向走去。你趕快告訴樂平，讓他們馬上離開。我抄小路去老大家看看，等一下在常去理髮的小店會合。」還沒容丁香反應過來，老二已疾步離開

了。

　　老二還沒靠近老大家，遠遠就看到那群人已經退出來了，其中沒有老大夫婦，可見他們不在家。這麼早去哪兒了？對，一定去了老大的倉房，上次他就說起要將剩餘的消炎藥清理一下，全部送去給遊擊隊。這下糟了，連人帶物資一起逮住的話，其中還有少量老大以前買的備試驗的化學藥品，那試驗的秘密也就可能暴露。他趕緊抄小路奔往倉房，但願還來得及，老天保佑！沒想到剛遠遠看到那倉房及其周圍的圍牆，就聽見巨大的爆炸聲，連自己站著的地方都搖動了。只見倉房的牆壁霎時崩塌下來，一團濃黑的煙霧直竄到七八層樓那麼高，掩蓋了一切。接著而來的是一股刺鼻的氣味，根本沒有老大和他太太的影子。老二憑直覺，彷彿看到老大夫婦倆在黑煙中向他招手告別，叫他們快撤退，多保重！他跌坐在石板地上，失去了知覺。

　　等他醒來，已不知過了多少時間。由於發生爆炸事件，又有日本兵出入，居民都躲在家中，街上沒有行人，只有他一個人挨著一堵牆根坐著。空氣中還瀰漫著濃烈的化學藥品氣味和焦煙味，他終於明白了：日軍出來執行任務時一定是兵分兩路，一隊直接到倉房，一隊去老大家。也許包圍倉房的日軍剛想進入，老大就已發覺，便迅速引爆了化學藥品。老吳早說過應付這樣的事，對一個化學專家來說是毫無難處的。噢，有梅蘭參加的另一隊人馬，現在也已趕到。有些人套了口罩從廢墟堆往外抬屍體，梅蘭則站在前面東張西望，濃煙還滾滾不散。因為距離遠，又有煙霧，他們並沒有發現老二。

　　老二知道老大夫妻倆犧牲性命是事實，他們是為保住化學試驗的秘密，也是為保護小兄弟倆而發出火速撤退信號。自

己得快快去跟小老弟會合，立即撤退，就不知道他們是不是也已遭難？他扶著牆站起身來，發現兩條腿已恢復知覺，便沿著牆根快跑。大約跑出十多米，突然後面響起槍聲，他不用回頭也知道是那群日兵發現了他在跑，以致不管三七二十一先開槍威嚇。理智告訴他現在不能再跑向小理髮店，否則等於給日軍帶路，會將大夥兒一網打盡。於是決定先舉手假裝投降再見機行事，何況還不知道他們是不是已認清他就是追捕對象。若真是，馬上咬領子裏的氫氧化鉀，死得痛快。他馬上翻領，高舉雙手，轉過身來。

沒想到跑在最前面，手裏拿著槍的居然是梅蘭，離後面的鬼子有二十多步遠。這個娘們真沒救啦，怎麼這樣狠毒？他手裏若有槍的話會馬上擊斃她。他正低下頭準備咬襯衫領子的角，梅蘭卻用中文對他喊道：「你別動，我來救你，送給你手槍！」說時遲那時快，她飛步到達他身邊，塞給了他一把手槍和一個小手絹包，推了他一把「快跑！我掩護你。」同時轉身從口袋裏掏出另一把手槍，向後面追來的日軍一邊喊：「去死吧，日本豬！」一邊射擊。高爾梓雖然不能一下明白這究竟是怎麼回事，但畢竟有了手槍又有了支援，勇氣百倍轉身飛也似地跑走。他身後子彈乒乒乓乓地如鞭炮，一會兒卻什麼也聽不到了，感覺到追趕他的日軍似乎已受阻。他七拐八彎飛快跑出一段距離以後，才又聽見槍聲大作，大概日軍已明白過來，在與梅蘭交戰。最後一片寂靜。

直至中午，老二確信身後沒人跟隨，才去小理髮店。走進店門，一見滿臉焦慮的小老弟，便撲在他懷裏失聲大叫：「老大，老大……」早就聽見爆炸聲的樂平什麼都清楚，無需再說明，兄弟倆抱頭痛哭。這可把來拆線的遊擊隊傷員急壞了，

「兄弟，現在不是悲痛的時候，馬上跟我走！我領頭，太太第二，高醫生第三，二哥最後。」他看到老二的槍，「你手裏也有槍更好，可以做掩護。不過得聽我命令，記住：我不開槍，你也不能開。我們去海邊找載我來的船，我帶你們撤到遊擊隊去。」

傍晚，小船才駛進一個不知名小島的港灣。夕陽正西下，海面上似乎被潑了一層辣油，橙紅色，被燃燒得輕輕地翻滾，最後又將那大鴨蛋黃融化進去。就在沸騰的紅浪中，兄弟倆和丁香看到了那火中的一對鳳凰，展開五彩的翅膀，飛向高空，又依依不捨地迴旋了一次，跟他仨打了招呼，最後直衝九霄去找濤哥敘舊。他們沒有留下後嗣，一切都化成了灰燼，似乎煙消雲散，但那朵素色的雲，包孕著他倆想念的淚珠，不時化作甘霖降落下來，滋潤著人們的心田。

待到夜深人靜，二哥才有空打開了梅蘭塞給他的小手絹包。原來裏面只有一張薄薄的紙，紙頭質地很差，折疊成多層，上面用鋼筆寫的字也歪歪扭扭，似乎寫得十分匆忙。

表哥：

請允許我最後一次這般稱呼你。我們從來沒有拉過手，也沒有交過朋友，但自從我離開父母以後，第一次把一個不熟悉的男人看做親人，現在我也不用不好意思承認。請原諒我，我騙了你。

從東北南下以後，在無法活下去的情況下，我受騙被日軍雇用做小特工。是他們派遣我來馬尼拉，專門尋找華人中抗日分子。我的直接上司，是一個在香港以開小吃店掩護日本間諜

身份，名叫田中太郎的人。有一次他說起認得你、丁香和她先生，並要尋找你們。我這才深感到你們的危險。在馬尼拉遇見過你的事，我自然沒向他匯報，而且很想到你家來告訴一聲。其實這當然是幻想，因為你不會信我，日本人還可能跟蹤我，更早地找到你們。

這次我們的行動是要查抄一個據說是遊擊隊的藥品倉房，我知道那位先生曾跟你在一起，我已決心豁出命去一定要救你，能救到你朋友當然更好。日軍快要完蛋，我沒臉活在人世，給父母添羞辱。死是我的解脫，我若能救到你，能將這封信交到你手裏，是我最大的願望；不能救到你，信交不出去，我就將它吃到肚裏去，讓它陪我一起死。假如你能不把我當作漢奸看，我到了黃泉下也會不住地感謝你。

梅蘭泣叩

二哥將這封信也給小老弟和丁香看了，還補講了因匆忙逃命，白天來不及講的梅蘭的事蹟。他覺得這次能從日軍眼皮下逃脫，簡直像是天方夜譚，是夢中留下的幻影，不可能是在現實中發生的。可手中的槍以及這封信，卻明明證實了這不是他的幻覺，而是曾發生過的真事。「梅蘭一定也死了，因為她抱著死的決心去求解脫。日本人也不會讓她活下來。」二哥肯定地說。丁香難過得又一次眼淚鼻涕擦不完，「我就說嘛，她不像一個壞蛋專門要來害我們。這姑娘……也真……真可憐，到死連個喜歡的男人的……手都沒摸到。」「快別說別哭了，你這樣，叫二哥心裏怎過得去？這一天他眼見的人和事，還不夠他嗆的！梅蘭是個好姑娘，她為了你，也為我們守住了秘密。明天得託遊擊隊去打聽一下，看她是否的確被日軍殺害了。」

這最後一句話明明是善意的謊話，因為樂平自己也知道她不可能活著。

當天夜裏高家三人沒有一個是能入眠的。丁香把衣襟都哭濕了，她想念吳嫂，想起她不言不語的溫情，對丈夫、對丁香、對病人、對兄弟，她常常像山一樣沉默，又以山一樣寬厚的胸懷來愛每個人。怪不得樂平老是誇獎她，丁香也從不妒忌。只有她最細心，能體恤自己的心事。現在她一個字也沒有留就走了，怎不叫人想得慌？有一點是讓人欣慰的：他夫婦倆早就想好，是雙雙挽手同時走，既不寂寞，也不給後走的親人留下悲痛，一下子就比翼雙飛了。不知將來有一天我們也需要獻出性命時，我能不能跟樂平一起上路？……

梅蘭這姑娘也真夠可憐的，這麼年輕，還沒活夠，就決定為贖罪而跟鬼子拼死。……她心裏是愛著「表哥」的，可是連一個「愛」都沒敢說出口。二哥能感覺出來嗎？他又不是木頭，很善於體貼、很深情的一個男人嘛！梅蘭這樣他就越是難過，不是嗎？……

晚上越睡不著，就越感到涼氣襲人，丁香就更向樂平靠緊。天啊，你什麼時候才能亮啊？

這一天對樂平的震撼和帶來的悲痛，真是難以言表。抗戰以來，他已經歷了無數次死亡的襲擊，一次次把他打倒在地。逝去的每一個人都有理由活到一百歲，但是該死的日本鬼子，該死的戰爭，奪去了這些年輕的生命，叫活著的親友想起他們就疼痛得肝膽俱裂。這些人有些會被當作烈士紀念，有的也許只有他的家人會滿心懷念他們。就像老吳的老爸，雖然老埋怨兒子不孝，不肯回家，但總還擔心著他，記掛著他，老父親怎

麼知道從此就再也見不到兒子的面，而且連他的屍骨都不知在哪裏？什麼都隨風而去了！還有梅蘭，哪一天抗戰勝利大家都回家去，她的父母望穿了眼，也再見不到女兒。不過誰又知道她父母還在不在世，有沒有慘死戰爭中？我們將來能回去，應該設法找一找她父母，可誰又說得定我們一定能回去？

　　白天樂平是堅強的，樂觀的，因為知道有人需要他支撐；晚上一個人的時候他也是軟弱的，消極的。這場戰爭打得太長久了，誰又能完全沒有軟蛋的一面？睡在遊擊隊員為他和丁香專門騰出來的小茅屋裏，沒有被褥，沒有玻璃窗，只有一塊幾重芭蕉葉編織起來的簾子擋著，身下鋪的是草，身上蓋著一條薄薄的軍毯，就這些還是遊擊隊員努力了半天，勻出來、讓出來優待高醫生夫婦的。隊員自己大多數可能既沒有可遮的，也沒可蓋的，這兒一月的夜晚還真有些寒意，他們靠什麼支撐著，熬到天亮呢？他和丁香盡量靠攏，用相互的體溫溫暖著對方。二哥一個人睡在爐灶前的地上，他會凍得失眠嗎？今天一天夠他受的，他不可能睡得著！

　　老二倒奇怪，這晚既沒失眠也沒睡熟，腦子就像一隻出了毛病的放映機，一次次重新播放白天的鏡頭。耳朵裏也充滿著倉房爆炸的聲音，子彈乒、乒、乓、乓火拼的聲音，最後他都覺得自己神經肯定出了問題，就像這機器一樣。老吳夫婦、梅蘭、日軍、倉房、爆炸、濃煙、手槍、手絹、小船……老吳夫婦、梅蘭、日軍、倉房……最後他精疲力竭大聲喊道：「老吳，你在哪裏？幫幫我吧！把我一起帶去吧。我求求你！……」

第十八章　馬尼拉　馬尼拉

　　遊擊隊的日子就是槍林彈雨、輾轉跋涉和煙熏火燎，這使高家兩兄弟在兩個月內就黑得像到過非洲旅行，餐風宿露和饑腸轆轆的經歷又使他們變得精瘦精瘦，眼睛深凹下去。假如現在回香港去，誰也不會認得這皮膚呈棕櫚色、穿短襟衣褲、眼皮耷拉著的半老徐娘，就是當年紫羅蘭二牌丁香小姐；旁邊邋裏邋遢的半老頭，就是那瀟灑英俊的白面書生方恩首；那瘦得風都能吹得倒的老頭，就是西裝筆挺、在皇后大道上悠哉悠哉的高級職員周誠信。此刻即使回馬尼拉去，不用喬裝打扮，也許連日本軍隊的狗也不會嗅出他們本來的氣味。生活的磨煉，真的能使人脫胎換骨。

　　其實遊擊隊裏上下成員，都十分尊敬和優待高醫生夫婦和他的助手，也懷念為遊擊隊的藥物供應犧牲了的高達梓夫婦，平日盡量發給充饑的食物和水果，晚上只要有宿營地，總是將最好的茅屋讓給他們睡，比照顧小隊領導細心得多，讓他們仨很不好意思。每天行軍、打仗，還要提心吊膽地轉移，居無定所，吃了上頓下頓不知要到什麼時候有的軍旅生活，當然是書生、小姐、辦公室先生難以適應的。一天勞累緊張下來，戰士們一坐下就能睡著，他們卻睡不著，渾身痠疼，腿都提不起來，甭說洗澡、燙腳了。更折磨人的是他們仨一歇下來彼此面對面，就會想起缺席的老大夫婦，長期以來已習慣五個人抱作一團，同呼吸共命運的大家庭生活。如今遊擊隊救了他們仨的命，他倆卻永遠化作灰燼，魂是否在找老搭檔呢？這樣一想，還能睡得著嗎？白天疲於奔命，夜晚苦於思念，三人的日子真

是在油鍋裏煎熬。以致沒兩天老二的頭髮就全白了，小老弟蓄起的鬢角和鬍子也染了秋色。

好在白天只要一有傷兵和手術，他們都還能打起精神履行醫護的職責，這是現在活著的唯一目的：不是為最後擊敗日軍，為老大夫婦和濤哥報仇嗎？否則還活著幹啥？遊擊隊的手術室總算還有屋頂，手術設備是高醫生臨逃出馬尼拉之前，唯一夾在脅下帶出來的寶貝，當時他就想：即使捨了性命，也得為傷病員們藏好它們。現在手術居然還能用上的麻醉藥，是老大用生命換來的。想起這些，何止傷員感謝他們，視他們為恩人，在沒有暖氣、冷冽、簡陋、充滿血腥味的手術室裏，兩兄弟也會熱血沸騰。

樂平慶幸上級堅持要他學醫，雖然當年「三條繩索」緊勒，忙得幾乎要他的命，但人的潛力也就是這樣逼出來的。學成之後醫生這身份不僅便於掩護，也造福抗日的部隊，是跟遊擊隊溝通的橋樑。如今幸好呆在遊擊隊裏，既得到了保護，又便於了解整個戰爭的形勢，因為他們有自己的消息渠道，這也是醫生和助手們最關心、最興奮的，可以天天打聽。

過去的一個月，美國海軍已從萊特灣出航直指日軍，日本海軍在南太平洋節節敗退。聽說日軍的山下奉文上將曾下令，也將馬尼拉劃為不設防城市。真要是這樣，將會減少許多無謂的犧牲。可誰知道呢，也許這僅是日軍的煙幕彈，美化自己而已。事實是日本海軍為繼續佔領這個城市拼命抵抗，殺戮無數百姓。美國海軍在林加延登陸呂宋島後，同時空降部隊登陸蘇格布，直指馬尼拉。當年正因為美軍將馬尼拉劃為不設防城市，日本軍隊佔了多大的便宜，不費吹灰之力就耀武揚威地進了城。

第十八章　馬尼拉 馬尼拉

　　如今惡魔哪管得著「東方明珠」多少年來的建設、經營，就連西班牙殖民者，都在幾個世紀中為這座城市出了一些力，唯有日本侵略者對自己所掠奪到的東西，心之殘忍令人髮指。他們在城內跟美軍展開激烈的巷戰，一條條街道，一幢幢建築，一所所民房，一塊塊石板地拼殺、肉搏、搶奪，整整打了三個星期，整個城市竟沒留下一所不受損的建築物，沒有一堵完整的牆，沒有一塊不被血汙的石塊。單單被殘酷殺害的城內馬尼拉居民就達十二萬之多，還不包括在戰鬥中犧牲的軍事人員。馬尼拉淹沒在血泊中……

　　遊擊隊為配合美軍進攻，在馬尼拉戰役中也竭盡全力。樂平和老二為搶救傷員，一個手術接一個手術的，兩人配合極好，丁香則專做包紮工作。昨天還在一起說說笑笑的年輕人，今天抬進來不是缺胳膊就是缺腿，有的胸膛或肚皮被炮彈打得稀爛，連樂平都不知從何處下手止血動手術，但還得鼓足勇氣、睜眼說瞎話：「不怕，有我高醫生在，會給你縫好的。」醫生這個職業給了他責任，給了他信心，給了他勇氣。有時善意的謊言是必須的，為了鼓勵人生存的決心。

　　三周中樂平記不得一共睡過幾個晚上，只知道累得昏過去了，有人將他抬在手術室邊上睡了幾小時，醒過來丁香給他喝了點糖水，常常是老二攙扶著他又重走上手術臺。他常喃喃自語：「這是決戰，這是決戰！不能倒下，決不能倒下！」老二只恨自己沒學醫科，否則至少能替補小老弟做幾個手術，不過他熟練地幫遞這個拿那個，比最嫻熟的護士還顯得能幹。等到美軍完全拿下馬尼拉，處理完最後一個傷員，他們兄弟倆就在斷肢和血汙中熟睡了三天三夜才醒過來，感覺好像重新開始做人。

二月二十三日，經過三周多的血腥戰鬥，馬尼拉終於回到了菲律賓人民的懷抱。美國海陸軍部隊跟遊擊隊一起，面對這個支離破碎、人間地獄般的城市，誰都缺乏欣喜光復的感覺。有名的古堡、教堂，有名的西班牙時期建設的老區，沒有一處是完好的。也沒一戶完整的家，每家都有人被殺，哀哭聲繚繞在城市的上空，就像往日臺風襲來的日子，濃重的烏雲徘徊著，久久不能散去。街上的屍體根本來不及抬走、掩埋。這一切都叫高樂平聯想起，他在中國撤退時所見的景象，想起日軍佔領的家鄉杭州。

樂平一家三人進城路過聖保羅大學時，看見集體被殺的近千名兒童雞零狗碎的肢體剛被處理了一部分，已經發出噁心的臭味。聽路人說孩子們是被引誘進大廳和其他房間，日軍連吊燈中都藏了成包的炸藥，然後一一引爆，所以孩子們不是身上有彈孔，而是都成了殘破的碎肉塊。「這些沒人性的劊子手，哪是人養的？是畜生！他們是孩子啊，罵你們了嗎？打你們了嗎？他們有武力攻擊你們了嗎？老天爺會叫你們斷子絕孫，永遠生不出下一代!」丁香發瘋似地罵道，這當兒誰都不覺得她的破口大罵是粗俗。是啊，老天爺不懲罰他們還懲罰誰？

小老弟又想起了棟棟，想起了撤退路上無數被野狗拖吃、散了一地的孩子的屍骨，想起了投在上海人口密集的「大世界」門口的炸彈，到處飛散的頭顱、肢體。這就是日本鬼子一貫的劣行惡蹟！南京大屠殺，宜昌大屠殺，馬尼拉大屠殺……血淋淋的鏡頭像搖轉的攝像機，在他周圍不斷播放。血淹沒了他，使他窒息，使他不得不高呼：「消滅日本軍國主義！消滅日本軍國主義！」……

　　回到維多利亞區他們和老大兩家原先住的木屋前，根本認不得是能家居的房屋，只剩下一堆破木塊，像惡作劇的孩子拆下的積木。他們又找到初來這城市的高級商業區和生活區，更不見中旅社和以前住過的洋房的任何影子，唯有斷牆殘壁和水泥渣。和平歲月的日子完全成了隔世紀的泡影，馬尼拉如此，那些在戰爭中殘存的故土的城市又會是怎麼個模樣呢？

　　三個站在異國廢墟上喟然長歎的華人，手牽著手，除了手中一個包著手術工具的小包，什麼也沒有了。這沒什麼！東西炸飛了還能掙回來，只是人炸飛了就化成了灰，灰飛煙滅，何處再能重逢？夢裏？天上？現在他們仨身體好不容易活了下來，心在哪裏呢？老吳的親人們都還好吧，他們還在舊金山等他嗎？丁香的哥哥、老二的父母呢？小老弟的老父親、麗珍和女兒以及弟弟妹妹又在哪裏？在緊張地和遊擊隊並肩作戰的日子，人成了機器，想不到懷念親人，只想到得活下去，也要使別人活下去，其他就什麼都沒時間想，可現在還能不想嗎？

　　高醫生攜丁香和老二來向遊擊隊辭行，在隊長的茅屋裏他面有難色地說：「我知道你們需要醫生，需要我們繼續與你們同行。可是幾年下來我們對馬尼拉有了感情，現在她遭日軍這樣的糟蹋，叫我們真的好心疼，所以想留在這裏，難民中這麼多傷病員迫切需要外科醫生。原諒我們不再隨你們往前去了。」隊長表示很理解，極其感激高家全體成員為戰士的無私付出和獻身。隨即他拿出自己唯一的鋼筆送給高醫生做紀念，說醫生寫病歷、開藥方總需要一支好筆，就用這支筆陪伴他，紀念這幾個月共同戰鬥的時光。另外，還送給了他們一把雨

傘、兩隻木瓜、兩隻番薯作為酬謝，這些都是遊擊隊的寶貝。他們仨再三推辭，深知它們的份量和價值，最終還是被逼收下了。隊長心中明白，他們仨身無分文，又沒一點吃的，怎麼能就這麼離開？末了，還介紹了一位老華僑跟他們相識，他是一個難民營的負責人。這就幫了高家極大的忙，他們可以一起住進臨時搭起的難民棚。

經難民營領導批准和幫助，高醫生和二哥馬上動手，用軍用帆布圍起一塊地方，支起了就診桌和手術臺，為難民看病、做手術。美軍聯絡軍官對他倆特別器重，發給了一些他們申請的藥品和用具。大家都稱呼丁香Mrs.高,她做分配食品的幫手。難民營裏暫時每天吃兩頓，都是美國的軍用罐頭加水煮的湯一份，同時每人每頓發一小包餅乾，這自然吃不飽，至少可以用美軍物資維持生命。

每至夜晚，大家都攤點東西睡在地上，可以聽見彼此肚子餓得嘰裏咕嚕亂叫的聲音。頭兩天每晚睡覺前，丁香總把一隻木瓜或番薯一分三，讓三個人可以填一填肚子的一個角落，便於入睡。大家都睡了，她這樣做沒有人會走近看，不過還是偷偷摸摸，好像在犯罪。四天過去「贈品」吃光，只好聽任肚子大唱「空城計」。她在分湯時很想為兄弟倆撈乾一點的，這樣至少多一點點營養，不至手術時暈倒，然而她知道自己不能這樣做，兄弟倆會感到羞恥的。幸好五天後美軍軍代表巡視時，正式下了個命令：每餐給醫生和助手多發一份湯，讓他們稍微多一點力氣看病動手術。丁香為此感動得掉眼淚，美國人就是懂得尊重腦力勞動。其實兄弟倆拿到這兩份多發的湯，常常一轉手將其中的一份送給來看病的小病號，以鼓勵他們打針吃藥，而他們倆卻是一起合喝另一份。一周以後總算糧食紛紛運

到，解救了難民的肚子問題。

一天傍晚結束手術後沒有病人，兩兄弟坐著閑聊。「聽美軍的口氣，戰爭不出大半年能結束，我倆的小弟弟和睪丸卻不見得能『光復』，一種器官長期不用必然會萎縮，怎麼辦？」「你做醫生的都沒辦法，我更沒轍了。聽天由命吧！我無所謂，反正沒女人等著我。你就難辦了，一個丁香就夠受，還有一個麗珍嫂子呢！」「戰爭激烈的時候顧不上想這些事，現在晚上躺著沒事，七想八想真是夠煩人的。丁香常問我襯衣的鈕扣怎麼都沒了?想到日本鬼子用化學武器想叫中國人絕後，我每每恨得咬牙切齒連紐扣都揪光了。唉，苦了我們男人不算，還要苦女人，但願她們能理解、體諒。上帝保佑！」

半年多以後，一九四五年的八月十五，日本宣布無條件投降。其實他們是有條件的，這條件就是美國在日本本土投了原子彈，使日本人一下徹底嘗遍了戰爭的苦味，這原是他們曾迫使東亞人民所嘗的，如果不使用原子彈，他們怎會「無條件」投降？當天，難民營的人沒有鞭炮，沒有中國式的鑼鼓，沒有彩旗，只好高舉雙臂，不過有的人只剩下一隻臂膀，甚至一截臂膀，大家都用盡氣力，伴隨著淚水，高聲歡呼來之不易的勝利。

想想撤出「八一三」炮火洗劫的上海那不眠之夜，古老的長沙城葬身於熊熊烈焰的時刻，在異國驚聞濤哥血灑喜馬拉雅山麓的雷轟電閃中，他們曾那麼渴望抗戰勝利來臨的日子。然而當勝利真正跨著步子走來時，又簡直有一種不太真實、像做夢似的感覺。戰爭真的結束了？日本軍國主義真的投降了嗎？

161

晚上，高家三人手拉手，圍在難民營外的空地上，中間點起了一支向美軍討來的蠟燭，開始向犧牲的親友們報告這好消息。兄弟倆穿醫生的白大褂，丁香穿白衣衫褲，似乎不像在慶祝勝利，倒像在出殯。他們以水代酒灑在地上，三個人輪流喊出七個名字：沈崇海、楊光洺、李忍濤、吳福源、吳太太（誰也不知道她的真實姓名）、梅蘭、方棟，日本鬼子投降了，抗戰勝利了，請安心！你們的血沒有白流。你們的親人，祖國的同胞將永遠記得你們！話沒講完，個個淚灑衣襟……一雙雙淚眼望著遠處海濱升起的煙火，五彩繽紛的花朵開放在黑絲絨般的夜空，象徵勝利、希望、新的生命！你們在天上應該都看得見，它們是用你們的鮮血染織成的，抗日戰爭的勝利將在中國的史書上永不褪色！

一個月後菲律賓政府接管了難民營，有些人離開了那裏，高家三人也如此行。美軍在撤離前送給了高醫生及其助手五十美元、四支盤尼西林針藥，原來美軍代表也知道了他們的試驗，很同情他倆的病症。盤尼西林只有美軍軍中才有，市面上沒有供應，這樣的酬勞再寶貴也沒有了。他倆拿了這筆錢，又一人打了兩針盤尼西林，準備重新在馬尼拉創業，要活得像個人樣才能回國去，否則像現在這麼可憐巴巴的，活像個逃兵怎麼見江東父老？不，他們不是逃兵，是一直堅持在戰鬥崗位上的戰士！

第十九章　上海的家

　　一九四六年九月初上海該進入秋天了，卻沒有一點涼意，夏日的餘威讓人體會到秋老虎的厲害，連知了都怕熱而歇了歌唱，趴在樹上喘息。路上行人、黃包車、三輪車都少見，只有無軌電車和有軌電車還扯著辮子，發出詭異的噪音，抗議這麼熱的天還不讓它們休息。

　　一輛出租汽車衝進愚園路的一條弄堂，剎車突然發出吱嘎一聲巨響，驚動了很多還在午睡的人，紛紛從窗門探出頭來張望，看看究竟發生什麼事。黃家阿婆也是其中一個，她瞧見車子裏出來一個穿西裝的高個兒男人，接過司機遞給的箱子，正朝她家門口走來。這是誰啊？這麼個神氣的男人！是接收大員還是來搶地盤的生意人，亦或是我家一個親戚或熟人？仔細端詳這臉怎麼既熟悉又陌生？啊，我的天哪！怎麼是他？於是她朝著對面房間大叫：「麗珍，麗珍，他回來了！」無需說出名字，一個代詞「他」就讓全屋子的人都知道是誰回來啦。

　　麗珍午睡早醒了，正趁屋裏安靜的時候坐在床上備課呢。她聽到喊聲，拖鞋也來不及穿，光著腳板飛奔下樓，站在門口卻怎麼也打不開這彈簧鎖的大門。他連連按門鈴，她在門內連聲答道：「來了，來了！」可就是打不開保險，還是旁邊的阿香幫忙才打開的。

　　門是打開了，兩人相望了好久，就是這個跨不過去、那個跨不進來。麗珍曾多少次夢見丈夫回來了，她一頭撲在他懷裏，貪婪地嗅著他熟悉的汗味，就像他以前從南京回來時那樣，可現在的感覺就是不一樣。他雖然仍穿著合適的西服，依

然帥氣，卻不瀟灑；那張臉依然英俊，卻沒朝氣；依然輪廓清晰，卻顯得蒼老。這哪是才三十多歲意氣風發的恩首？倒像是近五十快退休的半老頭。她發現恩首也在審視她，這是有股少婦特殊迷人味的麗珍嗎？她雖然身材沒變，兩隻乳房卻無精打采地耷拉著，像在控訴無人愛撫；眼袋沉沉的，月牙線深深的，缺少了三十來歲女人的豐滿，一副半老徐娘的疲憊；雙眼射出的不再是渴望愛情的熱烈火焰，而是柴禾燃成灰燼後的無奈。當然，這一切變化不能怨她，她已經為他犧牲了一切，承受了一個女人難以承受的重擔。八年時光造成的鴻溝，就像一道隔在他們之間的門檻一樣，使原來最親密的他倆變得陌生了，彼此居然沒有熱吻，似乎他剛剛下班回來，一個問：「你回來了？」一個答：「我回來了。」然後擁抱了一下。這是久別重逢的夫妻長期以來所嚮往的嗎？真不知是人無情，還是時光太殘酷！

見過岳母大人，唏噓一番，用得最多的詞語是「老」字。然後去看從沒見過面的女兒念念，八歲的女孩，就如他在楊領事家想像的慧慧那個年紀，應該挺懂事、很會跟爸爸撒嬌，可是從來沒見過這男人的她，覺得他僅是今天第一次看見的陌生人，所以一直縮在母親身後，叫她給爸爸親親，她死也不願意，弄得做父親的很尷尬，也很掃興。做母親的一味為女兒掩飾：「她一直很想爸爸，就是膽小怕羞，得慢慢來。」「沒關係，慢慢來。」他附和著，聲音是從乾澀的喉嚨裏逼出來的。待她不注意時，做父親的才仔細端詳了這個對他說來也很陌生的女兒。她長得跟她哥棟棟還有點像，有一對招風耳，挺挺的鼻樑，翹翹的嘴巴，可惜沒生一對雙眼皮大眼睛，只是一隻像

爸爸單眼皮、一隻像媽媽雙眼皮，額頭也沒兒子那麼高。頭髮稍有點天然捲，向各個方向張揚，臉上一股不怎麼友好、帶點倔強的表情，顯示了這是個頗有個性的孩子。他說不出自己對她的感情，要是個兒子該多好，至少彌補了棟棟的空缺。從這方面看，恩首似乎是個純粹的中國男人。

「阿爸和小妹因為缺少有權勢的社會關係，又沒有錢，以致一直弄不到飛機票。最後下決心：一站接一站地乘船順長江而下，所以還在回上海的途中，大約還得大半個月甚至一個月才能到達上海。一個禮拜前他在途中給我來過一封信，我也沒法寄信寄錢給他，真夠他老人家受的。」「是我這個長子沒出息，從來就沒能照顧他。弟弟們應該都大學畢業了，還不知謀到什麼職，誰能給阿爸多少錢？叫他一個人帶著小妹闖來又闖去，真遭罪。」他難過得低下頭。是的，父親一生認真培育學生，到頭來還是兩袖清風，連從內地回家鄉都這麼難，有幾個兒子又能派什麼用場？這就是當下普通老百姓的生活現狀，實在叫人感歎！

到了放學時間，慧慧才回家。當初離開時眼淚鼻涕糊了爸爸一臉的小女孩，經過八年已長成初具模樣的少女，十三歲已經稍稍有點胸脯了。想不到她一看見爸爸，居然一下就認出了他，撲到他懷裏大叫：「我爸爸回來了，我爸爸回來了！」親他、香他，引得他也激動得眼淚奪眶而出，這畢竟是他的親骨肉，跟他一起生活過五年的女兒，他也捧起她的臉蛋親不夠。要是棟棟活著該多好，他一定也還認得爸爸。就此慧慧黏在他身邊再不肯走開，不管黃家哪個人開門回來，她都大叫：「我爸爸回來了！你看：我爸爸回來了！」

最讓恩首感動的是，慧慧主動為他彈奏鋼琴。麗珍發現女

兒這方面的天賦，居然在無固定職業、靠四出家教的情況下，節衣縮食讓女兒學鋼琴，還租了一架琴放在娘家讓她練習。慧慧在鋼琴上集中了自己全部的感情、智慧、意志，她白嫩、修長的手指，在黑白鍵之間「飛簷走壁」，撥弄著在座每個人的心弦，使他們欣喜，使他們哀歎，跟曲中的愛麗絲一起遊走在夢幻的世界。

　　恩首從中學起就參加學校的樂團，指揮演奏過不少名曲。自從戰爭爆發後，他連一次都沒摸過任何樂器，甚至在馬尼拉楊領事家，他竟離楊領事女兒演奏的鋼琴遠遠的，好像一碰它就會使自己心碎。現在女兒彈的這些樂曲所表現的哀和喜，對他說來好像隔了一世紀似的，似乎已經不再熟悉。聽她彈著，彈著，他覺得自己是最幸福的父親，也是最無恥的父親。

　　入夜，大家庭的人都一一退去，為的是讓久別重逢的夫妻好早早休息，連兩個孩子都被舅媽接到他們孩子房裏去，跟她的孩子擠在一起睡，然而這卻使他倆更加尷尬。麗珍拿出了一套恩首的舊睡衣褲，他們已經搬了無數次家，她卻還帶著他留下的衣物沒丟掉，聞著它散發出的一股樟腦丸味，他呆著似乎不願接受。「是不是樟腦丸味道難聞？那就穿新的。我記得你不喜歡穿新睡衣，覺得新的硌得慌，喜歡穿洗過無數次的舊睡衣睡覺，越舊越好，我才拿出這套舊的。下午我忙昏了，忘了將它拿出來晾晾、吹吹，或者把新的泡泡、洗洗，晾起來，那也該乾了。」她總那樣細心、體貼，牢記他的一切生活習慣。「我現在哪有那麼考究？根本不記得要換睡衣睡覺，有時是和衣躺在鋪點草的泥地上。」一句話將近年來的辛酸勾勒無遺。她心疼地望著他不知該說什麼，也不知該做什麼，等候他主動

拿了衣服去洗澡，主動……。他卻說：「今天真的累極了，我就快快洗個澡睡覺吧，眼皮都撐不住了！」真的洗好澡出來，他就熄燈睡了，沒有愛撫她，更沒有像以往那樣急吼吼。

這是怎麼了？從他過分均勻的呼吸，她知道他其實並沒有睡著，只是避免跟她有房事，也避免跟她說明什麼，想用黑暗來隔開他倆。其實黑暗算什麼，他們以前住老爹學校宿舍時，慧慧和棟棟就跟他們睡一個房間，不過隔一條簾子，每隔兩個星期他從南京回來，就恨不得早早把兩個孩子弄睡著了，早早關燈，黑暗中便是兩人最美的時刻。現在隔了八年，好不容易回到了家，他卻絲毫不感興趣，難道真的是對我，對這個家不感興趣了嗎？

世上沒有不透風的牆，早在一九三九年末恩首跟丁香結婚不過一個月，麗珍就從中旅社上海職員的口中，獲悉丈夫在香港娶了二太太。那時棟棟去世方一周年多一點，念念也不過一歲，她一個人帶了兩個女孩寄居在娘家，老爹已經離開了上海。多少個夜晚在黑暗中，眼淚幾乎代替了洗澡水將她泡起。她想不明白這個男人怎麼可以這麼對待她？他們曾有過多麼幸福、令人羨慕、一兒一女的小家，那時她看得出來他臉上的每個褶子都充滿了笑意，他恨不能整天把這個家繫在褲腰帶上帶著走。

是的，日軍的殘酷使他們失去了棟棟，這又有什麼？他們還年輕，不能再生嗎？生了個女兒以後就不能再生一個兒子嗎？棟棟去世後不久他就離開了，沒有讓她跟去，只不過一年他就娶了二太太。愛難道能分享嗎？家難道就此拆了嗎？男人竟如此經不起沒有女人的日子！然而他的來信隻字不提，她也

只能裝著不知情。媽媽再三勸麗珍：男人是離不開雌性的動物，只要他心裏還有這個家，在你們分開的日子，他再娶一個二太也是情有可原的，有個人照顧他，也省得你牽腸掛肚夜不能眠。日後等他回來了，你是大的，她是小的，中國多少人家不是這麼過的嗎？誰都不情願，誰都又不得不過。不，麗珍我不情願！自己是有信仰的，不能兩個妻子合一個丈夫。我可不是像姆媽那樣的舊式女人，我倆是自由戀愛，不是父母之命、媒妁之言湊合的。然而當時她的信不能寫長，千里迢迢何從去責備他？

太平洋戰爭爆發後，馬尼拉中國旅行社分社解散，恩首就像斷了線的風箏，音訊全無。這時她只求丈夫能活著，再沒有了責備和埋怨。可是他在哪裏呢？抗戰勝利以後失去聯繫幾年之久的他，通過舊中旅社的職員找到搬了幾次家的麗珍，給她帶來了長信，報告他還活著，現在馬尼拉行醫，是個外科醫生，等他安頓好，賺足了旅費，一年之內一定會回來。這真是喜出望外，生死不明的丈夫終於要回來了，還埋怨什麼？只有感謝神！她就月月等、天天盼，還寫了兩封信去催，最後他沒通知就回到了家。八年離別使兩人生疏了，時間、空間的巨齒鋸下的豁口，他倆還能彌補得起來嗎？第三者的插入還能讓兩人複合嗎？麗珍眼巴巴地望著黑暗中恩首的身影，很想撲上去親他，啃他，最終還是忍住了。唉！

次日兩人起來都變成「大熊貓」，話很少。幸好一清早慧慧帶了妹妹跑來敲門，解開了尷尬的局面。慧慧要求今天向學校請假，讓她倆在家裏多陪陪爸爸。她的眼睛閃著期待的光芒，臉蛋甚至呈現紅暈，「爸爸求求你，求求你跟媽媽說說讓

我們請個假。沒關係的，我們同學也有這種情況請假的。」麗珍搖搖頭說：「請假不上課總不大好吧，爸爸又不會走掉，你急什麼？上午上完課中午回來吃飯，不就又見到爸爸了嗎？」「我不要嘛！我要跟爸爸呆一天，就請假一天，好不好嘛？」恩首第一次露出頑皮的笑容，說：「我倆一起來求媽媽：今天請假一天，就一天，好不好嘛！爸爸支持慧慧！爸媽帶你們兩個出去玩！」這時他又回復了以前那種詼諧、享受的模樣，麗珍怎能不批准？在一片歡呼聲中，父女倆宣告勝利。做媽媽的也只得笑著說：「天這麼熱，你們去哪兒玩？才開學不久就請假實在不大好，不過沒辦法，聽你們的！」

　　這麼熱的天去公園玩，的確不太合適。討論結果，決定先去有冷氣的永安公司給孩子買禮物，然後在「紅房子」吃大餐，下午看第一場電影《綠野仙蹤》，最後吃了冰淇淋再回家。「爸爸萬歲！」慧慧帶頭高呼，念念跟著姐姐也忘形地喊道：「爸……」才一個字就收住了口，不好意思地笑了笑。恩首第一次看到小女兒的笑臉，倒也怪可愛的。

　　永安公司還像抗戰前一樣賣高檔品，走進玻璃門迎面襲來習習涼風和噴灑的花露水香味，迎賓小姐一張張訓練有素的笑臉，你就是不買東西也覺得舒坦。這種感覺跟逛馬尼拉高等商店就不一樣，那時他曾多少次懷念過這種感覺。恩首問慧慧想要什麼？大女兒挑中了一件漂亮的演出服，低低的領子，外加帶花邊和荷葉邊的紫色裙子，像明星穿的那樣，這樣下次鋼琴演奏就不需要向同學借了。小女兒要了一雙四個輪的溜冰鞋，她一直羨慕同學會溜冰，又不好意思借了去學，這下好了。麗珍起先不贊成買，怕孩子膽子小、摔壞骨頭。恩首卻說：「她

既然想買，就說明膽子不小，訓練訓練膽子會更大！放心吧，哪個孩子不摔摔打打才長大？」慧慧一邊高興著一邊提醒爸爸：「大舅經常給我和妹妹買禮物，你不給弟弟他們買點什麼禮物？」恩首這次可真高興極了，孩子這麼懂事，有愛心又長得漂亮，還會彈一手鋼琴，長大了一定是個明星級人物。

「紅房子」依然老樣子，小小的格局卻很溫馨，也很有派頭，牆上還掛著油畫。這兒的羅宋湯真是很道地的俄國味，牛腩燉得一放進嘴裏就快化了，奶油味又重，他在馬尼拉一直記掛這種味道，現在吃到嘴裏也不過如此。冰淇淋也一樣，吃到嘴的比吃不到嘴時想像的味兒，反而要差些。回家時，孩子們一路嘰嘰喳喳為美國片《綠野仙蹤》講個不停，興奮到極點。麗珍笑著說：「我早就答應你們，等爸爸回來就去看這個電影，怎麼樣？媽媽沒有食言吧！」

晚上孩子們分送了禮物再回到爸媽那裏，由於白天太興奮、太累了，倒也願意早早跟了舅媽去睡覺。這下又開始了兩人世界，過去曾那麼嚮往、有色彩的兩人世界，如今因互相之間變得不熟悉而褪色了。麗珍將手放在恩首的背脊上，從上到下輕輕地捏，輕輕地揉，她的手是柔軟的，過去他最享受這樣的搓揉，且對她的手最近是否因操勞而粗糙特別的敏感，如今他沒有反應。想想兩人以往分離後重聚總是小別勝新婚，這次分開時間這麼長反而如此冷淡，他的心是否完全被另一個女人佔滿了？

當他再一次強調今天太累早點熄燈睡覺時，她按耐不住了，坐起來重又將他關了的燈打開，倚著枕頭面對他：「你不用逃避，遲早要挑明的！說說你這次回來的打算，是跟我離呢，還是跟她離？」她就是這麼明快的脾氣，不喜歡藏著掖

著，不喜歡拖泥帶水，他是清楚的。他哪怕腹稿打了一千遍，還是沒準備好，不知道該怎麼開口，半天說不出一句話。

「我早知道你離開我們不到一年就娶了二太太，只是不知道詳情，誰也不肯告訴我。現在你自己說說吧，你們已經有了幾個孩子？男的，女的？她是幹什麼的？你們準備怎麼樣？」逼到這份兒，他知道不說也不行了，「她是個舞場小姐，結婚前就離職了。我們沒有孩子⋯⋯」他一五一十照實說，從濤哥找他們仨說起，因為日本人都投降了，自然也無需再保什麼密。問題是這麼多年來那個女人跟了他，沒有過幾天安定的生活，卻一直盡著妻子的責任照顧他，與他共度艱難時光。

說心裏話他談不上特別愛她，原本她就不是他喜歡的類型，不過人的習慣與惰性具有很大的力量，久而久之他已經習慣她的照顧，習慣跟她生活在一起，這也許就是所謂日久生情吧。現在她一個人在馬尼拉，沒有親人，唯一的一個哥哥已經戰死，沒有孩子，沒有工作，沒有錢，她以前的儲蓄早就折騰完了，除了他真的什麼都沒有。他能借口當初是工作關係促成的夫妻，沒有了工作就了斷關係，說你走吧！他不忍心這樣做，八年抗戰夫妻她對他是有恩的。

「我明白了，她不單對你是有恩的，你對她也是有情的。那麼我倆呢？」麗珍的大眼睛裏滿含著淚水盯著他問。恩首真不知如何回答才好，他知道自己負了妻子，虧欠她太多，很想彌補。但他的心告訴他，他已經越來越少想到她和孩子，盡管他一直罵自己是狼心狗肺，可事實就是如此。他已經習慣過沒有孩子、沒有麗珍的生活，在馬尼拉誰也不知道他的過去。而今有兩個太太的他，又回到原配和孩子們的懷抱，一同生活在上海，生活在熟悉他們關係的親戚、老同事和朋友的這個城

市，大家傳來傳去一個品行不端的男人和兩個太太矛盾的故事，他一想起就害怕，頭皮發麻，整夜失眠。真的，只要麗珍容許，跟他一起去馬尼拉，他願意努力讓他們仨處好這三角關係。

「坦白告訴我，在你心中我倆現今是怎樣的關係？」「我們嗎……」由於麗珍已長期不在他的生活圈裏，只是活在他的美好記憶裏，就像是一張老照片，能勾起他對逝去日子的無限留戀，卻激發不了他對現有日子的有限熱情。很多了不起的男人能一輩子鍾情一個女人，為了她可以一輩子生活在回憶中，不再結婚娶妻。然而他不能，他是個軟弱的男人。當前不是再結婚的問題，而是擺平再婚的問題，他覺得很無聊、無奈，因為他已是個不完的男人，一個缺乏活精子的男人。這點他實在羞於說出口，不過已經說到這份兒，那就全攤開了吧。

哪知道麗珍聽了後反駁道：「這是你的推脫之詞，我不信。你一直是很厲害的！只是不願意再跟我這個半老太婆有夫妻生活。你說她可憐，我不否認，那我長期賴在娘家，拼命工作養活我們的女兒，一心等你回來，夜夜以淚洗面，我就不可憐？只是我要強，不願訴說這些博取你同情。」這是真話，這就是麗珍的性格：寧願自己吃苦，不願以此賺取別人的眼淚。

恩首忍不住撫摸她的肩膀，「我知道為我、為這個家你吃盡苦頭。我覺得特別對不住你，現在我也將一切都坦白地說出來，絕不花言巧語欺騙你。我不怪你不信我以為我說的是謊言，畢竟多少年我們沒在一起，我是怎麼挨過來的你不明白，這裏也沒人為我作證。只有她陪我走過為做試驗致使身體、精神倍受傷害的日子，陪我走過同伴犧牲、敵人追捕、挨餓受凍的日子。現在你我之間缺乏了解，即使重新生活在一起，也走

不到像過去那樣。」這最後一句話像一把沉重的鐵錘，將麗珍擊癱在枕頭上，半天半天她不說話，最後主動關了燈，說：「今天不再談了，睡吧，累了。」

　　第三天起床後，恩首提出他要到南京國民政府去辦些事，想即刻買火車票去個一兩天。麗珍沒有阻擾，她也正想等兩個人冷靜一下再談。他都沒向兩個女兒道別，趁她們都上學，上午他就買特快車票走了。

第二十章　是我的祖國嗎

　　來到過去居住、工作過的南京，這個歷經大屠殺的城市，一切都顯得陌生了，就像他跟麗珍那樣。過去熟悉的地點如今蓋起了新牌樓和大樓，馬路拓寬了，車站重建了，沒想到曾趴在廢墟中的首都，一年間居然恢復得如此之快。馬路上比以前多了坐在三輪車上的時髦小姐，軍用吉普耀武揚威地奔馳著，穿軍裝的人也似乎大大增多了，都匆匆忙忙趕著幹什麼要務，只有恩首一時不知該上哪兒。

　　為怕走冤枉路，他先在車站問詢處詢問國民政府的地址。辦事員一副好奇的眼神瞄著他：不知從哪兒鑽出來的土包子，穿得西裝筆挺卻只自備11路，沒有小轎車或吉普，肩上挎著美式軍用包，居然來打聽南京城裏誰都知道的那個地址，真不知是哪路神仙？他忍受著那不屑的眼光，和那「吶」、「勒」不分的南京腔。辦事員講了兩遍，他都沒聽清，只得麻煩人家寫下來，這下只聽到對方極不耐煩地在窗戶裏嘰哩咕嚕地抱怨，最後總算遞出一張寫得歪歪斜斜，認半天才識得的字條。他馬上聯想起剛到香港，大學註冊處那位白髮英國老太的周到和辦事效率。那還是英國人，這位是同胞，態度竟有天壤之別，有什麼辦法？他再也不敢問到哪裏搭公車，怕被罵「豬頭三」。算了別省了，還是叫輛出租車去吧！

　　司機一定也是看准這土包子，居然拿著字條叫汽車，自然是可以「宰」一下的外地人，於是駕著車子兜來又兜去，兜了一小時還說沒到。恩首對新南京雖然不熟悉，畢竟以前住過，大致方位還是清楚的，便批評司機故意兜圈子。對方卻強

辯道：「直路都在修路、拓路，叫我不轉圈那麼你來開車，我付你錢！」恩首憋了一肚子火，知道自己鬥不過本地僑，心不甘情不願地付了雙倍車錢。

走進政府辦公大樓，恩首才知道自己犯了錯誤，應該在上海先打個長途電話，約定見面日期和具體時間。不過問題是，要去電訊局打長途還得排隊等半天，花不少錢。原想有信為證應該不成問題，結果問題大了，差點連門都跨不進。

想當初抗戰一勝利，方恩首和趙爾才在恢復辦事的馬尼拉中國領事館，給軍政部防毒處轉去了幾封述職信，敘述他倆曾一個化名高樂平，另一個化名周誠信、高爾梓，以及吳福源曾化名高達梓，接受防毒處試驗的任務，在香港和馬尼拉的經歷；並說明原來的聯絡人李忍濤、楊光泩和領事館武官均已犧牲，在失卻一切聯絡的情況下他們做了什麼，其間吳福源已犧牲，現在他們要求當局能以最快速度恢復聯繫，補給津貼，布置新工作，以便回國安排。一封封信發出後，幾個月不見任何動靜，他倆想政府要搬遷，要將舊檔案找出來核實、議定，自然急不得，就又補了一封信及材料託領事館轉。兩個月又是音訊全無，這下兩人真急得上了火。怎麼將我們丟在國外不要了，嫌我們是累贅？

在什麼想法、疑慮都產生了的緊急情況下，他倆不得不給國防部最高領導追加一封同樣內容的信，要求督促防毒處盡快回信。又是兩個月沒人理睬，真急得罵娘都沒辦法，不知道耽擱在哪一級。最後請教了官場老手給予指點，方才明白要走門路，這次花了錢終於能使「鬼」推磨了，果然兩個月後盼來了回信。不料信上寫得極其簡單：「已查到檔案，請於九月初返寧面談。」可是飛回國談何容易？既不像從上海到南京那樣方

便，飛機票也得花不少錢，何況多年沒回家，能不方方面面照顧到多買點禮品？不然還不笑掉人家大牙。最後決定恩首一人先行回國代表兩人匯報，爾才寫了份委託書讓他帶著。

現在這封回信就是他進門的唯一憑證，但傳達室說沒有具體日期和時間，加之恩首又沒身份證，假如是個壞人混進來搞破壞怎麼辦？因而不能放行。電話打進去，接話人不知情，說需等一下回話。這一等又是半小時，恩首再三請求，又打電話給防毒處，回話說接手這件事的長官不在，已經快到下班時間，今天他不會回來了，請明天上午再來。

恩首知道今天肯定進不了門，趕緊求問明天上午幾點面談，回話說得請示，要請問秘書，等一下再打回來。等到陸續有人從辦公室出來，下班了還沒回話，只得要求再去催。值班人的臉色十分難看，說：「我們不是只接待你一個人，你不見都快下班了，要求進去的人還排著隊呢！」恩首說盡好話，強調自己是上海來的，希望明天早點辦成事，還得買火車票返回，堆滿一臉的笑苦苦祈求，這才又打電話去詢問，最後才得到「聖旨」：「那就明天九點來吧！」

恩首灰頭土臉地走出政府大樓，覺得身心都十分疲累。原以為回到南京可以去熟悉的地方轉轉，可是現在連一點興趣都提不起，完全沒有重返故地的興奮心情，只覺得這兒的人和事都叫人心煩，他們對他也是抱著一種潛在的敵意，似乎空氣中都瀰漫著「不歡迎」的分子。他毫無目的地漫步街頭，半天才想起來似乎應該去找飯店吃晚飯了，再一想反正也不出去逛了，倒不如就近找一家旅館，明天無需再坐出租車挨「宰」，走幾步就能到了，時間也好控制。今天晚飯就包給旅館，反正沒什麼胃口，馬馬虎虎混一頓算了。

第二十章　是我的祖國嗎

　　八點就洗好澡睡上床了，累了一天的他這時卻毫無睡意，這才覺得自己決策錯誤，應該在外面多逛逛就會更累，然後回來倒頭就睡熟了，總比躺著數羊好。樓下飯店裏不時傳來吆喝聲，堂倌拖長了字音拿腔拿調。他已經多年沒聽到了，還是在長沙大火之前，他帶了麗珍、慧慧、棟棟去飯店吃飯時聽到過，以後大火、饑餓、棟棟被炸死、全家分離。在香港聽到的吆喝聲是不同的，粵語短促，腔調也頗急促，就像香港人辦事急性子不喜歡拖，當然紅線女唱粵劇是個例外。窗外霓虹燈的彩色世界一直反射到床前，不過不是「床前明月光」，而是「床前霓虹光」，攪得人毫無睡意，真討厭！

　　他翻了個身，還是沒用，也許是因為好久沒獨個兒睡旅館了，他認家裏的床。那為什麼在上海家裏的第一夜他也睡不著，是因為丈母娘的家不熟悉嗎？不對，以前只要他將麗珍和孩子帶在身邊，不管是在丈母娘家或學校宿舍，即使在長沙小巷子裏或長沙鄉下跟其他眷屬擠在一起，只要家人在身邊就不認床，就能呼呼大睡。因為家就是家人團聚在一起，不在乎地點、條件。家人團聚那種令人安心的甜蜜、溫馨味兒不能言傳，只能意會。

　　然而現在他跟妻子、女兒在一起卻不感到安心、幸福，只感到陌生、歉疚。他不能不承認自己變了，是心變了，心不在這個家了。他恨自己沒有責任感，沒有良心。另一個他卻申辯道：我也沒辦法，天使一旦墮落成魔鬼，又怎能變回去呢？那麼你就準備離婚啦？不，不成，我還得好好想想。這樣的問題他問了自己一百遍，從幾個月前自馬尼拉問到飛機上，問到上海，再問到南京，始終沒有答案。他恨自己是個猶疑不決又極端自私的人，可是他似乎不得不把愛自己放在第一。這一夜他

不知道是幾點才睡熟的，反正很晚很晚，而且睡熟了也是噩夢連連，嚇出一身冷汗，電風扇一吹更是寒毛直豎。

　　第二天醒來居然已經八點多了，他趕緊起床整理東西，結賬，連早飯也來不及吃就趕往政府大樓，怕誤了約見時間。誰知等到十點還沒讓進，說負責的長官還沒上班，是昨晚應酬太晚了吧！而他現在早已饑腸轆轆，卻又不敢離開現場。好不容易又等了二十分鐘，才進入長官的辦公室，接待的是一個戴金絲邊眼鏡近五十歲的文官。恩首被告知：述職報告和檔案都看到了，內有以前的實驗報告。現在既然所有人證均已亡故，只有拿自己做人證，需去醫院做檢查、化驗，證明是實驗的當事人，否則有人冒充來領津貼怎麼辦？談話不過五分鐘，還沒等他想明白，一個職員已來請他去醫院，並帶進了另一個被接見人。幸好這位像是長官秘書的職員，已為他拿好一份鼓樓醫院的初診表格，他當場填好，秘書就為他打電話掛號，讓他馬上趕過去，這大約是政府的特約醫院，否則到明天也搞不清該上哪個醫院，還得親自排隊掛號，那樣耽擱就久了。

　　鼓樓醫院泌尿科為他看診的醫生很年輕，看上去還沒自己年紀大。看得很仔細，問得也很仔細，簡直把他那滿目創傷的「小弟弟」當作化石來研究。然後又將年紀老的主任醫生請來會診，兩人嘰哩咕嚕輕輕說了半天，也記錄了一大堆，最後還叫他去化驗精子。恩首在整個過程中除了回答問題，什麼也不想多說。有什麼好說的，說自己也是醫生，知道自己病灶的嚴重，這不全是廢話？都無濟於事！他也料到化驗的結果精子全是死的，可是這些程序是必須走的，否則誰信你們拿自己身體當試驗品？「冒充、訛詐」……什麼帽子都會扣上。醫生說：實驗結果要明天上午才能告訴他，那就得還在南京住一夜。

　　從醫院出來已經近一點，很奇怪肚子好像餓過頭了，不再有饑餓的感覺。他想不如再忍一忍，趕到夫子廟去吃久所嚮往的各種小吃，還可以磨掉很多時間。至於孝陵衛學兵總部的舊址，他已沒興趣去瞻仰。那就在夫子廟逛逛吧，走得累了待到華燈初上，索性吃了晚飯回旅館。

　　中國人真是很會享受吃的民族，聽說南京大屠殺時夫子廟被破壞得很厲害，抗戰勝利才一年，照長官說正是「百廢待興」的年代，可夫子廟的生意「興」得真難以想像。在那裏徜徉，其擁擠程度遠超過在上海南京路永安公司門前。這裏人們喝茶、飲酒、吃點心其實十有八九是談生意的，像自己這樣閑逛的只有一二成，也許跟天太熱有關。燒賣、粽子、叉燒包、小餛飩、腐竹包……，他一樣樣地吃過來，味道確實不錯，不過並沒有想像中的那麼迷死人，也許是餓過頭反而胃口差了。

　　想起在菲律賓逃難到小島時，天天吃玉米糕和蒸魚，只要能充饑也就滿足了。當時他們五個人不敢談各地小吃，一談起就會垂涎欲滴。唉，現在只有他一個人回來享受，卻又不覺得是享受。這是怎麼了？他就這樣三、四個小時在夫子廟吃吃、逛逛，看到這裏也是選購小商品最合宜的地方，就為丁香買了一個漂亮的假鑽石別針；又想到應該為麗珍也買一個，就又買了一個貴一點、樣式更端莊的。直至走得精疲力竭，他才回到旅社。累得幾乎虛脫的他，這晚連身都沒翻一個睡得像死過去似的。

　　醒來發現電風扇吹了一夜，身上一滴汗也沒有，但頭有點疼，好像還沒睡醒，勉強爬起來，又來不及吃早飯就趕去醫院。年輕醫生和主任醫生再一次看診：「精子全是死的。」見他並無特別表情，兩人相對而視，一副驚愕的樣子。「我早就

知道。」他覺得一句話不說有點對不住醫生，就說了這麼一句。「你有沒有試過打新發明的盤尼西林針？」「試過兩針，效果好像還行，但沒辦法繼續弄到針藥。」「為什麼這種化學武器對人體器官損傷，集中表現在男性性器官上？」年輕醫生不解地向主任醫生提出這樣的疑問。「請原諒我插一句，因為我是受害者又是醫生。照我的理解，性命，性命，命原跟性是緊緊相連的，沒有性欲的人，人稱之為半條命，做事、打仗都不帶勁；喪失性，生命也就不得延續。這就是日寇想勒住中國人的喉嚨，妄圖消滅我炎黃子孫的鬼點子。」從昨天到現在，方恩首憋得太久了，這是他最長的一句話。主任醫生同情地頷首，又加了一句：「有辦法就不妨再試試新藥，看看痊癒後精子會不會有幾成活起來？」他點了點頭，其實他也知道這是醫生安慰病人的話，事實是盼望越大失望也越大。

他拿著這張化驗結果證明，快快趕去政府大樓，希望今天能將事辦好。又是等了兩個小時才見到長官，醫院化驗結果秘書早已匯報了，所以現在只宣布決定，長官從抽屜裏拿出一張打好字的信箋，簽了個字，從金絲邊的眼鏡上端威嚴地望下來，說道：「到財務科去領支票，從四二年到四六年的工作津貼沒能及時發給，現在每人每年按原議補八百美金，你有委託書可代趙某領。傷殘撫恤金一千美金，一筆付清，不可代領。趙某必須親自來醫院檢查，獲得證明方可領取。吳某已去世，無委託書，不能代親屬領，以免假冒。你該拿的總數是九千美金。國家現在經濟緊張，請諒解。另外不管你從哪裏來，你到南京來回交通費可憑票證報銷。」

空氣中瀰漫著長官嘴巴裏泄出的雪茄味，聞得出這是最好的呂宋煙。恩首這次從馬尼拉回來很想買兩盒這樣的煙送給

大舅子，謝謝他一直照顧他的妻女，結果因為實在太貴沒捨得買，只買了普通的雪茄。他還沒從回憶中回過神來長官已站起身，只將信箋留在桌上而沒交到他手中，顯然怕他傳染，或許是怕他糾纏。沒有一句慰問的話，沒有一句談及今後安排的話，政府跟他的關係僅僅是用這筆錢來打發了，在他們眼裏他就是個令人討厭的討債鬼，是個沒有人尊重的傷殘人甚至叫花子，是來討津貼、討撫恤金的，眼淚在他眼眶裏打轉。不，得有點自尊，不能在這兒流淚！就在他的自艾自戀中，長官早已退場了。

　　秘書上來圓場：「方先生，長官太忙，日理萬機。他叫我們手下人今晚為您設慶功宴並餞行，請您五點半到新街口大三元酒店二樓，我們在那裏恭候。現在財務科已經午休不辦公了，你拿不到支票，請下午一點半以後再來，拿到支票還要到銀行去兌換成現金。」這一手真沒想到，明明沒人想到我們的犧牲，還要什麼慶功宴，無非你們自己借機用公款吃一頓。不去，不去，連忙說：「我下午拿到錢就要去買火車票，急著趕回上海，你們就不必客氣，免了。」這下秘書的臉色馬上不好看了，「怎能免呢？財務科把這筆宴請的款子，都已經撥到我們處了。吃頓飯不過幾個小時，請務必撥冗出席。」罷了罷了，何必做惡人，自己不吃還奪人口中食嗎？那樣不知下午拿錢又會生什麼枝節？去吃吧，長長見識，看看擺的是什麼鴻門宴。

　　恩首准時到達，見辦公人員早已圍坐在飯桌旁談天說地了，可見根本沒到下班時間就集體早退。桌上煙酒、冷盤都擺好了，煙是美國的駱駝牌和英國的三五牌，都是相當吃香的罐裝進口煙，價格不菲，中國的名牌煙美麗牌當然拿不上臺面。

冷盤中央還放著用五彩食材雕塑的鳳凰，可見請客的規格不低。席間鮑魚、魚翅、海參什麼都有，飲的是法國紅葡萄酒、中國老白乾……杯觥交錯，個個吃得油光滿面，酒氣沖天。除了第一次的敬酒由秘書帶領提到了方先生，卻沒提到他們小組的事業、犧牲和貢獻。酒尚未至三巡，就沒人再搭理他這個「童養媳」了。防毒處裏這些人個個消息靈通，交頭接耳喋喋不休：接收大員窮凶極惡斂財的情報，各種緊俏物品生意的行情，名人和名媛偷情的隱私……。講的人得意得唾沫橫飛，聽的人忘情得口水滴滴答，把餐巾濕了一大片。

　　他一個從菲律賓這種蹩腳地方回來的窮醫生，又不是從美國回來的參謀長或富翁，有什麼利用價值？今後根本不值得交往，現在也用不著耗費時間去敷衍，這就是抗戰勝利接收時代的價值觀，也正是今天他必然被「堅壁清野」的緣由。沒什麼，他本來在這兒就是個觀光客，是個倒酒討小費的Boy，倒的酒就是他和戰友們的鮮血，小費就是今天領到的津貼。他和戰友們曾經認為無比神聖的秘密試驗事業，願意為之捐軀的祖國，今天全被這班人踐踏在腳下。為此不禁感慨萬分：不知有多少像他這樣的戰士回到了祖國的懷抱，最多不過是為接收大員爭得了一頓豐盛的美餐。說是經濟拮據的政府財務部門，每天卻把大量金錢花在這類支出上，吃盡山珍海味、享盡洋酒洋煙，卻沒人紀念失去親人的眷屬的傷痛，沒人關懷失去健康的戰士的頹喪。

　　待這些人酒足飯飽，他一個人偷偷退出來了，走在被霓虹燈照亮、像鋪了紅綠寶石的馬路上，覺得有幾分淒戚。起風了，吹在身上涼涼的，赴宴後的肚子依然嘰哩咕嚕地叫。他叫了一部出租車，向下關車站趕去。

第二十一章　殘忍的決斷

　　麗珍怎會料到恩首南京之行，竟促成他迅速對他倆關係作出決斷，否則她一定會盡量延遲其行程。真的，事情的反差太大的話，天平自然會向不可預知的方向傾斜。

　　恩首乘特快夜車，天一亮就回到了家。沒想到才跨進家門就上吐下瀉，像是得了急性腸胃炎。麗珍陪他去醫院輸了大半天液，返回家兩人都筋疲力盡，她還整夜照顧他，他閉著眼像是在昏睡。在南京發生什麼事了？怎麼弄得這麼狼狽回來？他卻什麼也不說。

　　第二天上吐下瀉是止住了，他卻臉色蒼白，一點力氣也沒有地癱在床上。麗珍見他被汗水弄濕的頭髮都結成一綹綹的，估摸他一定很想洗個澡，這一身臭汗還是從南京帶回來的呢，因此建議道：「洗個澡吧，會舒服些。」「我很想洗，可是沒一點力氣。」「我幫你吧，真的洗個澡會舒服得多。」「不需要你幫忙。下午再說吧。」「以前你生了病，我也幫你洗澡，這有什麼！我們現在還是夫妻。」「我說不要就是不要，我累了，別煩我！」露出一臉的惱怒。妻子不想再惹他生氣，悄悄地退了出去，想讓他睡一會兒。

　　個把小時後她端了一碗米湯進來，發現床上沒人，隔壁盥洗室裏卻有用水洗澡的聲音。她怕他支撐不住暈倒在裏面，就一邊說「你這個人怎麼搞的，我幫你又不丟人……」，一邊敲門跨進去了。「出去出去，我不需要幫忙！快出去……」他慌慌張張地用毛巾遮著「小弟弟」，但她在進門一霎那，眼光已經掃到了那傷疤累累、萎萎縮縮的傢伙。記得他回來後曾約

略敘述過他們秘密試驗的任務，可沒想到事情會如此之糟，驚駭得她跌坐在地上，只好說什麼：「這個地板沾了水，怎麼這麼滑？你當心啊！」他霍然從洗澡盆裏跳了出來，光著身子大喊大嚷：「現在行了吧，你終於見到了，快出去吧！」那還是她的瀟灑、自信的恩首？只見他滿眼紅絲，凶狠，狼狽。「不管你受到什麼傷害，我們是夫妻，我不在乎，你也別這麼在乎。」

現在她明白了，為什麼他回來了那麼多天，老躲著說太累，又急急忙忙跑到南京去，絲毫沒有一點主動的性要求。原以為他是變心，丟棄了他們的夫妻情義，嫌她老了，現在看來這只是部分原因，更重要的一個原因是他的性能力衰敗了。他的確老了不少，那東西受了傷就更「老」了。她伸手想擁抱他一下，他卻趕緊拖了條大毛巾將自己裹起來，沉默地僵立著，就像一頭受傷的獅子，只願低頭獨自舔傷口。沒辦法，我們已經生分了，他不再習慣接受我的溫情、我的幫助，這反而使他覺得自卑、難堪。我們曾有過那麼美好的回憶，那回憶反而造成現在我們心靈間的裂縫，想到這裏她不再說什麼、做什麼，默默地退出盥洗室。

這次恩首在床上躺了三天才起身，其實他早好了，只是為了避免去見黃家人。他實在沒臉去見麗珍的家人，他們一家從老到少，對姑奶奶和姑爺是好得無話可說。這樣連他去南京的日子包括在內，他回來已經一個多星期了。慧慧是個早熟的孩子，她早已感到父母之間不太對勁，因此在興奮期過後顯得憂心忡忡，有時開了琴蓋獨自坐著，半天也沒有摸鍵。她不再大喊大叫，說話變得細聲細氣，生怕聲音太響會影響父母情緒。

一雙大眼睛一閃一閃的，隱藏著很多沒說出口的問題以及重重的憂慮。

　　念念再沒叫過爸爸，只是遠遠地看著他，從不主動親近他，總是沉默地接受他的冷淡。恩首病後兩天，念念要求回房間跟媽媽睡，說表弟房間太擠了。她十分執著，大有不答應就「罷睡」的趨勢，父母只得允諾了。恩首發現身邊這個「小間諜」不說話，只是睜大了眼看，每天挨到實在睜不開眼了才睡。第二天她就向「姐主管」匯報，在沒人的地方姐妹倆低聲嘀咕半天。恩首看到她倆一個發指令，一個接指令，很有默契的樣子，不禁想到要是棟棟還在，這個家會是怎麼個樣子？他還會不會想離開？

　　麗珍的母親暗暗告誡女兒：這次恩首回來是變了很多，以前開朗、外向、處處展示自己才能，現在變得「悶」了，這不僅是多說話、少說話的事兒，他好像有話說不出口。這不是好兆頭，不露齒的狗咬人才厲害，你得有心理準備！不過千萬別答應離婚，讓他把那個女人弄回上海來再說，慢慢處著，日子一久夫妻感情又會回來的。真會那樣嗎？麗珍心裏沒譜。

　　第八天晚上，念念睡熟了。麗珍打扮得漂漂亮亮的，穿了一件淡綠有花邊的綢睡衣，束上腰帶，顯得該凸的凸、該凹的凹，八年了身材變化不大。她將枕頭疊起來靠著，面對恩首說道：「你去南京辦什麼事，始終沒告訴我。現在說說吧。」「我是想講的，只是前幾天沒力氣，心一煩更沒力氣了。這次是去領工作津貼和撫恤金的，連趙爾才的在內一共領了九千美金，其中有我五千。」「這數目不算少。」「我不是嫌少，而是在乎政府人員對我們的態度，我們不是乞討的殘廢人⋯⋯」

他一五一十將在南京受的屈辱說給她聽，這是他回來後第一次掏心掏肺地談天。盡管談的事叫人氣惱，畢竟夫妻交了心氣氛就比較融洽，恢復了往日夫妻躺著談天的姿態。他撫摸著她，她也揉著搓著他的背，彼此都很放鬆，都很享受，快枯萎的「桃花」又在雨水滋潤下綻放了……

次日一早，兩個女兒上學去了，恩首便想將幾天來思考的結果，趁這股熱勁告訴她。他說這次回來有個最明顯的感覺，那就是一切都陌生，家陌生了，國家也陌生了。這種感覺很不好，卻是真實的，沒辦法。因此，他不想留下來，反而願意漂流在異國他鄉，在那裏他已經習慣了，也有自己的病人和新的人際關係，生活比較簡單，問題是她願不願意跟他走？

麗珍大吃一驚，她想到過他會把那個女人接回來一起過，或是分開住，就沒想到他會要求把她帶去，去幹什麼？人生地不熟的，在那個家那個女人是主，我無法反客為主，我們母女去受他倆的氣？「你怎麼想得出來的？是不是想逼我離婚，又不好意思直說？你不想想我們是三個人，你只想到你們兩個人。」麗珍氣得臉都紅了。他覺得自己太唐突，沒有讓她了解自己的真實想法，她生氣是有道理的。

於是他從楊領事和其他外交官的犧牲說起，又詳細描述了老吳夫妻的引爆、犧牲，以及在遊擊隊裏抗擊日本鬼子的艱苦生活，難民營裏美軍對他的尊重，難民、新病人對他的依賴……「說到底，在那裏我得到尊重，感到自己有價值。我也想念躺在那裏地下的朋友，感到他們還跟我息息相關。回到自己的國家，反而很生疏。勝利了，人們沒有一個共同的目標，都向錢看，有錢有權就有尊嚴，我們沒錢沒勢就受鄙視。像阿爸這樣一個老校長，要回個家都這麼受罪，我領名份錢都這麼

受刁難。你知道我是個很驕傲的人，我受不了……」

「那麼我們去美國，我家教的那位主人在美國有公司，我求他幫忙給份工作應該沒問題，你我又不是沒能力，到美國去可以從頭開始。」麗珍的眼裏閃爍著希望的光芒，就像當初在離晃縣不遠的小村莊，她竭力要求他帶她們去香港那樣。唉，就是那一步走錯了，沒帶上家屬，以後就步步錯。「我也想過，但是到美國我又要從一張白紙開始，手裏就五千塊這麼點錢。我不想給人打工做個職員，可五千塊既要開診所又有兩個家要開銷，行嗎？特別是美國這個重人權的國家不允許重婚，我卻有兩個老婆怎麼辦？太沒有把握了！」

看來恩首跟所有的男人一樣，考慮問題都從自己喜歡、自己習慣、自己意願出發，而不去為妻子兒女考慮，在關鍵時刻他們都是自私的。人對自己生活的環境有一種惰性的依賴，習慣了的就覺得比較舒服，對沒把握的就怕。只有那種富有挑戰性格的人，才願意以大變動去接受全新的環境，現在的恩首已經沒有這種勇氣了。

眼望窗臺上為歡迎丈夫回家添的一盆月季，買來的時候朵兒正含苞待放，可現在有的花瓣已凋落，還硬挺在枝頭。她突然覺得人也像花兒一樣，有它的旺季和衰季，在旺季有的是勇氣、瑰麗、欣欣向榮，而衰弱的時候剩下的只是爭養分、頹敗、醜陋。恩首不也是這樣嗎？當年在日本鬼子、在戰鬥任務面前，那是他的旺季，充分展示了他的刻苦、自信、勇氣和犧牲精神；現在日寇投降了，他進入了衰退期，毫無遮掩地表現了他的自私、懦弱、缺乏責任感。她能拿他怎麼辦？

麗珍是個非常聰明又不自私的女人，她馬上看清了自己極端不利的形勢：丈夫目前全然沒有勇氣去接受新的挑戰，去負

起全部的責任，而需要她的讓步、屈就來成全他。他對這個國家、對這個家、對妻子感到陌生，只想回避不願多負責。為什麼就該她放棄這裏熟悉的一切，放棄娘家的濃濃親情，跟著他去馬尼拉那個家，到了那裏他也處處要她委屈求全，果真這樣做，關係豈不更複雜、情況豈不更惡劣？那樣長痛不如短痛，哪怕痛徹入骨！

「你不願回國，也不願去美國，我不願去馬尼拉，那麼我們只有一個結局：離婚。不是我願意離，而是你不說卻逼我說，不是嗎？」麗珍倒了一杯水給他，又突然從他手中取回握在自己手中。他沒什麼好申辯，事實就是如此。說到離婚，麗珍不能不心酸流淚，原本美滿的婚姻難道因時間、空間造成的距離，真的就不能挽救了嗎？她不想讓他有壓力，不想讓他不開心，因為她始終愛他，問題是他已經不心痛她們母女三人。男人的心變了以後是多麼硬、多麼無情啊！

這次談話，恩首始終沒再提到那個女人，似乎完全是他自己不願意回來，全是他個人感情在支配。顯然他更在乎馬尼拉，珍惜在那裏的日子，不捨得離開躺在那裏犧牲了的同志。也許這是真的，由於祖國的冷淡，使他更愛別人的國家。然而麗珍清楚，隱藏在背後他不便說出來的那個女人，是現在他更在乎的女人。既然心不在了，再要求他留下就是強人所難，只會使全家更不幸福，今後持久的矛盾痛苦，會比單親媽媽把孩子撫養成人的孤寂、艱難和不幸還大得多。盡管想得很明白，她還是沒法下決心。這個決斷太殘酷了，不僅會影響她的後半輩子，也會影響孩子們的一生，她們是多麼盼望爸爸回家，女孩子的感情比較脆弱，更需要父親的關心和照料。

當晚念念起身上廁所的時候，看到媽媽獨自坐著擦淚，

第二十一章　殘忍的決斷

她一言不發地坐在媽媽身旁，幫她抹淚，直到支撐不住睡著為止。次日下午恩首送慧慧去上鋼琴課，麗珍發現念念很奇怪地將屁股坐在爸爸的枕頭上，這還不夠，還不時站起身用腳不住地踩啊揉啊、踩啊揉啊，似乎對這枕頭有著不共戴天的仇恨。「念念，你幹什麼？」她瞄了一眼媽媽沒有回答，繼續將屁股坐在枕頭上，閃著淚光的眼裏滿是委屈和厭惡。這哪裏是平時喜歡撒嬌、安靜的小妹？媽媽心疼地把她摟在懷裏，母女倆的淚灑在一起。

麗珍心中也更明白不能再拖下去，這種氣氛會在孩子們心裏播下仇恨父親的種子，對她們的成長不利。讓恩首走吧，我會將雙倍的愛給孩子們，讓她們覺得不缺少愛，快快樂樂地成長。這總比身旁同時還有爸爸喜歡的另一個女人在，要自在得多吧！否則，她們對爸爸就更加敵視和怨恨。

做父親的雖然接送女兒上課，但慧慧並不愉快，眼睛裏快滴出水來了。媽媽問她為什麼，她到底大一點，不肯增加媽媽的思想負擔，所以抿著嘴什麼也不說。從她的這種表現可以猜出，她跟爸爸的談話沒有得到好結果。孩子們的憂傷促使麗珍下決心盡快做決斷，再殘忍也比拖著強。

這天夜裏麗珍胃疼得厲害，想沖個熱水袋捂著，恩首不讓，說：「你先讓我檢查檢查，要是盲腸炎，就絕不能捂熱水袋，穿孔了怎麼辦，你不記得素珍的悲劇了？」他冷不防提起素珍，讓她愣住了。她知道素珍是他心中永遠的痛，他也許對她妹妹有著更深的感情，只是一直沒說出來罷了。他溫柔地為她檢查了一遍，認定不是盲腸炎。「我常常胃疼，老毛病了，沒事。吃了藥，再捂一捂熱水袋就會好得多。」「以後還是要

189

去內科好好做個胃的檢查，別稀裏糊塗！」嘴巴裏是這麼說，心裏卻明白她得胃病他是罪魁禍首。「你早點睡吧！」「不，我們拖下去不是事兒，對彼此、對孩子都不是好事。今晚你攤牌吧，說說你最想要的，我盡量成全你。只是我最恨虛偽，要說真話！」

在說真話的鼓勵下，恩首坦承他不會丟掉那個女人，倒不是因為有多深的愛情，只是因為習慣和不忍。他回國時是曾打算取得麗珍同意把丁香也帶回來，分開住，反正國內容許娶兩個老婆。南京之行後他改變了主意，取消了住在國內的計劃。他也知道很難說服麗珍跟他去馬尼拉，即使跟她繼續夫妻關係，他們之間也很難有融洽的夫妻生活，像以前那樣。「我們上次不也『那個』過了？你的『小弟弟』不見得真沒法治了，為什麼這麼消極？」「南京的醫生說盤尼西林也許會有用，我在難民營裏曾有幸得到兩支，注射後當時效果還行。可是盤尼西林是新藥，我們對NK更是認識並不足，誰知道到底有沒有效？這需要長期的試驗。而要持續注射相當長一段時期，哪來錢，又哪來門路能弄到這種稀世名藥？」「你現在不是領到些錢了嗎？能不能想方設法買？」「不能，這筆錢要派大用場！我們若真走到離婚這一步，那五千塊美金必須留給孩子們作教育經費，維持他們讀到大學畢業應該差不多。」原來他都做好了打算，看來再怎麼也拉不回他的心了。

「你就不留點錢給阿爸？」「我想到過，這次的錢必須全留給你。等我回馬尼拉再賺了錢，會馬上給他寄的。」「你就不等他回到上海再走？」「他到了，肯定不同意我們離婚，爭執一番更傷他心，不如先斬後奏。」「是的，他那麼愛兩個孫女，會為她們傷心死的。」他當然知道阿爸的心思，只能默然

應對。

　　「這樣吧，你給女兒留下四千美金，其餘一千拿去買盤尼西林試試吧。既然你與美軍仍有聯繫，說不定有門路能買到，但沒錢是萬萬不行的。盡管我們不在一起了，我還是希望你健康幸福。」這就是麗珍，耶穌要她「愛人如己」，何況是自己的夫婿、孩子的父親。為了孩子們的將來錢是得要一點，可錢算不了什麼。恩首明知錢補償不了麗珍所受的傷害，總還想用錢代他贖罪，以致兩個人為了這一千美金的用途爭了整整一小時。最後麗珍不得不宣布：「你想離婚，就照我的方案辦，不然我會不安心！好了，留點精神想想明天怎麼跟媽、跟孩子說吧。」直到夜深人靜麗珍一個人的時候，她才不住抽泣，既然眼淚留不住他，也就不願當著他面涕泗橫流，她得珍惜這些「珍珠」，因為她是一個要強的女人。

第二十二章 孤雁返回

　　從上海返回馬尼拉的飛機上，恩首真像鍋子裏的烙餅，幾分鐘就得改變一下坐姿，不然馬上就焦糊了。他根本別想休息，眼一閉就看見慧慧砰地一下跪在機場的地上，淚流滿面地喊道：「爸爸，你不要走，你不要走！你為什麼不要我們了？」真沒想到孩子出於對父親的期望，會有如此激烈的行動，這怎麼辦呢？麗珍沒來送他，所以沒人能勸解女兒，他本不想騙她，現在不得不騙她了：「慧慧，快起來，爸爸會回來，一定會回來的！」一時竟成了口是心非的大騙子，以為孩子是容易糊弄的，豈不知孩子的心靈最敏感，他們的眼睛很容易識破真偽。所以慧慧不管他怎麼勸，就是跪著哭個不停。這就是他以前捧在手心裏的寶貝，現在居然選擇了丟棄，這還是人嗎？

　　棟棟出生以前，他老讓慧慧騎在他肩上，棟棟生了以後，就一個騎、一個抱，那時的他真是掉進了蜜罐子。現在只剩下皮夾子裏的一張照片了。當一切都塵埃落定的時候，他又懷疑自己是不是瘋了？丟下妻女去馬尼拉跟丁香生活，真是他的願望和喜愛嗎？此刻他又不那麼確定了。當他掰開慧慧纏著的手，將她交在別人手中留下，自己獨個兒跨進機艙的時候，他預感到一切已無法退回去重來，即使永遠為他人想得多的麗珍同意他設計的退路，也挽回不了。現在他滿腦子杵著慧慧她們的影子，攪得五臟俱碎。一個人犯了罪，餘生就休想得平安！

　　抵達後走下飛機的時候，下午的陽光相當耀眼，加上一

路的折騰，恩首覺得暈眩。遠遠看到一個「紙片人」陪著一個「瘋女人」，她拼命舞動手中的圍巾，這不是丁香嗎？他舉步艱難地走到他們跟前，女人撲進他的懷裏又哭又笑，搞濕了他的西裝。「紙片人」二哥只淡淡一笑，不置一詞。「丁香沒燒給你吃？怎麼更瘦了？更像紙片人了！」「彼此，彼此，你也好不了多少。」兩人就這樣打招呼，沒說「你回來了」之類的話，因為周誠信在恩首離開馬尼拉時，根本不敢確定他能否回來，丁香不是問過他一百遍嗎：「你會不會回來？」其實當時連恩首自己也沒有確定的答案，他曾暗暗交代二哥，萬一他不回來會將二哥的錢寄來，並拜託給丁香買一張飛機票，讓她去上海找他。結果十天後他來了封電報，報告回來的日期和航班。二哥這才知道了「天平」的傾向，覺得自己肩上的擔子輕了。丁香活過來了，那麼麗珍嫂呢？她一個女人家怎能承擔得起這副沉重的擔子？他心裏的「天平」也兩邊晃得厲害。

　　丁香是個比較簡單的女人，她難以完全體會丈夫此時的心情，也可能是她故意裝著不知，只顧像「八哥」似的嘰喳個不停：「你怎麼瘦得脫了形？」「上海的東西吃不慣了？」「水土不服了吧？」「上海天氣熱不熱？晚上能睡得著覺嗎？」沒想到她討來的是：「喂！你煩不煩？能不能讓我喘口氣？我都累得站不住了。」她趕快停住口，深情地望著眼前這個失而復得的浪子。

　　晚飯後，恩首將去南京的遭遇和當時的心情都和盤托出，隨即將四千美元交給二哥，「這就是我們的『換命券』，老吳還沒份呢！還叫你親自回國去檢查身體，才能領傷殘撫恤金，怕我倆有詐。你簡直不知道我收錢時的感覺，感到自己像是屠宰場的半爿豬肉，被蓋上驗證的圖章才能拿去賣，跟他們換

錢，而這個屠宰場就是我們日夜嚮往聯繫上的國民政府！最後在那個所謂慶功宴上，我也不是個人，只是個牌照，給接收大員換來吃喝的牌照。」二哥依然一言不發。「你老兄怎麼不說話啊？啞巴啦？」「有什麼好說的？我們的犧牲是為了打敗日本鬼子，不是為了接收大員。想開點吧，想想那些躺在地下的人，他們沒有牢騷，沒爭過什麼。」奇怪，這麼一句話，像用針給充足氣的洋泡泡刺了一個洞，氣一下就泄光了。

等丁香出去洗碗的時候，二哥偷偷問了聲：「那邊離婚了？你下決心啦？」這次換成恩首不說話了。「怎麼不說話了？啞巴啦？」「有什麼好說的？她不願來面對一個矛盾重重、關係複雜的家庭。我也不願回去，我對她、對這個國家都感到陌生了。這樣的情況，不離婚還有別的辦法嗎？」「孩子怎麼辦？」恩首低下頭半天才回答：「我是個不負責任、自私自利的父親，顧了自己現在的生活習慣和喜好，就顧不上她們了。麗珍會帶好她們的，這八年我不在，孩子們不都好好的！」做父親的都這麼說，別人還有什麼可說的？

二哥心裏暗暗慶幸自己幸虧沒有孩子，濤哥當初選他和老吳真是明智，就是恩首選錯了，害了他們一家。「你還會回去嗎？」恩首突然問他。「你都這樣了，你說我還回去幹嘛？我要那一千美元撫恤金幹什麼？」「那你父母那兒怎麼辦？」「他們一定早當我死了，真像你說的。這八年我不在他們有弟弟照顧，都好好的。他們為我的死早傷心過了，我回去也不能帶給他們後嗣和歡樂，反而讓他們再為我傷心一次，我不忍心。」「那就在這裏繼續住下去，做我助手，我們已經習慣分不開了，真成了難兄難弟，就讓我們一起度過餘生吧！」恩首的話是真誠的，二哥笑笑，「讓我想想。」

　　由於旅途和在上海積下的疲累，恩首第二天睡到中午才醒，有一種到家就放鬆的感覺，起來喝了杯咖啡，便對丁香說：「去叫二哥，我們吃午飯吧！」「他也睡懶覺呢，到現在還不見他影子。」過了一會兒，丁香手裏拿著一張信紙，急急忙忙走來：「不好了，二哥走了！」「什麼？！」恩首一把抓過信來，只見紙上寫道：

　　我大清早就走了，會走很遠，是早策劃好的，你們不必找，找也找不到，在這千島之國，躲個人是容易的。我早想走了，只是恩首沒回來時我覺得有責任幫你守護這個家，因為你們一直把我當作家庭成員之一。另外，我要走手頭需要一筆錢，必須等恩首回來才能解決。自從老吳和梅蘭走了之後，即使有你們在我身邊，我也感覺孤單，總是想念咱們五個人在一起的高家大家庭生活。抗日戰爭使我離開家、別了國。

　　梅蘭雖不是我的女朋友，但她是為我而死，若是在和平時期也許我倆能成為一家人，她不是一個壞女孩。因此我老覺得不忍心將他仨就留在馬尼拉的地下，獨自回到爹娘身邊去，那樣我心不安。所以我決心一輩子留在菲律賓，常給他們燒點紙錢，死也做這裏的鬼，陪陪他們仨和楊領事。

　　你倆將來老了，我勸你們還是應該葉落歸根，何況恩首是有女兒的，她們長大了不會不認你，會理解我們這一代人的悲哀。好好過，多保重！

你們的親人　二哥爾才

　　頓時恩首眼前發黑，半個月來的愁煩、困苦，就著這封信一下將他擊倒了，在二哥的信中看到了自己，他昏過去了……

他一手牽著濤哥，一手牽著棟棟，在開滿野花的綠色草原上奔跑，空氣新鮮得將整個心扉洗了一遍，真叫人心曠神怡。突然地開始崩裂，前面出現陡削的懸崖，他正想勒住步子卻由於那股衝勢，濤哥已經掉下去了，他死命拽住濤哥，結果連自己帶著棟棟一起掉下深崖。他渾身大汗，想喊又喊不出來……

老吳和太太以及梅蘭三個人，他們走在很高的獨木橋上表演平衡動作，他覺得這太危險，正要張嘴叫他們下來，誰知才張口從嘴巴裏出來的那股氣，居然一下把他們仨都吹得掉下去了，他拼命往前跑，想接住一個是一個，自己卻不知不覺掉進前面很深的一個坑洞裏，往下掉，往下掉……

楊領事的花園裏玫瑰花盛開，空氣中一股濃鬱的香味。他和楊領事及領事館的武官等人一起盪鞦韆，盪得好高好高，玫瑰園在底下變成小小的一個紅塊。突然日本飛機迎面襲來，投下炸彈，爆炸，他們都從很高的地方掉下來……

他和丁香以及二哥一起划了一隻小船，在重重的濃霧中開出港灣，霧中簡直伸手不見五指，誰都緊張得說不出話。突然一道金光照到船上，他欣喜萬分，心想有太陽升起霧就會慢慢散去。正要告訴二哥朝著光的方向划，回頭一看，二哥的位子是空的，丁香正趴在船邊用槳撈什麼，但聽不見她喊什麼……

然後又是重重的霧，在周圍緊緊地裏住他。白色的霧，像絲綿那樣，原該是輕的，現在卻像鋼筋那麼重，怎麼搞的？把

他的心臟都纏得快跳不動了。他太累了，很想歇一歇腳，可是哪裏也沒有可歇的地方，他只得拖著沉重的步子往前走。走著走著，又一次跌進腳下的一個陷井中，周圍沒有一個人，他想起求告早先他在杭州時經常禱告的神：「耶穌救我，……」

　　他睜開眼發現自己睡在醫院的病床上，手臂上插著針頭正在輸液，丁香趴在他身邊睡著了。窗外晨霧正散去，一束陽光透過玻璃窗照著窗臺上的茉莉花，白色雙瓣的花苞正在舒展開來，沁出一股淡淡的香味。他感覺那捆綁頭部和胸口的枷鎖在漸漸鬆開，想翻一個身，不料驚動了丁香，她帶著黑圈的眼睛閃發出喜悅的光芒：「你總算醒了，都睡了兩天兩夜，我被嚇死啦！」他還念著意識流夢幻中出現的人，一時記不起來發生過什麼事，他怎麼會睡在病床上的，於是他問她答地才搞清楚一切。

　　「那就是說我才從中國回來，第二天清晨二哥就走了。」「是的，他留了一封信，你讀了信就昏死過去。」「那你怎麼不去找他？」「我要在醫院照顧你，怕你再出什麼意外。而且在這陌生的國家，我到哪裏去找一個誠心躲起來的人？」他在心裏不得不同意丁香說的是實情，無奈地歎了口氣，輕聲說道：「看來最後就剩下你和我了。」「我還一直怕只剩下我一個呢，好在你總算醒了。醫生說你心臟、血壓都不好，就將安眠藥和其它藥混合起來掛針，讓你休息恢復。」「好，別忘記我自己是醫生。不要再多說，讓我再安靜地躺一下。」「我不煩你，不過你不吃點什麼？補充點營養嘛。」他搖了搖頭，還是沒胃口，只想一個人理清一下思緒。

　　人家說夢幻中的事待到清醒什麼都記不得，恩首覺得不盡然。有時是亂七八糟很多人和事攪在一起，像一團亂麻，記不清；有時卻會相當清晰，像一幕幕電影片段，有人物有情節。他往往很珍惜，希望保留在腦中成為可貴的回憶。很奇怪，有些人你很希望與他在夢中相會，他卻偏偏不出現，可過了很多時候，不經意他們卻會來與你相會。譬如在濤哥和老吳相繼犧牲之後，有一段時間他天天盼著能與他們相會，可是他們一次也沒出現在夢中。大腦皮層好像有意識地為了保護自己少受刺激，把這扇門關起來了，不讓他們進來。現在他們卻都回來了，而父親、麗珍、慧慧卻不肯來到夢中，也許是他的罪太深重了，他們拒絕在夢中相會。

　　現在他還記得的夢的幾個片段，出現的都是前幾年已經永別了的人，是他們在向他招手嗎？二哥是別想找到了，他為什麼不肯託個夢給我，告訴我他是平安的。不，他應該是平安的，只是不想回去，也不想再跟我們在一起，以免勾起痛苦的記憶。他不至於去死吧？但願他平平安安地隱居在哪個小島上，不過一個人過畢竟太苦，會不會再成個家？恩首就這樣每天胡思亂想，必須靠安眠藥入睡，盼望著上海家人和二哥入夢來，卻誰也不來。

　　十天以後醫生同意他出院，再三關照不能再受刺激，需要靜心休養，等心率、血壓都正常才能上班。一走進他現在的家，他覺得太安靜了。半個月以前他還在麗珍的娘家，那個熙熙攘攘的黃家大家庭，早上起身就聽得大人不斷催促小孩快吃早飯、快上學，孩子們打打鬧鬧一窩蜂地離開之後，姆媽和阿香就開始在廚房裏準備大人們的早餐，餐桌上餐具相碰，對話

不絕。大舅子是個孝子，總要在早餐時跟母親聊上幾句，然後是汽車來接他上班。最後是麗珍的弟弟妹妹妹們吃早餐。總之，餐廳和廚房像個走馬燈似的。中飯、晚飯時間又重演一遍。在這樣的家裏，自然不容易感到寂寞。現在自己的家只有窗簾與窗框的切磋，以及窗外樹枝與樹葉的對話，反差實在太大了。每天除了丁香的叨叨，他很少說話，空洞的眼睛老望著大海那個方向。於是他決定早點把診所再開起來，每天有病人，有事做，生活才有點色彩。

沒想到一周後收到了麗珍的航空信，他嚇了一大跳，以為出了什麼大事，頓時頭腦發脹，心跳加速。幸好她報告的只是父親和小妹已到上海的消息，讓他免掛念，並督促他早點去走走門路，看能不能買到盤尼西林針藥，總要有信心和耐心去試試治病。信的全文都是用中文寫的，細心的她怕另一個女人起疑心引起衝突。信中沒一句埋怨的話，這就是麗珍，她永遠關心別人比自己多，而自己所對不起的正是這樣一個好女人。信中自然省去了過去用英文寫的「 I love You and kiss you. 」，也一句沒有提及孩子們的情況，他想這是為了免得她自己太傷心。

第二十三章　又一隻斷線風箏

　　就在恩首回上海的前一個多月，一九四六年七月中旬，國民黨調動了五十萬大軍向蘇皖解放區進攻，國共之間的全面內戰爆發了。當時的方恩首只關心個人和家庭的出路，絲毫不在意跟他不搭界的國共摩擦問題，卻沒料到國共關係直接影響他餘生的命運。就在他飛回馬尼拉的同時，他另一戰線上的一位不知名的夥伴，開始了厄運。

　　「趙老闆」劉奎元在離蘇北南通一段距離的一個蘇區小鎮上，無聲無息地生活了近兩年，使他激動萬分的抗戰勝利都已經過去大半年了，他的生活依然沒有變化，彷彿他早已被人遺忘了，既沒人來接他去軍事法庭給日軍試驗化學武器做證，也沒人來調他回臺灣故鄉。他一直耐心地等待，也早向新四軍領導反映希望與國軍聯絡，因為他是為國軍工作的，也是他們「寄存」在蘇區的。領導卻說當時我軍是被動接受，並沒主動要你這個人，託付「寄存」的國軍那支部隊，調防早調走了，不知該跟誰去聯絡。趙老闆所說的林醫生也沒人知道，單線聯絡保證了秘密工作人員的安全，也製造了很多的不幸，他沒有辦法只得繼續等待，不敢貿然擅自行動，被當作日俘抓捕。

　　其實趙老闆不會做生意，雜貨鋪早維持不下去了，於是他又幹起了老本行，行醫給人看病。由於鎮上的人不了解他，也不太信任西醫，所以看病的人不多，他就像被丟棄在庫房裏的垃圾存貨，只有老鼠陪伴著他。

　　內戰爆發後蘇區人心惶惶，共軍正在準備迎戰國民黨軍隊的進犯，趙老闆自然嚇得不敢再提跟國軍聯絡的事。九月底的

一天，突然鎮上有人傳話來：新四軍領導請他去談話。因為國共關係徹底破裂，趙老闆早已做好隨時被逮捕的思想準備，所以低垂著頭忐忑不安地走進辦公室。一聲客氣的問候：「劉先生您好！」他呆掉了，這裏鎮上的人都叫他趙老闆，哪怕行了醫還是這樣稱呼他，沒人知道他姓劉，除非是林醫生跟他們接上了頭。他欣喜地抬起頭來，見這位領導是他以前沒見過的，高高個兒，有讀書人的氣質。他趕快回答道：「領導同志，您好！」「您請坐。」「是不是你們聯絡上了林醫生，他要您來接我？」「是，又不是。」他一下掉入迷霧。

領導同志用最簡潔的話解釋，說自己並不知道他所講的那位林醫生，只是受上級領導委託來告訴他：一位反對內戰準備參加起義，被軍統發現並處死的國民黨文官，臨刑前託人給共軍領導帶去一張條子，陳述劉奎元在抗日戰爭中的功勞及現在的處境，過去跟自己一直是單線聯繫，沒來得及將他安排好，請領導務必找到並安排劉奎元參加工作，他是一名很有功底的外科醫生。然後來人告訴劉奎元，收到信的那位新四軍領導現在徵求意見，問他是否願意發揮專長，參加新四軍當一名軍醫，為人民解放事業貢獻力量。

所說的那位被處死的國民黨文官，不就是林醫生嗎？「什麼？林醫生已經犧牲了？」劉奎元十分震驚、悲慟，什麼國民黨、共產黨，他搞不懂，他只知道林醫生是一個好人、好基督徒，過去就是他領自己走上抗擊日軍的道路。劉奎元見來人不熟悉林醫生，便不由自主地介紹道：「林醫生為打敗日本鬼子放下專業，協助我獲取日軍化武秘密試驗的情報，長期隱姓埋名，不求名利。他有正義感，有愛心。這樣的好人竟被國民黨處死，太不講公道了！」悲痛之餘，心想既然國民黨不公義，

那麼其敵對面共產黨大概就是好的，只不過這兩年身處蘇區也沒見到什麼特別的好。既然現在新四軍邀請他當軍醫，發揮專長，似乎倒也不錯，何況自己並沒找到其他出路。當然，如果能離開這個閉塞的小鎮，可以馬上回臺灣、回家鄉去，這就更好。劉奎元在猶疑、考慮中……

接見他的那位領導，曾聽說這位鎮上人稱作趙老闆的劉先生，是個可以幾天幾夜不說話的人，現在居然激動得一口氣說了這麼多，可見他還是很有思想的人，只是「話不投機三句多」。於是便趁機向他介紹共產黨是為人民的黨，所從事的事業很偉大。說這些話的目的，無非是新四軍太缺乏軍醫，千萬不能讓這塊天上掉下來的餡餅落到其他地方去。那時雖然還沒人創導什麼「不管黑貓、白貓，能抓到老鼠就是好貓」的理論，可是緊緊抓住眼前可以利用的人為黨所用，是共產黨一貫的策略。由於這位大力宣傳的「領導」，本身也是參加革命的知識分子幹部，明白知識分子的心理，說的話果真使劉奎元動了心。

劉奎元就這樣作出決定，參加解放軍去當軍醫，即使戰爭中有性命危險也比目前「餵老鼠」好得多。一個單純的人往往比較少想到危險，少顧及前進途中的種種艱難。數年後他曾後悔過當時考慮得太簡單，但說到底他當時還能有更好的選擇嗎？一隻斷了線的風箏哪怕是掉進可怕的荊棘叢中，也會慶幸自己有了依托，因為它怕孤獨。

當天他就收拾好簡單的行李，跟來人走了。對這麼一個謎一樣的「日本人」——當地人都喜歡這樣稱他，雖然明知道他不一定是日本人，至少也是一個格格不入的外鄉人，自然沒什麼人來歡送，除了樑上的燕子和老鼠，只是門板上貼了張條子：

「趙老闆不再看病，走了。」

　　劉奎元穿上新四軍軍服的那天，記得是十一月初，天氣還很暖和，他已穿上了棉軍裝，跟別的戰士破破爛爛的棉衣相比，他算是特殊待遇。衣服是新的，也比較厚實，穿在身上直冒汗，特別是那頂軍帽，簡直戴不住。不管怎樣，他心情卻很美。從東京到新京，從日本人的圈子到了一個摻有中國人的圈子；分到青島，實驗室裏又全是日本人，回到家，有三個中國人，即他自己、兒子劉中和春華嫂子，他覺得孤獨；來到蘇北全是中國老百姓，可是人家都把他看做「日本人」，他融不進中國人的圈子，還是孤獨。現在他進了中國共產黨軍隊的圈子，這將是一個全新的開始，成了為中國老百姓解放事業獻身的隊伍中的一員，似乎比抗日戰爭隊伍中的戰士更高了一級，因此他興奮不已，真的連解放區的天都格外晴朗。

　　人事幹部給他送來了一張表格，是所有新入伍的人都必須填寫的。他只花了二十分鐘就填寫好，在曾用名一欄寫上藤野次郎，籍貫一欄沒有絲毫猶疑就寫下臺灣臺南。他的經歷不算複雜，五六分鐘就寫完，問題是證明人姓名、工作、聯絡地址，他知道不能都寫已亡故的林醫生，否則等於沒寫。於是他在青島工作一欄旁填寫的證明人是女傭春華、雜貨鋪老闆，均為地下工作者，可是他們的工作和聯絡地址一欄卻只寫了「不詳」二字。他自己也覺得這張履歷表實在有點不像樣，然而他真的什麼都不詳，怎能瞎加點什麼呢？劉奎元就這樣莫名其妙地為自己埋下了定時炸彈。

第二十四章　誰能料到

在劇烈動盪的時局中，誰又能掌握自己的命運？其實為自己埋下定時炸彈的，又何止劉奎元一人呢？善良的人往往根本不能想像人生征途中的險惡，總以為自己從來沒做過壞事，沒害過任何人，就應該平安無事。豈知狂風惡浪是瞎眼的，從來不在乎吞噬的小船有沒有指南針，划船的是不是個好人，世界上沒有公義可言。

對麗珍說來跟恩首分手後的日子，比八年抗戰中失去信息只有苦等反而好過些。那時每分鐘都可能得到噩耗，說她的恩首永遠不會回來了，孩子們再也不會有爸爸了。現在至少知道他活著，按他喜歡、習慣的方式活著，不用去牽掛他。自己再心疼是自己受罪，只要他沒事就好。這就是一個好女人的愛——無私的愛。現在她唯一的盼望是，孩子們能快快長大，平安健康地長大。

慧慧虛歲十六了，已長成亭亭玉立的一個少女。大舅常在客人面前說：「我家有個未來的『英格麗褒曼』，長得那個漂亮啊，還彈得一手好鋼琴，將來若到電影界發展，一定會紅得發紫！」麗珍並不贊成這說法，做演員有什麼好的？個個浪漫不見得有好結果。她只希望女兒幸福，做自己想做的事，嫁一個好丈夫，況且女兒似乎更具有演奏家的氣質，從小就喜歡表演彈鋼琴。做母親的給小女兒念念剛做了十歲生日，讓小傢夥足足開心了一段時間。想不到才過兩天，北平就被解放軍和平解放，接著國共和平談判再次破裂，沒幾天連首都南京都被解放軍奪下了。形勢轉變之快，是麗珍這樣的人根本料想不到

的。

　　大舅於四月中旬已為母親和妻兒訂了去臺灣的飛機票，並告訴麗珍為她也訂了三張票。這麼多年來身為大弟的他一直盡力照顧著這個大姐，視她的孩子為自己的女兒，然而真的去臺灣，以後的工作和生活誰也不能預測，她也不願一輩子賴在大弟身上。麗珍覺得大弟他是搞政治的，應該去避一避「風頭」，過個半年多國民黨再打過來，那時一家又可以回來了。鑒於自己一直是一個普通教師和職員，跟政治不搭界，就沒有風險，不必動遷，俗話說「一動不如一靜」，何況其他弟妹都留在大陸，恩首的阿爸跟弟妹也大都留在大陸，大家都是老百姓，互相照顧著過好小日子就行。因此她要大弟退掉機票，決定不去臺灣。大弟蹙緊了眉頭私下對她說：「你以為我們很快可以打回來？」「你的朋友不都這麼說嗎？」「你信他們的口是心非！」「啊？！……」「假如我們不能很快打回來，你還是決定不去臺灣嗎？」「是……不管哪個黨執政，老百姓只要守法就沒事。你應該走，就安心地走。我是大姐，又是方家的大嫂，雖然離了婚，關係還在，老爹跟弟妹都還認我，他們大部分也留在大陸，所以我不走才心安。」

　　「這正是我所擔心的，本來有恩首留給女兒的這筆教育費，我不用為你經濟擔心，可是大姐你心太善，我就怕你為了幫助弟妹將這筆錢分享掉。你要記住我今天的話：前面的路還不知怎麼樣呢，要為自己和孩子看守好這筆錢。」大弟一直跟麗珍最親，而且不聲不響地擔起這大家庭的擔子，如今他沒法將整個大家庭一起帶到臺灣去，就擔心麗珍會步他的後塵只顧幫助別人，實際上她自己才是最需要幫助的人，他們這對長子、長女彼此太了解了。麗珍眼睛濕潤，為寬大弟的心趕忙點

了點頭。倘若知道這一別就再也不能相見，以後的日子裏只能獨自受折磨，她絕不會做出這樣的選擇。連大弟這樣處於政府高層、頗有政治頭腦的人也絕沒想到，他再三關照要她好好保守的這筆離婚費，日後竟然成了她的桎梏和「罪證」。

慧慧讀高中時，麗珍將女兒送進一所寄宿的教會學校。大弟離滬前，她再三關照家人特別是念念，不准在慧慧面前透露大舅一家要去臺灣的消息，怕女兒受不住這個打擊。慧慧回到家常常關在琴房練琴，自顧自很少講話，自從恩首走了這幾年，她一直有點悶悶不樂。

念念生在外婆家，從小沒有父親，恩首回來那幾天也沒給她留下親切的記憶。大舅很喜歡孩子，再忙也會跟他們一起玩、一起「瘋」一會兒，念念也跟著一起「瘋」，把大舅當父親那樣愛著。現在這位「爸爸」和表弟們都要離開，自然捨不得到極點。聽到大人都說他們就去幾個月，最多半年一定會回來，方才心安些。舅媽給孩子們拍照，背著臉偷偷地擦淚，被念念看到了，心裏想我比舅媽堅強，最多不就一百八十天嗎？一定忍得了的。她還偷偷在日曆上做下記號，在滿一百八十天那個日子旁邊，畫上一個紅五角星，提醒自己做好準備，迎接大舅一家勝利歸來。

外婆和大舅一家離開的那天，天氣陰霾，原該是春意滿溢、桃花盛開的四月天，卻像五六月的黃梅天，緊皺著眉頭將哀怨撒滿人間。媽媽跟去飛機場送行，為的是多攙扶外婆一會兒。外婆將念念摟在懷裏，一再叮囑她要聽媽媽的話，舅媽也是這樣，真叫人搞不懂，不就是去臺灣旅行幾個月嗎，幹嘛搞得生離死別似的。兩個表弟臨離別還在人堆裏穿來穿去，玩得

起勁呢。只是早上沒看見大舅，他們說他一清早就坐別的汽車去機場了，那時念念還沒起床呢，所以他沒有像往常那樣用鬍子扎她，殊不知大舅臨走還特地走到她們臥室門口，遠遠望了這小傢伙一眼。

接送的小汽車終於開走了，留下念念在送別的人群中。她看見兩個表弟在後窗口搖手，突然拔起兩條小腿追上去，邊追邊流淚邊呼喊，此刻才明白這次的離別有多麼嚴重。當姐姐慧慧周六回到人去樓空的家時，念念一邊複述一邊哭，姐姐很想狠狠罵她、揍她這個小傻瓜，最終沒捨得，姐妹倆抱得緊緊的哭成一團。外婆、大舅他們走得也實在太匆忙了！

大弟一家走後，弟妹各奔東西，麗珍帶著女兒也準備搬出大宅院。當初她不願跟恩首去那個既陌生、又會受氣的馬尼拉，就是因為上海有她眷戀的親切的大家庭，如今只留下樹倒猢猻散的感覺。念念走到院子裏的大樹旁，樹上的枝葉還在絮絮叨叨親切地向她招手，似乎表弟們都還在樹枝椏上躲著，笑話她近視眼找不到他們。仔細看了又看，卻沒發現一個人！現在她才感到他們真的走了，也許永遠再看不到這些親人，那個溫暖的大家庭從此僅存留在回憶中。

一個多月後解放軍進了上海，馬路上滿是穿黃軍裝的軍人，連睡覺也在街上，倒是很守紀律、很和氣，不擾民。天天處處都能聽到「解放區的天是明朗的天」的歌聲。老百姓的生活變化不大，令人不安的倒是，國民黨軍隊的飛機老飛來轟炸、破壞，炸煤氣廠和自來水廠。麗珍覺得國民黨太過分，為什麼不讓老百姓太太平平過日子呢？誰上臺執政都行，只要能讓老百姓過好日子。

第二十五章　他鄉 故土

「樂平，起床！九點半診所要開門，來不及了。」每天丁香都喊著同樣的話，生活每天過得一個樣，不過她不敢抱怨什麼，因為只要恩首——不，現在因為要行醫，又繼續使用當初的化名高樂平——回到她身邊，她下半輩子就有所依託。香港紫羅蘭二牌的生涯對她說來已成夢中的景象，一點都不能引起激動，只有這個男人走進她的生活以後，即使很平常的每一章都值得留戀。她常拿著「表哥」當年為他倆和狗狗拍的照片，動情不已。

時光過得真快，她和樂平在一起也有十年多了，期間發生過多少驚心動魄的事，令人不禁有滄桑之感。自己過去是個職業舞女，生活只是爭風吃醋、耍男人和被男人耍，真的毫無意義。樂平是她第一次真愛上的男人，自從投身到他參與的試驗、逃亡、戰鬥生活中去，覺得自己好像也有了價值，他的好友就是她的鐵哥們兒。一開始她就知道他不單屬於她，在意識深處她知道是自己偷了別的女人的丈夫，不過她一直為自己辯解：這不是我的錯，是領導找的我，既然送來了怎能輕易放手？我為這十年付出了很多，為什麼現在他就不能屬於我？他離開馬尼拉回上海時，她完全不能確定這個男人會不會回來。回來後的日子，她過得心安理得，十分滿足。他在南京給她買的一隻假鑽石別針，她一天要拿出來賞玩十幾次，比什麼首飾都寶貝，惹得他又連聲罵她「神經病」。

平時他們的開銷有診所的收入對付，綽綽有餘。用來打盤尼西林的錢，是他從南京帶來的撫恤金。這種針藥價錢貴可是

有效，打了一階段，就完全控制住了潰爛，「小弟弟」果然神氣點了，樂平就停止打，在這方面她只能聽從他的話，因為他是醫生。其實她知道他是捨不得錢，想餘下點錢以防萬一。二哥早已離開了，他們在馬尼拉除了兩個人相依為命，真是舉目無親，想借錢都無處可借。過去樂平一直關照她，關係越簡單越好，現在想有關係也不是幾天就能建立起來的。他們留在這兒是將他鄉當故土，因為而今跟故土反而陌生了，實際生活中又常常難免感到異國他鄉的孤獨。對於故土樂平回來後隻字不提，她不知道他在南京、上海發生了什麼，既然他不願意提她自然不敢問，不去撩起他的不快，只要他回來就好。

　　丁香現在是廚娘兼掛號、會計和助手。她非常懷念二哥，他在的日子不僅能擔起很多工作，最主要的是他也是家裡的親人，善解人意，了解樂平的工作性質，尊重樂平做的決定，每次都不用多話，彼此配合默契，像左手跟右手那樣搭配得好，不，更像衣服的面子跟裏子那樣協調。現在面子還在裏子沒有了，這件衣服不僅不夠暖和，還輕薄得走了樣，所以樂平老是垂頭耷腦。二哥的離開是他回來之前，無論如何也想不到的。二哥是丁香和樂平關係中的「鹽」，有了「鹽」的調和作用生活才多了滋味。可是誰又為二哥考慮過他的生活有沒有味道？一度他白天有老吳陪伴，晚上腦海裏也許就是梅蘭的影子或過世已久的太太的影子。多年生活在一起，丁香始終也沒能幫二哥找到一個合適的配偶，這是她此生最大的遺憾，要不然他也許不會走。可現在到哪裏能找到他？根本沒有可能！

　　每天就是診所開門，看病，關門。樂平只有在為病人看病時才有說有笑，因為哪個病人會喜歡找一個成天陰沉著臉的醫生？與病人搞不好關係，即使你技術再好也沒有人上門，那就

沒法活，這點道理聰明的樂平是懂得的。其實他每天是強顏歡笑，一到診所關門臉上的笑神經疲累了，他就沉下臉來，給丁香看的就是一張臭臉。她不止一次在心裏罵他：「像欠了你幾輩子的債！」可還總是原諒他、遷就他，因為她知道為了回到她身邊，他犧牲了很多，心裏有說不出的苦。當他提出來在買房之前，先將第一筆積蓄五百美元寄給他父親，她二話沒說不提任何要求，馬上任他寄去。

現在他倆不再需要做化武試驗，不再需要跟隨遊擊隊打仗，人生的目標變成只是為在他鄉營造一個溫暖舒適的窩，為此他真的拼了老命在幹。當初抗戰剛勝利，先是租屋居住、開診所，慢慢積了第二筆錢買下診所辦公室，後來又買了小房子住。剛搬進小房子的時候兩人興奮了好一陣，因為完全是用兩人勞動所得買的。這房子靠近海邊，有一個臥室、一個起居室，最難得的也有一個小閣樓。他們選房的標準就是，挑跟丁香最初在香港的房子格局有點像的，不同的是有較寬的屋外走廊，可惜沒有花園。他倆老在比較、回憶、想念，心裏美滋滋的。沒過兩年又覺得屋子太小了，於是又開始折騰，看房、賣房、買房。住進新屋新鮮了三天，又覺得這屋子太大了，沒有小孩、又不像以前那樣有三兄弟，太空了不舒服，還是小屋子好。總之住香港跟表哥在一起，搬回馬尼拉三兄弟擠在一小屋，那種溫馨的家的感覺再也找不回來了。樂平經常責備丁香為清潔這屋子花的精力太多，一點意思都沒有。

就在他倆忙著經營安樂窩的時候，完全出乎意料之外地無線電裏傳來解放軍拿下南京的消息，這場「強地震」讓恩首驚駭得半天合不攏嘴。南京之行他雖對國民黨印象不佳，但對共

產黨他更無認知，從來沒想過他們會執政。他在菲律賓遊擊隊的時候，知道他們上下都很崇拜中共的新四軍八路軍，那時戰鬥太激烈他的手術又太忙碌，從沒時間跟他們談論政治，一心只顧給傷員開刀治病，盡全力去保護好每一個肢體和生命。抗戰一勝利他就離開了遊擊隊，也沒有想去了解菲律賓遊擊隊，以後也沒關心他們的去向，不過每當拿起那支隊長送的鋼筆時，總會想起共同戰鬥的日子，算是「同路」了一段。

　　現在獲悉中國共產黨還真成就了大事，把國民政府的首都都拿下來了。南京離上海行軍不就幾天的路程嗎？那麼阿爸和麗珍她們會怎樣？他以前總以為再過幾年等自己老了，心態不同了，可以再回上海、杭州去跟親人相聚，卻從沒想到上次回上海，居然就是跟這些親人永別。要不他怎麼也不會跟麗珍那樣協議，也不會不等父親回來就走了。這一下可真成了熱鍋上的螞蟻！他知道大舅子是從政的，一定會跟國民黨走，可是詳細情況一點也不清楚，怎麼去打聽？他也不知道早兩年去了臺灣的六弟，會不會跟大舅子他們有聯繫？從上海回來後這幾年，他跟國民政府的領事館也很疏遠，完全不像楊領事在的時候那樣熱絡，頂多有一年的雙十節曾去參加過一次宴會，以後覺得沒意思再沒去過，連領事館現有幾個辦公室、門朝哪裏開都不清楚，想「臨時抱佛腳」，連廟門都找不到。

　　一天，好不容易請了一位平時跟領事館關係比較近的、小有名氣的華僑醫生，帶他進去找人諮詢，打聽打聽大舅子他們去臺灣的情況。見幾個辦公室都亂哄哄的，立馬引起他對一九四一年十二月那天的回憶，滿腦子都是楊領事，神經近乎崩潰。好不容易找到可以提問的官員，可自己又根本說不清大舅子的官職。從南京、上海撤退了成千上萬各種職務的官員，

若不是「如雷灌耳」的人物，誰又摸得清？最後領事館的人總算承諾一定幫忙打聽，就將他打發回來了，還欠了人情。

　　以後樂平變得勤快了，每星期都去領事館報到一下，送點禮物，他想人家看到你人就會想到你託的事，至少會去努力一下，不至太敷衍。居然三個多月後有了回音，說是在國民政府去臺灣的官員名單中確有大舅子這個人，只是誰也沒機會親自接觸到他，更不用說了解到與他同行的家屬有幾名。須知撤退時飛機票很難搞到，能顧全小家就不容易，父母大多數不一定能同行，更別說是兄弟姐妹啦。這樣看來，麗珍和孩子們肯定是留在上海了，阿爸更不用說。本來嘛，六弟在臺灣一直是技術人才，阿爸不會想去他那兒人生地不熟的。再想想，大舅子一直照顧著麗珍和女兒，甚至還招待老爹住過一段日子，為什麼要人家一直為你負責任？抗戰時期你說沒辦法照顧他們，勝利了你又先要顧全自己而將他們全撂下，還想人家將他們帶去臺灣？他在向領事館官員陳述關係時，都覺得說不出口，臉脹得通紅通紅，話結結巴巴。這就是他撂下的攤子，現在上海的親人連「保護傘」也沒有了，今後的日子會怎麼樣？不敢想像！

　　他頗為自責的是，連父親從內地返回上海時，他都不等、不敢與老人家見面，匆匆忙忙溜回馬尼拉。後來他寄了一張「表哥」多年前為他和丁香拍的照片給父親，照片上就是他倆抱著寶貝和貝蒂。誰知父親回信只有一行字：「丟棄妻女抱著畜生的就是畜生！」嚇得他從此沒再敢給父親寫信，連寄錢也是請七弟轉交的。他以前覺得父親太不了解自己這一代，現在他又覺得父親是有道理的，這個在異國沒有根的人，對父親沒好好盡孝道，對妻女也不負責任，不僅不像個男人，而且不像

個人，父親說得不錯是更像畜生！

　　正在他後悔、自責的當兒，一個更令人震驚的消息又從無線電中傳來。那是十月初的一個早晨，馬尼拉多颱風的雨季中一個稀有的晴朗天，院子裏的玉蘭樹枝葉帶著昨夜的雨珠，顯得特別清新、有生氣。樂平由於昨夜睡得還可以，精神比較足，他希望今天能像外面普照的陽光那樣，能有較好的心情。像往常一樣，他將無線電調整到美國之音的頻道，突然播音員以特別嚴肅的語調宣布了一個驚人的消息：昨天中國共產黨毛澤東主席，在北京宣告中華人民共和國成立了！他以為自己聽錯了，不，沒有錯!後面播的內容都證實了他沒聽錯。他呆呆地坐在椅子上好半天，像一座雕像，連眼珠都沒轉一下。他真的不敢相信，一個新的中國居然以迅雷不及掩耳之勢矗立在亞洲。原來貧弱的共產黨只經過三年內戰，就把臺上的國民黨趕出大陸，趕到小島臺灣，這還不叫人刮目相看？！他們還趁熱打鐵在全世界人面前宣布成立新中國，從今以後這個全新的國家對他來說，不僅是全然陌生的，而且怎麼還回得去？那是什麼樣的故土啊？也許就「故」在那些他生活過的杭州西湖、北平清華園和圓明園、南京孝陵衛，長沙天心閣，只有它們給他留下了親切又痛心的回憶，這就是「故」的一切。

　　從此以後，大陸很多人和事會變成新的，留在那裏的人需要面對這「新」，也許再沒有人會刻骨銘心地記掛他這個異國他鄉的浪子，這個為了抗戰的化學戰能取得勝利，付出了重大犧牲的普通軍人、普通知識分子，他感到悲哀、孤獨又自責。不好怪人家，是他自己選擇了離開故土，原本他應該留在那兒，在這歷史的關鍵時刻，跟自己的親人一起見證這新的國家，不管它是好是壞。現在說什麼都晚了，開弓沒有回頭箭，

對這個國家來說他永遠是個陌生人，是個外鄉客。

　　只有丁香陪著這個一天沒有看門診、沒有吃飯、也沒有說話的「活死人」。屋外海濤一次次舔著堤岸，不斷地「接吻」，不斷地「撫慰」，作為這個傷心人的太太，她卻不敢吻他、不敢撫慰他，怕他更惱火。她不懂政治，只知道這條消息預告著以後他們回不去大陸。那麼將來真正老了需要葉落歸根，他們能回哪裏去呢？哪裏是故土？是臺灣嗎？那個隔著海峽的小島算得上「故」嗎？他倆可真的對臺灣半點也不熟悉。他會不會又想回到麗珍那裏去？不然他為什麼這樣傷心？想到這裏，心突然抽搐了一下，手中擦著的杯子也掉了下去，「砰」的一聲玻璃碎片撒了一地。這次「活死人」倒沒有像平時那樣罵她「神經病」，只是像祥林嫂那樣，「只有那眼珠間或一輪，還可以表示她是一個活物」。

第二十六章　砧上之肉

　　中國珠寶進出口總公司設在上海外灘。這兒面臨黃浦江，長江經過三峽一路奔瀉下來，氣勢雄偉的江水，在臨近出海處難免有依戀之情，故而徘徊、蕩漾，不願欠下人情，所以將一路捎來的泥沙仍輕輕留下。江的一邊是大小輪船抱著新奇感，準備被這個遠東最大的城市接納或差遣；江的另一邊是殖民者留下的高樓大廈，包括海關大樓，在爭奇鬥豔。誰都認為外灘是上海的象徵，也是上海最美的地方，可此刻站在珠寶公司門口的一個老頭，毫無興致看風景。出入大門的都是上班族，過去是一律的西裝、旗袍，現在不管男女一律是灰色的解放裝，女同志也戴解放帽，不同於男同志的是她們的褲衩、褲腿特別肥，簡直可以塞進一頭羊。唯獨這老頭還穿著一身大褂，藏青嗶嘰的夾大褂，八字鬚，黑邊眼鏡，典型的舊社會教書先生，現在的落伍份子。他手中拿著竹篾編的水果簍，裏面裝著水蜜桃，新鮮得好像馬上要綻開那薄薄的皮，滴下水來。

　　這麼奇特的一個人想跨進大門，自然被穿解放軍服裝的警衛攔了下來。「我要進去見原經理辦公室秘書黃麗珍，她是我媳婦。」「辦公時間不得私人會客。」「是的，我知道。你們連續讓她辦公一個多星期，連家都不能回，家裏人不放心啊。我是她公公，家裏有事急著找她，不讓見怎麼辦？」「這我管不了，我只管門衛，辦公時間不得私人會客這是制度。」「我知道哪裏都得有制度，那麼麻煩您打個電話給辦公室主任，說黃麗珍家屬要求見她一面。」「不行！沒這規矩。」「那我就一直等在門口，一直等到她回家。」老頭說罷就一屁股坐下

來，也不管地上髒不髒、涼不涼。這成何體統？大白天馬路上人來人往，一個老頭坐在大樓門口成什麼景觀？倘若架他走又怕他反抗，在行人看來豈不是解放軍欺負老人。最終門衛還是打了電話，領導指示：讓老人進來吧。

在接待室等了足足半小時，才看到麗珍被人架著走進門。只半個多月沒見面她就如此憔悴，老爹坐在位子上驚得站不起身來。隨著「阿爸！」一聲稱呼淚水不絕地湧出，一下就填滿了她臉上所有的皺褶。四十還不到的人，怎麼才兩個星期就被折磨成六十歲的老太？「你一直不能回家，我……我就來看看你。」「他們說我是貪汙份子……說那四千元美金是貪汙來的。」旁邊監視的人趕忙打岔：「是你自己承認的，不是我們說的。」「日日夜夜不讓睡覺，我再不承認就得死了！」「你別狡辯，老老實實，坦白從寬！」老爹一下子全明白了媳婦受折磨的緣由。「阿爸相信你是不會貪汙的。」麗珍垂下的頭一下昂起來了，「阿爸，謝謝你相信我，也謝謝你來看我。孩子們都跟你親，就拜託你了。」他緊張得一下站了起來，「麗珍，千萬別犯傻！天父知道你是好孩子，你沒貪汙。要知道殺害自己也是犯罪！記住我和孩子們一起等著你回來，阿爸知道你是最堅強的。」他邊說邊轉身拿那簍子，「這是我給你買的你最愛吃的水蜜桃。每次吃一隻，別多吃，也請他們吃，為他們禱告。」

接待的時間很快就過去，麗珍一步一回頭地走了，顫顫巍巍的，她心中最大的顫動卻已經平復。本來她已經蓄意藏好一片破瓷片，準備當晚割腕自殺。第一次經歷共產黨的運動，一個毫無經驗的女子自然受不了這樣的侮辱和折磨，真覺得死比活好過得多。但阿爸的話點醒了她，對，殺自己也是殺人，

這是罪！天父知道她的意念，所以祂讓阿爸來提醒她，提醒她記得自己對老老少少的責任，若是只為自己舒服些，就可以一「走」了之，可留下還在讀書的孩子怎麼活下去？一個踉蹌後她反而站穩了，看著手中的簍子，水蜜桃綻開淡紅的嘴唇在對她笑，是譏笑：你還算一個堅強的人嗎？

　　監視人告訴老爹，他媳婦已經坦白了，四千美金是她從公司貪汙的，公司已經沒收了這筆錢作為退賠的贓款。鑒於本人態度一直不老實，一下承認一下又推翻，很可能從嚴處理，家屬要做好思想準備，可以寫信多勸勸她。老爹十分從容地說：「作為新中國人民的一份子，我擁護人民政府發動三反五反運動，杜絕從舊社會帶來的腐敗作風、醜陋惡習。不過這四千美金我是知道的，是我兒子離婚時留給麗珍做孩子的教育費，我家很多親友都可以作證，根本不是她貪汙的。」「老先生，她自己都承認的事你就別再為她掩飾。你說是離婚費，她怎麼拿不出離婚證書？假如她拿出證書，上面寫明四千美金作子女教育費，白紙黑字當然就好說。可她撒謊說當時因為悲痛，離婚證明被自己撕掉了。這種謊言誰會信？再悲痛也不會犯這樣的傻！」「那麼你們查明了她是通過何種途徑、在何時何地貪汙的？公司何人可以證明她經手了那筆錢，並且經她手以後錢就從賬面上消失了？據我所知她的工作根本從來不經手錢的。」「這……這我們當然在查，而且有人證明。」令人始料未及，這土老頭說出話來倒蠻有分量的，還是趕快打發他走，別給他囉嗦的機會。監視人哪知道面前這個土老頭的經歷和身份，他曾經手的錢何止千萬美元，對如何建立財務監督體系清清楚楚，現在怎能三言兩語嚇唬得住？老爹知道「秀才遇見兵有理說不清」，無需再多費口舌，就站起身往外走。

　　上海灘的六月黃梅天一時晴一時雨，下雨的時候相當陰
冷，太陽一出又曬得人頭昏腦脹。穿了夾大褂的老爹，剛才在
門口和辦公室緊張應對，現在身上燥熱難忍，頭昏昏的，他估
摸一定是血壓高了。於是在高樓的牆腳下靜靜地站了幾分鐘，
讓自己平靜下來。他深深了解麗珍的為人，所謂貪汙絕對是硬
加給她的罪名，問題是她能否挺過來？像這樣殘酷地逼供，使
用不讓人睡覺的疲勞轟炸，還真是聞所未聞，第一次領教共產
黨整人的手法，把麗珍這樣一個堅強的女人整得這副模樣，甚
至不想活下去了。恩首這個畜生跟她離婚，丟下妻子、女兒逃
一般地去了馬尼拉，這麼沉重的打擊她都沒有上吊，現在卻想
尋死，可見這種手段實在叫人難以忍受。可是她若真的走了，
兩個孩子都還未成年，叫她們怎麼面對生活，又怎麼面對這個
複雜的社會？自己已經風燭殘年，一生沒有積蓄的一個兩袖清
風的退休老校長，生活主要來源還得靠子女，怎麼有能力幫助
再下面的這一代？唉，怎麼辦？他暈暈乎乎地抬起頭來向天父
禱告、呼喊：「主啊，求你憐憫，求你幫助麗珍度過眼下的難
關，在人不能在你都能。」

　　做完禱告輕鬆不少，他相信他的神也是麗珍的神，會眷顧
她的。只是離婚證書的事還困擾著他，麗珍為什麼不拿給他們
看？這樣不就多一份說明自己是清白的證據嗎？也許年輕人有
自己的考慮，麗珍這樣做一定有她的道理。他相信貪汙案最終
會撤銷，那時倒要問清楚麗珍到底為什麼不肯拿出離婚證書。

　　回想當年他從內地千難萬難地回到上海，恩首已經急急忙
忙回馬尼拉去了，為怕麗珍傷心他從來不敢提「離婚」二字。
其實自己是十分了解長子的，從小要強，由於聰明過人，以致

越來越驕傲，越來越要強，不肯認輸、不肯認錯，哪怕知道自己錯了都不肯說，只會逃避，這是致命的弱點。就像一隻自己不小心受了傷的老鷹，寧願帶傷孤獨地掉下懸崖，也不肯在窩裏養傷、認輸。馬尼拉離得這麼遠，現在想通信都必須經過香港的親戚幫忙轉，父子間還能有什麼話好講？他只得深深歎了口氣。直到半年以後老爹中風完全癱瘓在床，他都沒有機會跟麗珍談過她和恩首離婚的事情，而且他也真的不想談，為什麼要在人家的傷口上撒鹽呢？

兩個孩子放暑假從南京回到上海的家，看到媽媽憔悴的模樣不禁大吃一驚，怎麼回事？突然頭髮稀疏且呈焦黃色，兩眼失神、呆滯，跟她說什麼話都心不在焉。她們習慣看到的媽媽是堅強、自信、充滿愛心，總是打扮得整整齊齊的，可現在她連頭也不好好梳理，衣服皺巴巴的就去上班，似乎什麼都不放在心上。她解釋說是生了一場大病，現在精神還沒恢復過來。十幾歲的孩子哪能想像得出共產黨整人的殘酷？真知道了底細她們還不傷透心？媽媽向來是她們的保護傘，兩隻在母雞翅膀下捂慣的雛雞一時不知所措。幸好這樣的日子不算長，不然兩個孩子一個會得憂鬱症，一個會得自閉症。個把月後的一天，媽媽下班回來特別高興，問她發生了什麼事，她就說了一聲以後的日子會好過些。

晚上等念念睡熟後，媽媽將近半年來的經歷、痛苦、絕望都告訴慧慧，並解釋之所以沒早告訴她，是怕影響她的學業和情緒。好在現在公司領導已經宣布，經查核黃麗珍不是貪汙分子，已撤銷有關專案組，讓她恢復工作，叫她去教英文，並且不日將會把查抄的錢發還給她，只是現在的政策規定私人不

得持有美元儲蓄，因此美金必須折合成人民幣。公司早已將抄去的美元存入人民銀行，現在還給她的存折領導說是按市場匯率：一美元兌換人民幣一元，共退還四千元人民幣。正如俗話所說「眼睛一霎，老母雞變鴨」，缺乏經濟頭腦的母女倆連連感謝共產黨和人民政府，卻無視自己所吃的大虧。這番在砧板上被斬得血肉模糊的經歷，善良的人們是容易原諒的，畢竟是共和國剛剛成立嘛，搞運動弄錯個把人是可以理解的，只要現在改正就好，她們哪裏知道慘遭運動摧殘、蹂躪的何止個把人？

第二十七章　信子 原諒我

　　江南畢竟是江南，一到春天，冉冉的柳樹枝條上先爆出嫩嫩的綠芽苞，然後漸漸長成眉毛寬的綠葉。襯上少女臉腮般紅豔豔的桃花，撩撥得人們春心大發。真是「江南好，風景舊曾諳，日出江花紅勝火，春來江水綠如藍，能不憶江南？」在臺灣從小受日本軍國主義教育的劉奎元，小時候沒機會讀過白居易《憶江南》的詞，但在新京實習的時候，偶然聽林醫生詠誦這首詞，他當時就牢牢刻在心版上，非常嚮往有一天能到祖國的江南欣賞這大好風光。在蘇北解放區呆了近兩年，因為地處江北，自然沒能真正領略到江南的美。待到翻山越嶺跟著解放軍解放了大西南，人民共和國成立後他需要復員時，便想到要求調到江南工作。說心裏話，這並不是因為他對江南的風情特別著迷，而是不敢要求調去福建。

　　福建原是他老祖宗的故里，他當然第一想落腳到那裏，卻因為那是軍事重地，太敏感了，思想鬥爭了半天，還是穩重、太平第一。不去福建，還是去江蘇吧，反正那兒的海邊離臺灣也不算太遠，都是一海之隔。結果他運氣不錯，被調到江蘇沿海一個小縣的縣醫院，當了一名外科大夫。按他的資格、技術，別說擔任一個縣醫院的院長，就是附近大城市醫院的外科主任，都綽綽有餘。沒有得到如此委任，他並不在意，本來他就怕行政工作，還是照舊當他的外科醫生樂得輕鬆。住在集體宿舍，生活簡單，吃食堂，回家就是看書、聽無線電。很多人問起他的家眷，他都回答說抗戰時在東北被日本人打死了。於是不少熱心腸的人都要給他介紹對象，很認真，很執著，最後

都被他謝絕了。因此，大夥兒都覺得劉醫生技術好人也老實，就是有點怪。

是啊，難道劉奎元能隨隨便便地對人說，自己的妻子是日本人，現在還帶著兒子劉中住在日本或臺灣，在等他回去？當初他參加新四軍時，共產黨跟國民黨已經開戰，因為缺乏軍醫，他作為國民黨軍政起義人員被接受了，自然沒敢在表格中如實填寫妻子的狀況，只寫了「亡故」二字。他也沒想到兩黨的戰爭延續了下來，最後臺灣竟成了國民黨政權盤踞的大本營。原盼望數年後回臺灣的願望，因此也就成了泡影。這個除了化學和醫學什麼政治也不懂的知識份子，現在深深陷在泥潭裏。

他更想不到的是，一九五五年春天反胡風反革命集團的運動，居然給他帶來了滅頂之災。起先他對這個運動根本不在意，什麼胡風？他又不認得，好像是個文人吧，喜歡跟朋友在文章和書信中罵罵人，跟他絲毫不搭界。五月中旬胡風被捕以後，全國漸漸展開了清除帝國主義和國民黨特務的肅反運動，於是他一下成了運動的對象。因為他的歷史可疑，無人知曉的根底、在大陸無親無故以及他的怪、他愛聽無線電……，一切的一切都指向一個疑問號。在共產黨的眼裏，他這種人不被懷疑為國民黨特務，那麼運動還搞什麼名堂？於是縣人民醫院成立了劉奎元專案組，停職拘禁，抄家、外調，全院上下有了鬥爭目標，忙得不亦樂乎，他也越來越感到形勢的嚴重。

他被逼從臺灣南部的家鄉坦白起，到東京，到新京，到青島，到蘇北，跟解放軍一起西進解放大西南，又回到江蘇。他將自己的經歷一一坦白交代，自認除了用日本護照冒充日本人到東京讀書，是人生一大汙點以外，沒做過一件危害人民的

事，而且是有功的。可是這個傻子真是傻得可以，他不坦白還沒人知道，一坦白就是「從嚴」的開始。他要是堅持說自己是日本人，自己用的是日本護照就是日本人，說不定處境反而好些。因為建國初期中國跟日本打得火熱，外交人員互相往來，所謂民間代表團更是像走親家似的，即使是日本的戰俘也比國軍將領受優待，勞動輕，關押時間短。倘若這時交代是日本人，說不定還能得到刮目相看的待遇呢。然而這個不識時務的人，非要堅持說自己是中國人，是臺灣人，人家輕輕一推測，這樣的人長期呆在蘇區和解放軍裏，不是打聽情報、利用無線電聯絡國民黨的特務，還有誰稱得上特務？肅反不肅你還肅誰？

劉奎元也想向組織提供外調的線索，以證明自己那幾年在青島秘密實驗室竊取日軍的情報，對抗擊化學武器是有功勞的，但是最了解自己的林醫生去世了，即便活著也是泥菩薩過江──自身難保。還有春華嫂子、雜貨店老闆和老闆娘，誰又知道他們的真實姓名？到哪兒去找？又有誰能保證他們都留在大陸，沒有跟國民黨一起去臺灣呢？所以他越是坦白交代越是「亂麻」一團。搞運動的人只要有目標，能大會小會的批鬥，幹部有材料好寫、好上報，又有誰會認真來清理這團「亂麻」？

結果他越交代越覺得自己沒有出路，最後只得什麼也不講了，既不辯解，也不申訴，像個木頭人，隨人打、隨人唾。專案組審問他，回答總是那句話：「我全都交代了！」不讓他睡，不讓他吃，他還是那句話：「我全都交代了！」踢他、揍他，他還是那句話：「我全都交代了！」為了免於精神崩潰，他一直讓自己腦子「過電影」，專注地回憶在東京跟信子交

往、談話的每個場合、每一句話語，在新京信子懷孕產子的一幕幕，在青島深夜信子在廚房為他準備宵夜的每個細節……只可惜他和信子的戀愛史實在太短促，早知道這樣，當初他怎麼也得把功課和實驗稍為放放，多陪她說說話，多留下些記憶。也好，雖短促也不夠浪漫，卻越顯得金貴。想著，想著，甚至他都不出聲地笑了。這樣更激起鬥爭他的人的憤怒：十惡不赦的反革命，還譏笑我們，作弄我們？「堅決鎮壓反革命！」「敵人不投降，堅決消滅他！」他似乎還是什麼也聽不到，只是沉湎於對愛妻和孺子的無限懷念中。十年沒見他們，劉中該長大了吧？整個抗戰不過八年，他可熬得比抗戰還長、還艱難，他知道自己這輩子是無法再見到他們了。「信子，原諒我……」

劉奎元已從醫院的單獨拘留室押解到監獄中去了，他精神恍惚，根本沒在意周圍環境的變化，不覺得醫院和監獄有什麼區別。一天晚上同囚室的人告訴他，明天他們都要被押送到「鎮壓反革命份子宣判大會」會場去，會後就會被執行槍決。他不恐慌，心如明鏡似的平靜。按照審問的調子說他受國民黨派遣，長期潛伏打探解放軍武裝配備、軍需供應等情況，還蓄意殺害受傷的高級軍事將領，似乎槍斃十次都不能解恨，人民只恨他被挖出來得太晚了。然而他不能理解的是，當初他離開臺灣的時候臺灣還受日本人統治，國民黨根本還沒去佔領它，他怎麼可能受國民黨派遣？要說後來通過林醫生的關係接受了國民黨的派遣，這倒是事實，是派遣他收集有關秘密化學武器的情報，這是他一生最引以為榮的愛國行為，現在卻說他偽造歷史。其實是審查人斬斷了他的歷史，斷章取義只從他為躲避

日本人而隱蔽到蘇區開始算賬。而今林醫生死了就算是起義有功人員，而他劉奎元因為沒死，就是國民黨特務，這在道理上說得通嗎？行啊，道理就是祖國為臺灣赤子備了一份厚禮——子彈！

當天晚上，這間囚室伙食的確不錯，還供給幾瓶白酒。喝完酒，劉奎元在別人把酒瓶砸碎之前，搶著保留了一個瓶子和塞子。其餘的人都喝得醉醺醺的，沒留意他要做什麼。等囚犯們都睡熟了，他耐心地撕下酒瓶上的商標紙，這是他一直善於做的活兒，在青島曾做過上千次。有了紙，又咬破兩個手指，用血寫下臺南老家的地址，以及信子的姓名，還加上一句話：「信子，原諒我！」把商標紙折好塞進瓶裏，塞得緊緊的。他十分認真地完成每一個細節，因為這是他在爭取最後的機會跟親人說話。明知信子能收到他的遺言只有億萬分之一的可能，也總比什麼都不留下，連億萬分之一的希望都不去爭取為好。其實他覺得自己也就是被丟在時代大海洋中的一隻瓶子，完全不能掌握自己的命運，一輩子在承載著愛和恨、期望和絕望的波濤中翻滾、沉浮、漂流，直到回到天父的懷抱。不過他自認已經跑完了該跑的路，愛就是不講匯報，像耶穌被掛在十字架上那樣還講饒恕，他應該發出跟基督一樣的馨香。

他取下鼻樑上的眼鏡，將酒瓶和眼鏡一同交給了一個比較和善的獄卒，拜託他將酒瓶丟到海裏去，說明裏面有給家人寫了一句話的紙條，若不信以為是情報，可以交給領導打開瓶子檢查。最後又說眼鏡還能賣幾個錢，這是他現在唯一能給予的酬報。

處理好「後事」，這天夜裏他睡得非常安坦，夢中臺南老爹踢噠踢噠的木屐聲，母親在他兒時一邊用蒲扇為他趕蚊子、

一邊低聲詠唱的閩南民歌，阿嬤在餵雞鴨時嘴裏發出的叫喚聲，居然一起融進了他的鼾聲。他還夢見了信子張大了那雙晶瑩閃亮的大眼，朝他笑得好甜美。夢中的兒子還是小時候的模樣，翹著有小酒窩的小嘴跟著他牙牙學語，不過他教孩子說的「中國」兩字，實際上在青島從來沒敢教過。

　　第二天，劉奎元隨著押解的解放軍上了大卡車，幾個鐘點之後一切錯誤即將消失在唱著「刺，刺……」歌聲的子彈頭下。他朝著太陽升起的方向看了一眼，從此以後這雙眼睛再也見不到這宏偉的壯觀。沒關係，他還有兒子劉中，希望他能生活在陽光下。汽車朝著太陽升起的東方駛去……

第二十八章　她怕什麼

　　在大陸共產黨的統治下，政治運動一個接一個，土地改革、三反五反、肅反、公私合營、農業合作化、整風反右、反右傾、大躍進、人民公社……，就像一個巨大沉重無比的石碾子，飛快地趕著人們的腳後跟，又飛快地軋過去。一批又一批的人被碾碎，日子就這樣踩著他們的屍體飛逝而去……

　　在馬尼拉過日子每天一個樣，平淡無奇。沒有孩子的高醫生家更覺得日子索然無味，每晚當樂平用筆將當天的日子，從月份牌上劃去的時候，他心裏常常感歎：總算又過了一天，毫無新意。

　　丁香為了引起樂平的「性」趣，又搞起節食這一套，她每天不吃早餐，中、晚餐也盡量少吃米飯和肉，多吃蔬菜和水果，四十多的人了還想有一個比較叫人滿意的身材。除此以外還不斷更換防皺霜，以美容「霜打的茄子」。樂平一見她這不吃那不吃，搽這又塗那的，就煩她、罵她：「神經病！明明知道我們能不能長期維持下去，跟你的腰身、皺紋沒絲毫關係。」可是她不信，當年他們能走在一起，還不是因為她是紫羅蘭二牌？她將兩人抱狗狗的照片翻拍放大，買了一個大的金色鏡框裝進去，掛在臥室裏。樂平一看到就想起老爹罵他是畜生，現在畜生還天天瞪大了眼望著他，這怎麼受得了？以致又大吵了一架，他把鏡框砸個稀巴爛，威脅道：「你再敢掛，就離婚！」丁香妥協了，只是不明白貝蒂、寶貝怎麼得罪他了。

　　她一直十分盼望有個孩子，即使是高齡產婦分娩會有一定危險，冒這個險也是值得的，總要給高醫生一個後嗣，有了

孩子家裏會有生氣，忙得也有盼頭。其實樂平最清楚這是不可能的，要不然還叫什麼NK化學武器？它的殺傷力厲害得叫你沒有一個精子是活的，這又怎麼可能有後代？可他沒有勇氣跟丁香點破這一點，要是二哥或是吳嫂還在，至少可以通過他們婉轉地說明，現在叫他自己怎麼面對丁香期許的眼睛？為此他每次行房時裝得很認真、很熱衷的模樣。丁香細心寫下易受孕日期，精心料理兩人進補，他都不反對，再不像以前那樣老推說太累了，不行！現在每天就診病人的數字都由丁香控制，從不會叫他太累。她老說：錢是賺不完的，家庭幸福才是最重要的。這話不錯，問題是他們在戰後努力了這麼多年，還是沒有懷孕。她不得不提出兩人都去檢查。檢查什麼？精子被整死了又不會復活！又拖了兩年，最後他還是聽從了，乖乖地跟著去檢查，結論自然是丁香沒問題，樂平早就知道的答案便是殘酷的事實。

　　那晚丁香沒敢大吵大鬧，也沒哀哀切切地哭，她的確很少在他面前流淚，免得他生厭，只是怯生生地建議：「那我們去抱個孩子吧，反正菲律賓人也是黃種人，養熟了跟自己生的沒什麼兩樣。」樂平突然勃然大怒，「領的能跟自己生的一樣嗎？我都五十了，還要尿片、奶瓶地忙，你是想叫我早點死啊？！順其自然地有了，生了，當然一定得養；現在不能生，那你就太平點吧！」

　　過了半個月，丁香又興高采烈地提出來：「我想通了，沒有孩子也沒什麼，那麼多年我們也就這麼過來了。領個孩子責任太重，說不定還會跟孩子的親生父母及其家族鬧出什麼矛盾來，劃不來，我們在菲律賓畢竟是外來人。還是養狗吧！以前不是養過寶貝和貝蒂，不是也跟孩子一樣親？我明天就去寵物

店看看，你看行嗎？」這又叫樂平想起老爹罵他是畜生的事，臉氣得紅得像豬肝，一看丁香驚慌失措的表情，心軟下來了。唉，一切孽都是我作的，幹嘛老是跟她過不去，她不是也很可憐，很冷清，又老怕失去我？所以盡量將語調轉平靜地說：「我發現自己現在對寵物過敏，症狀就像重感冒，很難受的。要不吃點藥先治治看，以後能好一點，你就去買來養。總之，過些時候看我身體狀況再決定，好嗎？」他是醫生，給他這麼一講，她倒也沒懷疑，養狗的事就拖了下來。只見她老是拿著這張跟狗狗一起拍的照，看了又看，她越是熱乎，樂平越是心煩不已，卻又不好多說什麼。

一天早上，高醫生正好去一有錢人家出診，郵差將一封從香港寄來的掛號信送到家裏來。丁香蓋章以後拿起來一看，是樂平的一個親戚寄來的，什麼事這麼急要寄掛號？要不要馬上送去讓樂平看一看？他說好要到下午才能回家。又一轉念，會不會是他前妻請人轉來的信？那我就先拆開信看一看，好有個思想準備。她沒有多想，就急急忙忙撕開信，原來是香港親戚轉來的他女兒慧慧的信。從信上看父女之間似乎一直沒有通信關係，而今慧慧已經結婚並懷孕了，在瀋陽教書——丁香不知道瀋陽，想了半天才明白可能就是日據時代的新京——現在正值大陸困難時期，瀋陽天寒地凍物資特別缺乏，連細糧一個月也才幾斤，其它都是粗糧，沒有菜沒有肉。她從來沒向父親開口要過什麼，現在為了下一代的健康，她不得已第一次寫信，希望父親能通過香港的親戚，寄點麵粉、牛油、奶粉這類緊俏食品給她，她代表全家謝謝。信寫得情真意切，卻不十分熱情，不卑不亢。

　　丁香手裏捏著信一下呆住了，不知所措。剛才情急之下拆信，根本沒來得及好好想想，樂平見她私自拆了他的家信，一定會勃然大怒，說不定因憤怒而冷戰好幾個月，這對本來就有點冷的家豈不是雪上加霜？更讓她擔憂的是自大陸淪陷共產黨手裏，他雖然憂心卻數年沒通信，他倆這才能平靜地安度過來，現在讓他讀到這封信，必會既不安心也不忍心，然後會寄東西去，這一來一往，自然有血緣的父女情會越燒越旺！在天平的這邊他倆沒兒沒女，本來就淡淡的；在天平的那邊有前妻和女兒，將來還要加上外孫或外孫女，三代人的力量還不足夠讓天平傾向那邊？在丁香看來有沒有後嗣，這在婚姻關係中是個決定性的籌碼。只有讓樂平覺得他棄絕妻女的抉擇是對的，讓他斷絕了後路沒法往後退，才能繼續跟她攜手往前走。於是她做了一個今世最勇敢、最無情的決定：迅速將這封信燒掉，並將紙灰拿到院子埋在土裏，再用棍子攪拌了一下，徹底消滅了痕跡。

　　一個平時看來溫順、不怎麼膽大的女人，在她以為是維護自己利益的關鍵時刻，竟會變成最大膽、最陰鷙的人。她雖然愛樂平，但她自私、不自信，很難顧及他人的感受。她做的事是麗珍這樣的女人不屑也不會幹的。這種區別，樂平越到後來越體會到，卻無可奈何，因為這是他的選擇。

　　這天高醫生回到家已經快五點了，經歷了一個手術他的確很累。近年來眼睛昏花的程度越來越嚴重，手有時會顫抖的毛病也不時發作，所以每次手術都感到有些恐懼、緊張，生怕誤了病人。他也常想：哪一天連手術也不能做了，還留在這兒幹什麼？還好這次還行，可因為緊張，手現在倒有些抖了。他

拿起丁香準備好的咖啡，啜了一口便放下，問道：「今天家裏有什麼電話或信？」「沒有沒有，也沒有預約的病人，我正悶得慌呢！你早上走得早，報紙沒看完吧？給你。」她塞了一份報紙到他手裏，因為知道他喜歡坐在沙發上一邊看報，一邊休息，這樣可以打發半天。她沒多說話來煩他，就直接去了廚房準備晚飯。

晚飯後又是樂平坐在沙發上聽無線電的時光，平時丁香最煩他聽這個勞什子，恨他寧願聽小姐播新聞，甚至是重播，也不願留出些時間來跟她聊聊。他整天泡在診所裏，跟她隔不了幾步路，有時能清清楚楚聽到他的聲音，在耐心地跟病人解說病情和護理要領，但那畢竟不是跟她說話。午飯每頓都是匆匆忙忙的，為了省出半小時讓他眯下眼休息一下。下班後該是他倆可以說話享受的時光，他又賴在沙發上－－好像它才是情人的懷抱，喝咖啡、看書報、聽無線電，懶洋洋地躺在「情人」的懷抱裏溫存。她總是插不進話，有時逼急了實在太想跟他搭上兩句，就奪過他手中的書報，卻惹來他一句不鹹不淡的話：「你幹什麼嘛！神經病！都老夫老妻的了，哪有那麼多的話好講？快給我，別惹我生氣！」於是她不得不把書報又送還他手裏。

今天丁香心有點虛，怕樂平跟她講話，問她話。而且他好像真的很累，樂得讓他一個人賴在「情人」的懷抱裏沒去打攪，獨自回味著他平時常說的「都老夫老妻了」這句話，覺得還是暖心窩的。看來在馬尼拉，她就是他唯一的配偶。本來嘛，在這個異國他鄉，沒有了楊領事一家，沒有了老吳夫婦，沒有了二哥，他們還有什麼親人？

他倆也曾趁旅遊之際，乘船到菲律賓的許多小島去。其實

他倆誰都明白真正的目的不是旅遊——哪有這麼好的興致？是去找二哥的。可是在這擁有幾千個島嶼的國家，你可以撈上來很多魚蝦，就是撈不到你想撈的人。有一次他倆打聽到戰後有一個新漁村，聽說有許多家破人亡的傷心人，都紛紛搬到那兒去重新安家，便滿懷希望地趕緊找到那裏，喜見風景如畫，覺得人們選在這兒落戶還真不錯。但找遍了高個子的人，卻連二哥的影子都沒見到，反而增加了戰爭加給人們的家破人亡的憂傷。

二哥雖不是他倆真正的家人，丁香卻認為他是唯一站在自己一邊的見證人，他能見證她的婚姻以及這幾年來的酸甜苦辣。她真怕樂平哪一天回到他的故土，走進他原來甜蜜的小家，他們原本是一家，自己又算什麼？那時候豈不成了遊離那個家庭之外的多餘人？怪不得新中國一成立，樂平憂愁從此回不去了。而丁香卻暗暗高興，他回不去正好可以一直待在這裏陪著她。什麼異國他鄉的孤魂野鬼？人死了不就什麼都沒有了，只要活著時有他陪著就好。

這天晚上樂平覺得丁香特別的體貼、溫柔，不搶他的報紙，不跟他「作」，一直催他早點睡。然而她一夜盡是噩夢，夢見二哥變成一個單單薄薄的「冥鬼」來抓她，說她不值得同情，因為她缺德。又夢見一個女鬼披著長髮來咬她，說丁香害死了她的女兒。丁香嚇醒，滿頭滿腦的汗，身旁的樂平安撫她說：「做噩夢了？不用怕，我也常會做噩夢，天亮了又是新的一天就什麼都好了。」真是這樣嗎？她真的不用怕嗎？

第二十九章　葉落歸根

　　臺南的氣候地理條件，多少跟菲律賓有點相像，所以乘船登上這個美麗的小島時，方恩首並不感到環境太陌生，陌生的是人事的變化。

　　一對中年男女朝他招手走來，「大哥大哥」的呼聲和擁抱將他從夢中喚醒。他盡力在這個四十多歲已開始發胖的中年婦女身上，追溯小妹當年的模樣，卻不得不承認時光老人手筆之殘忍。想當年他最後一次離開杭州，去南京學兵總部教書的夏天，她還有幾天就滿十六足歲。方家特有的修長身材，使她顯得比一般女孩高。母親早早去世，使她比一般女孩懂事早。那年夏天她將畢業於弘道女子中學幼教科，要像姐姐一樣開始當一名幼兒園老師，稚嫩的臉上閃發著理想的光彩。這就是她留在恩首腦海中最後一個特寫鏡頭。抗戰期間幸虧有她一直陪伴在父親身邊，以一個女兒的細心照顧著老爹。勝利後六弟赴臺灣任職時，父親堅持要小女兒跟她六哥去闖市面，以爭取個人的幸福，否則老呆在他身邊盡孝，怕耽誤了終身大事。在臺灣她真的找到了屬於自己的人，並建立了小家庭，當下站在她身旁的一個精幹的男子漢，想來就是她的夫婿。「六哥公務出差去外國了，不在臺北，六嫂有四個孩子，走不開，正好我們在臺南就做代表了。歡迎你們回家來！」一個「們」字溫暖了丁香茫然的心，以後她一直將這個在臺灣第一個見面的小妹，當做可以說話的知己。

　　就在恩首回憶往事時，小妹也在偷偷端詳這個分別了快三十年的大哥：他應該才五十出頭，可真的相當見老，要不是

說好在這裏接他，她肯定見到他認不出以致錯過，她根本不會將這個頭髮已經花白，胖胖的、有些駝背的半老頭，跟她當年瀟灑、英俊、筆挺的大哥聯繫起來。在她的眾兄長中，大哥跟六哥長得最像，都那麼高高的個兒，神神氣氣、挺挺刮刮的。當年她的女同學、女朋友們，個個推崇她的哥哥，把他們當做理想的白馬王子：由於大哥結婚早，她們早不抱希望了，於是六哥就成了眾矢之的，最後終於成了她六嫂的就是她的一個學姐。因此她認為大哥再怎麼變，也該跟現在的六哥相像，誰知不但身材變了，連臉都變了：眉毛倒拖，眼袋碩大，眼睛變細，一點神采都沒有，只有那雙招風耳沒改變，那鼻子還挺得高高的，沒有塌下去，就是底部長了贅肉，一張臉已從長形變成圓型了。

「怎麼樣？大哥老得認不出了吧！」「哪裏，哪裏？就是胖了不少。」安慰人的謊言在這兒是必須的，不然怎的，給哥當頭一棒！「這是丁香。」沒有什麼頭銜，無需更多的介紹，大哥身旁的女人微微一笑。看看這個新嫂子，不像她想像中的那麼妖媚，普普通通一張臉，已褪盡往日在風月場上向男人獻殷勤的風騷勁兒，因此給小妹的第一印象是還可以接受，當然沒法跟麗珍嫂相比。別胡思亂想了，這是大哥的選擇。

恩首、丁香倆在臺南小妹熱鬧的家裏住了兩天，參觀了妹夫工作的蔬菜公司，以及新建的一些建築物和公路。看來政府在臺灣真的還幹了些實事，他選擇這裏當葉落歸根的地方是對的，這是他近年來一直思考比較的結果。

幾年前手開始顫抖，眼睛也越來越模糊，他就想有一天不再能動手術，留在異國做個歇業外科醫生太沒意思，不如回到

　　自己的國家跟親人團聚。但從「美國之音」獲悉，大陸一個運動接一個運動，根本不需要什麼知識份子，何況自己還在國民政府軍隊裏當過教官，幹過秘密工作，這種人肯定會被劃入反動陣營，免不了擔驚受怕受折磨，自然越想越不敢回去。外加父親已經去世，與麗珍和兩個孩子也早就失去聯繫，回去唯一的「待遇」就是挨整！

　　不過，臺灣對他來說也談不上有多大吸引力，國民黨的一套他在南京已經領教夠了，唯一可取的，是這兒有幾個弟弟妹妹以及他們的家，至少有這樣的手足可依傍。若留在菲律賓也真沒有意思，現在的臺灣領事館形同虛設，對僑胞根本不怎麼關心，連他們自己都像是無家的孤兒。歸根，歸哪兒的根？這問題一直在糾纏他，自然天平的傾向早就有了。

　　依照先前在信中跟六弟的約定，恩首準備常住在臺北，這裏是政府所在地，工商業最發達，生活條件優厚。二弟、六弟及麗珍的大弟都住在該市，至少不會像在馬尼拉那麼孤單。因此，小妹及其夫婿盛情招待了兩天之後，恩首夫婦便離開臺南，乘飛機到了臺北。

　　六十年代的臺北，新式高群建築開始大量出現。但在恩首看來這個城市的現代化程度，還比不上魂牽夢繞的上海，以及「東方明珠」馬尼拉，新舊差別痕跡明顯：新臺北雄心勃勃、神氣、愛時髦、愛顯擺；舊臺北有日治的「胎記」，整潔、拘謹、小家子氣。不過真也不容易，看得出這個搬遷後的政權居然能勵精圖治，在這彈丸之地不僅站住了腳，而且有了建樹。

　　六弟因為來臺北的時間，比一九四九年大批趕來的政治幹部早了一年多，又是貨真價實的技術人員，所以在公路局已成

為頗有影響的領導，工作也格外忙碌。看到弟妹們的成就恩首深感欣慰，回想當年他決定不出國深造，幫助父親挑起培養弟妹的擔子，這是明智的，也倍增了現在的親切感。

萬萬沒想到，他的回歸居然沒受到政府的歡迎。去報到要落實戶口的前一天，他就關照丁香把自己的西裝、領帶、襯衫、皮鞋都準備好，因為他知道去衙門辦事，衣衫留給人的第一印象非常重要，這些行裝式樣雖有些舊，都是戰後在馬尼拉添置的，還不至於太落伍。誰知它們依然給辦事人員留下了「外來人」印象，後果令人很不愉快。

恩首在回臺灣前，早就託六弟向行政院呈遞自己的材料，他考慮到自己戰後脫離軍政界獨立行醫，用的是人家的名字高樂平，而且身處異國他鄉，現在要回嚴防共產黨進犯的臺灣，政府是一定要仔細查一查的。這就必須有人證、物證，說清楚當初的方恩首怎麼變成高樂平，而今又因為回歸需恢復原名。鑑於當時眾多證明人不是犧牲就是失蹤，自然給他增加很多麻煩。幸好他回過一次南京，想來應該有卷宗存檔可以查到。大半年後六弟終於轉告他情況已查實，可以歸回臺灣。因此，恩首以為這次去報到落實戶口應該不會有什麼麻煩。

約見時間是早上十點，大凡重要面試他總習慣早到半小時，以便尋找辦公室或應對意外。誰知還是跟南京時一樣，在辦公室門口足足等了一個半小時，好不容易才挨到長官接見。這位長官上了年紀，看來很慈祥、很有禮貌，操一口純淨的國語，而不是臺灣式國語，可見有些資歷，大概是從大陸搬遷過來的官員。一開口就說歡迎回歸，讓恩首定心不少。接著他眨巴著眼說：「你們秘密試驗小組的案卷已經找到，有些問題還

得請教：你自己的報告上寫明，秘密試驗實際上是在日軍進犯馬尼拉時就被迫停止了，在這以前政府通過領事館與你們有聯繫。問題在以後就失去聯絡了，而且一九四五年你和周誠信因逃避日軍追捕，加入了菲律賓遊擊隊。這支遊擊隊是菲律賓共產黨領導的，他們以中共為榜樣。你在這支隊伍中起了什麼作用？這段歷史你沒有證人。此後到抗戰勝利有半年時間，政府不清楚你們究竟在幹什麼？」

這一槍是恩首萬萬沒想到的，頓時像吞了一隻蒼蠅。我們在幹什麼？在最艱苦的條件下打擊日本侵略軍，每天出生入死。人家形容朝不保夕是晚上脫下鞋，不知明天能否穿上鞋？實際上他們是白天、晚上都穿著鞋，因為即使是這一分鐘能打個盹兒，下一分鐘就可能立即開拔，為躲避日本鬼子掃蕩是來不及穿鞋的，問題只是鞋穿在活人還是死人腳上。在那樣艱苦的條件下，他救活了多少抗日戰士的性命，為了抗擊日軍遊擊隊戰士都是好樣的。當時會有誰去問你是信仰共產主義還是資本主義？現在掐住這幾個月的歷史來問他，等於掐住他的喉嚨那樣難以忍受。他本想不回答，像美國被捕的人就有權不回答，可他明白在中國不回答絕對不行，否則對方會以為你心虛，更要掐緊你。他只得如實描述當時敵軍追捕緊急，他們只有跟遊擊隊戰士跑才能保命，也才能繼續抗擊日寇。

「那你怎麼認識遊擊隊戰士的？跟他們的關係究竟是什麼時候開始，什麼時候結束的？這些問題你必須交代清楚！」天啊，一下就變成審問犯人的口氣，竟用起「交代」這樣的字眼來了！恩首一下氣得血壓升高，臉通紅。「我跟遊擊隊員就是醫生跟病人的關係，醫生無權選擇病人，特別是在共同抗擊日軍的的前提下，我作為醫生能拒絕被日軍打傷的病員嗎？醫生

的良知哪裏去了？況且抗戰時期在國內，國民黨也是跟共產黨聯合的。我們在菲律賓聯合抗日，就有錯嗎？」他很想站起來繼續說：「我實在沒有可交代的，你們審查通不過，就將我作為共產黨嫌疑犯抓起來關在牢裏好了！」他緊緊抓住自己西裝的下擺，忍著，才沒有讓這些話蹦出來。畢竟花了很大力氣才走到今天這一步，一次面談就崩了，以後這路還怎麼走？

「我們不去談抗戰時期的國共合作，這是當時蔣委員長的決策，底下人無權議論。我們要談論的是你！抗戰勝利後你回過上海、南京，為什麼後來又再次去了菲律賓？黨國並沒有派你去啊，是你自個兒去的，去了有沒有繼續跟那裏的共產黨聯絡？這麼多年你沒跟領事館好好聯絡、匯報。你報告上說回馬尼拉是因為離婚心情不好，可你又沒有離婚證明，倘若有，請補上作為附件。如果沒有的話，離婚的理由我們覺得不可信，請重新交代你再次去菲律賓的動機和任務。」口氣儼然變成在審共黨特務。

半個月後六弟出差回國，他倆見面時恩首再也忍不住了，未及寒暄、擁抱他就全數道出所受委屈，像連珠炮似的。丁香見他手抖個不停，臉紅脖子粗，青筋爆得突突的，拼命勸他：「別激動，別激動，當心中風！」六弟遞了一杯水給他，讓他坐下來喝了幾口，這才笑眯眯地開了口：「大哥，我不是那長官，你慢慢講。臺灣就是多了這些官僚，不能辦好事，只能把事辦壞。你千萬別氣壞身子，我會幫你把事辦好。」

六弟通過麗珍大弟的關係，將恩首面試的經過向上反映了，並將抗戰勝利前高樂平、周誠信出生入死的經歷，畫龍點睛地描繪了一下。結果不出一周就有批示下來：「不能以官腔

第二十九章　葉落歸根

對待抗日功臣，難道要讓共產黨將他們接收過去，製造化學武器來對付臺灣嗎？！」這下總算打破了僵局，不但馬上解決了戶口落實的問題，而且還意想不到補發到一筆安家費。恩首煩躁的心情這才漸漸平靜下來，他笑著對六弟說：「還是朝中有人好辦事，你這個技術官還是比不上大舅這政治官門路大。我沒親自去求大舅，他倒不記仇，肯幫忙。」「只有小人才會嘰嘰喳喳記仇，君子坦蕩蕩，人家大舅是辦大事的人，光明磊落。他跟我們方家向來有往來，外婆生日我還去拜過壽呢！」「那我託你去問他有關麗珍娘兒仁的下落，你怎麼從來不去問？」「誰說我沒問過？問題是他也沒有任何消息。當初他只告訴我她們沒來臺灣，後來他說過共產黨搞這樣那樣的運動，留在大陸的親人都會受我們牽連，其他就一無所知了。這些我不都寫信告訴你了？」「這話他不說我也能猜到，他就了解不到一點具體情況？」「她們不是知名人物，當然沒法打聽清楚。」「選一天我跟你一起去拜訪，謝謝他。」

　　俗話說「日有所思夜有所夢」，這話一點不假。夜裏恩首在睡夢中，見到遠處有三個老嫗互相攙扶著朝他走來，聽到一個聲音：「爸爸，爸爸！」他嚇了一大跳，不知聲音來自何方。走到她們跟前，他才發覺其中一個眉目似乎有點眼熟，她正朝著他笑，可這笑比哭還難看，眼皮耷拉著，滿臉的皺紋像隻核桃，頭髮稀疏遮不住頭皮。「爸爸，我是慧慧啊！」「啊？！」「你認不出我來了嗎？這是媽，這是小妹念念。」她指著身旁一具像是從棺材裏剛挖出來的木乃伊，渾身不見肉，只有乾癟的皮和筋連著骨頭，兩隻眼睛分明是兩個窟窿。他渾身起了雞皮疙瘩。她指的妹妹似乎患了老年癡呆症，臉部毫無表情，口水嗒嗒滴，眼睛幾乎睜不開，歪著頭眄視他，嘴

裏「吃啊吃啊」地叫著。「真的是你們啊！慧慧，你怎麼成了
這個樣子？」他驚愕了半天才蹦出這樣一句話。「當年我跪在
地上叫『爸爸你不要走』，你不管，自顧自走了。後來大舅去
了臺灣，爺爺也死了，就留下我們仨。你問我們怎麼搞成這樣
子，我還想問你呢！」接著她們仨就撲到他身上來，他嚇得渾
身大汗，大喊一聲醒過來了……

　　丁香在枕邊拼命給他擦汗，「你又做噩夢了，是夢見老吳
夫妻倆還是二哥？」他不回答，她也不追問了，知道不回答就
是他夢到他的妻女了。唉！一個人做了虧心事就老要做噩夢，
而且常常是相同的噩夢反復做，她也是這樣，所以沒法安慰
他。兩人相對無語繼續想著各自的噩夢。

　　大哥落實戶口還拿到安家費的好事，消息傳到小妹家，小
妹夫在電話裏向他祝賀了一番，「大哥，你救了不少人的命，
所以上帝保佑你事情順利解決。我們臺南附近有個劉醫生，原
籍臺南，聽說他父親也曾參加過什麼日軍的秘密化學武器試
驗，是搞情報的，勝利前夕就已音訊全無，多少年也沒回到台
灣、日本，一定已經死了。劉醫生跟他媽多年前從日本來到臺
南，想在這裏落戶，好像至今還沒解決。人家都說劉醫生人很
好，技術也好，附近老百姓都歡迎他。」「什麼？上次我在臺
南時你沒講起嘛，下次我一定要去訪問訪問他，說不定他也需
要人幫一把忙。」

　　他跟六弟講起其人其事，六弟笑他：「你太平點吧，自己
才擺平，又不認得人家，不了解人家是不是日本人，就冒冒失
失地要幫人家辦事，他跟你是不一樣的。」恩首記性雖越來越
差，這件事卻一直擱在心裏。

第三十章　未及道別

　　麗珍長時間住在上海小女兒家。一九六八年的春天對她說來算是幸運的，剛過了清明節，念念家所在的里弄革命委員會主任，一清早就向她宣布：今天起不用來報到，也不要監督勞動。這是因為麗珍所屬公司已來人正式通知，她的專案組已結案，審查結果並非潛伏特務，可以從牛鬼蛇神隊伍裏解放出來了。她覺得好像在做夢，不敢相信這樣的好事竟會臨到她身上，一時回不過神來，還呆呆地站在那兒。主任又說了一遍：「你沒事兒了，回家吧！過幾天去一次公司，他們說有些事要跟你當面講清楚。」主任的臉雖然板得像塊黑板，話還是說得很清楚的。

　　麗珍拿著勞動工具走回家，照理說沒參加勞動應該不會感到累，可是她卻覺得比勞動了一整天還累，頸子瘦瘦的，像剛掛著「牛鬼蛇神」的牌子遊了一天街，又像站在臺上再接受批鬥。由「被解放」而生的興奮使她心臟跳得很快，卻很沉重，幾乎要將她的胸腔撞破，她不得不停下那兩條腫脹了多日千斤重的腿，稍稍站著休息一下。

　　是的，今天宣布她不是敵人，誰又說得定明天會怎樣呢？這位「老運動員」現在太清楚了，自己就該是每次運動的對象。三反五反她是「貪汙份子」，那筆子女教育費被誣指為贓款；肅反運動她是「反革命分子」，那筆錢又成了反革命活動經費被沒收；文化大革命，她升級為「潛伏特務」，受國民黨軍官丈夫的派遣，潛伏伺機破壞，再次被抄家，那筆尚未用完的錢又被查抄當作唯一的罪證。麗珍很高興至少她暫時可以回

241

到「人民內部」，再一次享受「平反」的待遇，這樣至少可以
歇一下腳，再好的「運動員」也得有休整的機會。

　　她又挪動不聽使喚的腿，朝家的方向走去。突然一個念頭
湧上心頭：要是恩首現在面對面撞見我，他絕對認不出這個白
髮蒼蒼的老太婆就是麗珍。是啊！，還一臉橘子皮，原來的雙
眼皮大眼睛腫得只剩一條縫，這就是五十八歲的我。唉，幹嘛
去想這個人，他在我心中不是早就死了？

　　午餐時她迫不及待地向小女兒、女婿宣布了這個「好消
息」，並叫念念給在瀋陽工作的慧慧打個長途電話。小女兒
說：「我得去補買點菜，慶賀一下吧！」「買什麼呀！這時候
興師動眾的，影響不好。又不是當上什麼勞動模範！上午回家
時，我已經跟幾個老鄰居阿伯、阿婆、奶奶打了招呼，讓他們
知道我也是『人民』。」女兒的眼圈馬上紅了，為了一個普通
「人民」的頭銜，媽媽爭取了多久啊！這意味著鄰居老頭老太
們不會再另眼相看，她可以像他們一樣在家照看外孫、外孫
女，享受天倫之樂，不必再去監督勞動，遊街批鬥。女兒再也
吃不下去了，為了掩飾淚眼不讓媽媽看到，匆匆站起來說：
「我吃飽了，趁現在午休去給姐姐打電話，把這好消息早點告
訴她。」其實女兒也清楚這頂「特務嫌疑」的帽子永遠離不
開媽，只是現在暫時可以掀開晾一會兒，運動來了會立即再戴
上。現在是文化大革命，將來不知又是什麼革命？唉，可憐的
媽媽……

　　　　　　　　　　．

　　過了一星期，麗珍去公司革委會辦公室報到。她以為可以
拿回抄家物資，人家卻告訴她還早著呢，現在只是專案組經調
查宣布她不是特務，不應列為牛鬼蛇神，最後下平反結論、退

還抄家物資，需等中央下達文件，現在只能一切都凍結，至於將來平反、退還時，其中是否有遺失、損壞，當然不能保證。老天爺，這是什麼邏輯？可誰又敢說一個「不」字。領導能跟她這樣說清楚，已經是一種恩賜。

「黃老師來啦！」她退休前在總公司當英文教師，由於她經調查沒問題的消息已傳開，所以這些過去的學生就又來打招呼。班上最好的學生小趙跑來歡迎她，把她拖到一邊偷偷告訴她樊老師去世的消息。好像有頭牛對准她的心臟猛撞了一下，她半天才說出一句話：「怎麼這麼快？」「黃老師，你一直沒來公司所以不知道，其實她已經走了三個月了。今年春節前她在里弄的一次批鬥會上，當場中風倒在臺上，抬到醫院已經不行了。現在領導也宣布她的專案組結案沒事了，可人都已經走了幾個月，有啥用？」

老樊是滬江大學外語系畢業生，專業是法語，跟麗珍一直是好朋友。過去她倆是廣交會上公司的兩朵奇葩，老外都喜歡跟她倆打交道，他們為公司爭得不少人氣。可是又有什麼用？過去也就老樊為麗珍抱不平：「一會兒說是貪汙贓款，一會兒又變成反革命經費，豈不是自打耳光？搞來搞去就那點離婚費害死人啦，給你買了一頂又一頂的『帽子』。」沒想到文化大革命一來，她成了反動學術權威，雖然這是一頂這次運動才有的新帽子，卻一樣被打成「牛鬼蛇神」，以致含冤而死，特別增添了麗珍兔死狐悲的感傷。

爬上公共汽車麗珍覺得兩腿發軟，站不穩，肚子一陣絞痛，全身冒冷汗，眼睛發黑，胸口堵得慌直想吐。她怕吐在車上招罵，趕快跟售票員打招呼，說自己要吐請停一下車。話沒

講完，已經吐出來了，還好吐得不多，急中生智拿自己的圍巾接住穢物，總算沒弄髒車子。售票員罵罵咧咧地開門要把她趕下車，一位乘客站起來說：「你沒看見老太太臉色不好，站都站不住了，你把她趕下車，人家得坐在馬路邊。我把位子讓給她坐，你能不能再讓老太太乘幾站，等她緩過氣來再說？」世界上好心人還是有的，她這才沒被趕下車，坐在位子上閉目養了一會兒神，到了目的地再三道謝這才下了車，一步一挪地回家。

下午地段醫院的醫生量了血壓，說血壓不高，還比平時低了些，又沒熱度，沒什麼事兒，可能是胃病犯了，開了點胃藥就打發回家了。這家醫院好醫生都成了「牛鬼蛇神」，現在都是醫術「丫丫巫」（滬語，意即很差）的造反派看門診。女兒說應該再去大醫院看看，麗珍認為擠來擠去累個半死，所有的醫院都一個樣，這話倒是實在的，只得回家吃胃藥休息。

第三天是周末，兩位親戚認為麗珍這次好不容易又「解放」了，前幾天就約好請她全家吃頓「慶賀」飯，女兒覺得媽媽身體不適想打個電話謝絕，麗珍卻說必須踐約，自己只是胃不舒服，不宜去吃大餐，堅持要女兒女婿做代表赴約，她在家喝點粥、休息。

女兒家房間朝南，麗珍坐在床頭曬曬太陽，感覺還不錯。看看窗外，各種樹木的枝條上都已爆出一層嫩葉，正在競爭誰的春裝更鮮豔。春天來了生命是美好的。她打開一扇窗戶，讓新鮮空氣進來，好舒服！對著一面鏡子用梳子梳理了頭髮。真奇怪，這面圓圓有著金屬外框和支架的小鏡子，像是個不死的小妖精。它是三十多年前跟恩首結婚時，朋友送的結婚禮品，背面還有題字。抗戰時他們逃難丟了全家許多值錢的家當，就

是這面鏡子她捨不得拋棄，總是夾在換洗衣服中帶著走。勝利後恩首回來又走了，她幾次生氣想摔掉這倒霉的東西，最後還是忍住了，只是換了背後的襯紙板，不讓它那麼觸心境。連女兒都奇怪，家裏有大衣櫃的穿衣鏡，媽媽為什麼總喜歡對著這面小鏡子梳頭，把它當傳家寶似地珍愛著，每次梳好頭把它疊起來收進抽屜裏，以防別人不慎打碎。她從不對孩子們解釋什麼，只說東西能用就用，把它放在寫字桌上照照很方便。今天她又對著它梳頭，對著它出神，因為太出神了，竟然忘記將它收回抽屜裏。

　　她吃了半個橘子，生怕多吃酸的會使胃不舒服，然而不吃點水果又怕便秘更厲害。念念出門前再三關照別去上公用廁所，只能在家方便，因這種筒子樓的公用廁所很滑，前不久有位老太太出了事情。因此念念一直讓母親在房間裏用高腳痰盂方便。麗珍便秘三天了，現在想乘孩子們外出時屏屏看。誰知她坐上痰盂一用力，就感到又有一頭牛對准她的心窩猛撞一下，渾身冷汗淋漓，胸口疼痛異常，立時渾身癱軟下來。她也許意識到情況不妙，憑著殘存的意志力，扶著床和寫字桌一步一步掙扎著走，慌亂中把鏡子從桌上帶下來，摔得粉碎，挨到門邊，將門打開，可是已經說不出話來……

　　筒子樓走廊裏的鄰居見老太太臉色蒼白，指著胸口卻說不出話來，立馬將她扶到床上，並有人去打公用電話叫救護車，有的幫她換尿濕的褲子，有的清掃地上鏡子碎片以免扎到人，大家亂成一團。有位好心鄰居跟著救護車陪送到醫院，急救醫生當場只聽了一下心臟，翻了一下瞳孔，什麼急救措施都沒做，就說：「人早死了，送太平間！」

念念回到家，門鎖著，緊鄰告訴她老太太被救護車送往醫院，路上已經斷氣了。她跌倒在門邊，睜大了眼睛，半天沒有反應。夫婿好不容易叫醒了她，不知道哭，也不知道該做什麼，一切隨人使喚。他倆匆匆趕到醫院走進太平間，掀開白被單，媽媽好像只是睡著了，除了臉色不對，身上還有體溫，肌肉軟軟的。念念衝進急診室拖住醫生說：「我媽媽沒死，身子還是熱的，你們怎麼不搶救？」「別瞎說！你是醫生，還是我是醫生？人沒到醫院就死了，像是心肌梗死，還搶救什麼？」「什麼！我們昨天看了醫生，說她是胃病啊……」「這種病人往往一下就過去了，現在早已死得透透的。死人當然還有餘溫，誰告訴你人一死就冰涼？你還是抓緊時間向遺體告別，太平間不能一直為你開著。」

他們回到太平間，念念抓著媽媽的手不斷地搖，不斷撫摸媽媽的臉，還把手放在她鼻子邊試了又試，確實沒有任何氣息。她趴在媽媽身上不哭也不說話，好像就準備在這裏陪媽媽睡覺過夜，怕媽媽一個人寂寞、害怕。管理人員再三來催促他們走，並叫她要撫平死者張開的嘴。挨到最後念念依依不捨地對著死者的耳朵輕輕說：「媽媽，你是有話想對我說來不及說吧！沒關係，到了天家你再託夢給我和姐姐。我們永永遠遠愛你世上最好的媽媽。」

慧慧在接聽電話時就失聲痛哭倒地，難以接受媽媽已經走了的事實。這天晚上對她來說是不眠之夜。多少年來，母親的愛就像一潭溫泉那樣縈繞著自己，浸泡著自己和下一代。而父親卻像一簾瀑布，看著很雄偉、壯觀，卻冰冷徹骨。想著、哭著，哭著、想著，從西湖到長沙、晃縣、上海，她還記得爸爸

離開了，媽媽一直堅強地往前走，牽著她的手，如今⋯⋯她用
顫抖的手不住地撫摸著母親的遺像。不！我得把持住！媽媽在
看著我，想告訴我：因為我是妻子、母親、姐姐，得像媽媽那
樣堅強。「媽媽，你能歇下重擔是好的，從此再沒人會給你戴
帽子、遊鬥你。你平平安安地走吧，別記掛我們⋯⋯親愛的媽
媽⋯⋯」

第三十一章　不勝憤慨

　　在臺灣一晃又是好幾年過去了，其間發生的最大事情，無
非就是大陸的中華人民共和國加入了聯合國，美國尼克松總統
訪華簽訂了中美聯合公報，臺灣全民為此激憤，好像被美國出
賣了似的。這種感覺，三十年前恩首在馬尼拉也曾有過。仔細
想想，美國做一切事都有自己的原則，維護美國本身的利益永
遠是第一位的，誰叫我們老想著依賴人家？好在不久美臺關係
依舊，日子也依舊過著、過著……

　　恩首不參與政治，所以也沒人會來整他。大陸的親人們還
是沒有任何消息，毛澤東發動的文化大革命比哪一次運動都屬
害，時間也特別長，想來被整死的人絕不會少。

　　只是恩首的手越來越顫抖得屬害，眼睛模糊得幾乎快失明
了，連皮帶都無法扣，家中無人的時候丁香索性讓他穿睡褲，
鬆鬆的寬緊帶往上一提就可以了。有一天卻出了事故，他上廁
所半天沒出來，丁香不放心敲門進去看看，只見他站在廁所當
中，褲子脫落在地上，就像小孩似的光著屁股不知所措，又像
犯了錯那樣不好意思地用手捂著他那傷痕累累的「小弟弟」。
「你怎麼了？」她驚慌地問道。「散了，完了！」她知道他是
指牛皮筋斷了，褲子掉下去拉不上來。現在他的語言表達能力
越來越差，用了這麼不恰當的詞，叫她聽了膽顫心驚。因此她
偷偷在電話上對小妹說：「你大哥的身體越來越差，我又怕他
意識到自己問題的嚴重性。」

　　小妹為此不時會來臺北看望大哥，她跟丁香還談得來，
並邀請他倆再去臺南玩一次，自從高速公路建成以後，去臺南

不算難事。恩首記得幾年前小妹夫曾告訴他臺南有個劉醫生，大家說他是日本人，他自己說是中國人，想在臺灣落戶。這事不知怎麼的他到現在還記得，趁現在還能走真想再去臺南轉一轉，以後行走困難想去也去不成了。

　　抵達臺南，覺得跟臺北的味道的確有點不同。臺北這幾年高樓林立，到處擺著高速公路的迷魂陣，現代化色彩越來越濃，空間卻減少了不少。城裏人個個趕時間，只見摩托車橫衝直撞，小汽車像救火車似地飛馳而過，像恩首這般老人簡直覺得出門連路都不會走了，唯恐被車撞著。臺南也有高速公路，也有摩托車，但民風似乎比較淳樸，相互之間還講究些禮讓，就感到空間大了不少。風景、綠化也都不比臺北差。「大哥，你喜歡臺南的話，不妨搬過來住嘛！」「當初要是把房子買在臺南，我們就挨著你住了。」丁香似乎不無遺憾地說。恩首只是笑笑，他現在很少說話，能不開口就不開口。

　　小妹家的四千金都很可愛，大女兒已去奧地利學鋼琴，最小的在家學琴，其他兩個女兒加上小妹、丁香，每天五個女人兩臺戲，真是熱鬧非凡。小妹夫對大哥說：「你看在我們家，女權主義必然佔上風，我只好吃癟。」恩首又是笑笑，他對他們家的熱鬧又有序是看在眼裏喜在心裏，十分羨慕，而自己的家除了冷清還是冷清。當初棟棟去世之痛，使他對念念冷淡得很，現在想想真不應該。小妹夫和小妹生育了四個女兒都沒嫌棄，因而才有今日幸福的家庭。他又想起楊領事生前對他所說的有關養女兒的事，更讓他慚愧得無地自容。

　　兩三天後，他們真的去劉醫生家拜訪。據劉醫生自己介紹他叫劉中，一九三八年生，應該跟念念差不多大，三十多歲。

可看起來卻很老，彷彿近五十歲，瘦瘦小小的個子，戴副眼鏡，笑起來很和藹，像個慈祥的老頭。

劉中聽說訪客以前也是搞秘密化武實驗的專家，就陪感親切。他早早結束了門診，特地把媽媽信子也請出來一起聊天，真是個孝順的兒子，生怕母親寂寞，作為獨子總親自陪伴她。劉醫生特別介紹自己長得很像父親，母親看到他就覺得似乎父親還在身旁。他媽媽眼睛已經近乎瞎了，原來該是清澈透明的大眼，現在成了乾涸的池塘，布滿紅絲的眼白就像那池底龜裂的土地，長期因流淚而糾結在一起的睫毛，跟塘邊七歪八倒殘敗的蘆葦一樣，叫人不忍細看。她中文並不太好，人家說話尚能聽懂，自己講不流利，以致大多數時間都沉默地陪伴在側。偶爾兒子問起她，她就用日語回答一兩句。不知為什麼看到這個日本女人，雖然長相、個子都不像麗珍，在恩首眼裏卻覺得就是麗珍，默默地坐在他身旁，他的心臟感到一股巨大的壓力。

恩首不認得劉中的父親劉奎元，但確實知道有同志在日本實驗室裏，不斷替我方竊取情報。這樣的人不會多卻極其重要，是插在敵人心臟的匕首，是濤哥三條腿中重要的一條腿，工作比誰都艱巨。至於他們的詳細故事，比如劉奎元的失蹤，給眼前這個破碎的家庭帶來的無盡的苦難和絕望，當然是恩首絕不可能知曉的。聽劉中敘述，他們母子倆回到日本以後，在東京大轟炸中，外公、外婆都死在倒塌的房屋裏，媽媽和他依舊守著斷壁殘垣的「家」，就怕爸爸一旦回來找不到他們，媽媽不得不在死人堆裏找東西給他吃。戰爭結束，每天在等待、尋找和希望、失望中度日如年。等到最後一批日軍都回國以後，媽媽依然抱著希望帶著他漂洋過海，來到臺南等爸爸。臺

灣政府多年來不相信、不理會他們的申訴，說是查不到檔案，不承認有這麼一個秘密工作者；周圍滿是嘲笑、揶揄，說他們編故事來騙取戶籍和撫恤金。最後他們決定不靠任何人，也不靠政府，就靠自己……

跟劉奎元一家相比，恩首覺得自己該算是十分幸運的，他聽著聽著，跟丁香眼眶都濕潤了。該死的日本鬼子所發動的戰爭，給兩國人民帶來的災難，真是罄竹難書！

而今劉中及其母親已經不再抱任何希望了，他父親不可能三十多年後還活著而不設法傳遞一點消息給家人，一定已經死了，這樣想反而可以得到解脫。現在他在臺南行醫已多年，就是中國人，管他政府承認不承認。他愛父親家鄉的土地，愛父親家鄉的人民，周圍的老百姓都認可、接受並喜歡他，不再把他當日本人看待，這就實現了父親的遺願，媽媽也安心了……

在講述劉奎元的故事時，信子始終全神貫注，她和兒子希望更多的中國人知道這個故事，記住故事中的主人公，因此不論什麼人來訪都願意接待。雖然每次講的時候都把傷疤揭得血淋淋的，為此失眠症更嚴重了，然而為了丈夫她樂意。為了讓人們記住劉奎元這個普通的臺南人，這個鮮為人知、一心為中國抗戰獻身的普通中國人，她和兒子永遠樂此不疲。

又離開臺南了，恩首心裏無法將劉奎元這一篇章翻過去，劉中的字字句句還扣動著心弦。他比往常話更少了，常常獨自呆坐著，丁香也不知道他在想什麼，還是真的什麼也不想，意識處於一片空白狀態。沒人來訪的日子，她常建議跟他出去走走，散散步對身體有益。他不願動，不過拒絕的次數多了有點不好意思，畢竟她是為他好，偶爾他也會應付著出去走那麼幾

趟。

　　春雨綿綿的日子好不容易有了間斷，太陽放晴，天也頓時暖和起來，穿件毛衣和外套就可以出門。丁香拽著恩首走出去見見外面的世界，她說要不然人都要發霉了。剛走到一家飯店門口，她突然驚慌地指著前面的一個矮矮的男人，對他說：「那不是香港小吃店老闆，殺害老吳夫婦的日本鬼子田中太郎嗎？」「哪兒？哪兒？你眼花了吧！不是在馬尼拉，他就被美軍作為戰犯抓起來了嗎？」「我眼不花。他左額頭有一塊很大的胎記，很特別，我一眼就認出來了，個頭、樣子都一模一樣，就是胖了點。我絕對不會認錯的！」「他在哪兒啊？」「他從一部私家汽車裏出來，就踏進這家飯店。不信我們可以進去找，一定找得到。」

　　這家飯店因為離恩首家近，家裏有客人來了不時也會請過來小酌一番，一位侍者見是兩位熟客，馬上笑逐顏開地招呼道：「怎麼今天就倆老自個兒來啦？」丁香機靈地答道：「不是兩人，我們約了一個朋友，剛才看見他在前邊先進來了，差了幾步，怎麼就不見他在大堂？我們事先忘了說好在哪一層樓。」她邊講邊比劃著對方的身材。「不在大堂，肯定就在樓上包間。剛才是有一位先生跟您說的個子差不多，進門就徑直往上跑。你們自己上樓找一找，現在客人多，我就不陪了。回頭再問你們要點什麼菜。」丁香扶著恩首慢慢上了樓，一間間地找，到了最後一間，門一開恩首也馬上認出來了，確實就是田中，小吃店的老闆。

　　兩人跨進門丁香毫不猶疑張口就問：「你還認得我們嗎？你來臺灣幹什麼？！」對方顯然也認出他倆，所以一臉的驚慌。「你們認錯人了吧？太太、先生，我不認得你們！」對！

就是他，連講話的腔調都沒變。恩首本來講話不利索，現在急得變結巴了：「變……變成……灰，也認……認得！」丁香知道他難於表達清楚，便接著他的話茬說：「你殺死我們三個朋友，變成灰也認得！你臉上那塊疤是標記，休想耍賴！」眼看賴不掉了，田中爽性眼一瞪認了，「喔，想起來了，你們是高醫生夫婦吧？我在臺灣做點生意，高醫生您在這裏高就……？」「做……做……生意？殺……殺……人吧！」「啊呀呀，別瞎說！我早改邪歸正了，現在是貴國邀我們來做生意，生意人，友好，友好！」說著伸出手來像要與他們握手，他倆像炭火燒著似地縮了手。

這時侍者帶了四、五位身材雄偉的中國軍官進來，對著田中問道：「先生，他們是不是您的客人？」一位軍官熱情地說：「何老師您好！」另一位軍官幾乎同時驚訝道：「何老師，您躲這兒呢，害我們好找！」怎麼稱他何老師？是中國軍官的老師？真是一頭霧水！恩首張了嘴還想說什麼，丁香一想這真是秀才遇到兵，有理說不清，何況恩首話本來就說不清，身體欠佳不能受刺激，還是三十六計走為上策，就硬拉著恩首往包間外走去。恩首氣得連脖子都漲紅了，拼命掙扎，但他既說不出話又站不穩，最後還是隨著丁香離開了飯店。「你……你，幹什麼？放……」「你別生氣，我們兩個老頭、老太講不贏人家的，你看他的車還停在那裏呢，先把他的車牌號記下來，回去慢慢跟六弟商量向政府反映，不會讓他逃掉的。」

回家以後恩首氣鼓鼓的，飯也不吃，午睡也不睡，一直催著丁香給六弟打電話，叫他下班後趕快來一次。

六弟來了，不知大哥為什麼這樣激動，經丁香說明後才知道是有關日本戰犯的事。他就將臺灣二十多年來，有關日本秘

密軍事顧問團——「白團」的傳言，詳詳細細地敘述了一番：國民政府搬遷到臺灣以後，聽說蔣總統為了提高軍隊的戰鬥能力和現代化程度，特地接了一批又一批原日本戰犯來做軍事訓練教官，軍方給他們優厚的待遇，並有中文姓名的假身份，對外冒充生意人。這些戰犯在日本有的曾被囚，放出來以後也沒有什麼地位，有的還繼續受點懲罰，因此對蔣總統的禮聘自然求之不得，感恩戴德，為對付共軍竭盡全力報效。他說大哥今天遇到的「何先生」，有可能就是原先被美軍抓住的戰犯，後來被臺灣請來了。二十多年來盡管傳言不斷，但這是蔣總統對付共黨作的決策，誰能說一個「不」字？大哥因為一直沒有生活在臺灣，來了也是窩在家裏，很少接觸社會，自然沒聽到也不了解這些情況。最後，六弟認為遇見田中的事根本無需反映，他一定有軍中的關係，而不是什麼漏網之魚。

「那……那，殺……人，血……血債就……勾銷？為什麼……」「抗戰都過去三十年了，大家都為現在活著。你不能忘記這筆血債是有理由的，可又有誰聽你的，誰敢跟總統請來的顧問清算血債？政治本來就絕不會有公義！可惜大嫂的……」六弟看到身旁的丁香，隨即改口「麗珍的大弟已經去世了，否則他來解釋，談談政治道理會說得更清楚。田中，管他田中是誰，別管他！你都老了，就過好自己的日子吧，別去為這些人生不相干的氣！」

晚上恩首吃了比平時多一倍的安眠藥，希望自己能不再去想老吳夫婦以及梅蘭、趙爾才，好好睡一覺吧，放鬆一下神經。可還是輾轉反側睡不著。由於太累一會兒丁香倒睡著了。不知隔了多久，猛聽得「砰」的一聲，丁香趕緊爬起來一看，見恩首已經躺在床下地板上，神志還沒完全不清，但不能講

話，半邊身子不會動了。她知道這是中風，急忙打電話叫救護車。

恩首自己是醫生，一跤摔下來半邊癱瘓不能說話，殘存的意識知道自己病的嚴重性，而且明白幾分鐘後就會完全失去意識，便想抓住這最後時刻，用會動的另一隻手再三示意丁香拿紙筆來，歪歪斜斜地寫下六個字：「沒離婚，找二女」，然後把紙頭塞在她手裏，眼睛一直盯著她看，看，好像要她向他承諾什麼⋯⋯

那是恩首離開上海之前兩天，他和麗珍約好律師去辦離婚手續。那天出門較早，他提議早一站下電車，在霞飛路旁的林森公園兜一圈再去。這個小公園在鬧市旁邊，附近有很多居民，一對對老頭、老太帶了小孩在這兒活動。遠處的背景中，可見東正教聖母堂孔雀藍的屋頂。公園裏到處是壯實的法國梧桐，張開一把把大傘為遊客遮蔭。他倆坐在一把靠椅上，看著一對老夫妻在跟小推車裏的稚孫逗趣，那種含飴弄孫之樂真是愜意極了。

看著看著，恩首怯生生地捋著麗珍的頭髮對她說：「我昨夜又想了一夜，有個建議不知你能不能再聽一聽？」「怎麼最後一分鐘又有新主意了？」「我總覺得我倆不像是要離婚的人，彼此好像還有親情在。你看，現在我倆爭議你堅持要我帶走一千美元，讓我治病；我偏想把五千全都留給你，誰都不想為自己多爭點錢，而是想到對方的需要。因此⋯⋯」他遲遲疑疑一時講不出口了，心想這個要求是不是太過分、太自私了？「你怎麼想就怎麼說，吞吞吐吐不是你的風格。」「我想說的是⋯⋯可不可以對外宣布我倆已經離婚，實際先不正式辦手

續。我知道你不願意跟我去馬尼拉，也許過兩三年或三四年，
我心情完全穩定了，還想回到這個家，現在不辦手續以後就比
較好辦，對孩子也說得過去，她們比較容易接納我⋯⋯」「那
麼你的那位太太怎麼辦？這個問題不是討論過一百遍了？」
「我不必告訴她我沒離婚，就當已經離了。要知道，以後幾年
中什麼事都可能發生：也許你有了中意的人，想結婚了，那我
馬上飛回來正式辦手續，絕不拖累你的新生活；也許她厭煩了
跟我沒有孩子寂寞的生活，主動要離開我了，那我就不必一個
人呆在那裏，這樣也許不辦離婚手續會更便於我回家⋯⋯」

　　麗珍抬頭深情地看了一眼這個自私的男人，一個她還愛
著的男人，他的這個方案符合他的思維模式，什麼都從自我出
發。書上常講女人的心最難捉摸，其實最難捉摸的是男人的
心，他愛你的時候可以溫柔得像隻小貓，他不愛你的時候可以
像隻老虎咬得你遍體鱗傷。他知道現在若不辦離婚，卻又不回
家拖著她，在親友中名聲會極壞；爽性離婚，說起來丈夫在抗
戰中已經另有家室，而今辦了離婚各過各的，這倒還可得到諒
解；偏偏他這個「化學腦袋」，又想出剛才他所提第三種辦
法，考慮得的溜溜轉，真是聰明到極頂！一個女人倘若太善良
了，就讓她的男人捏住了「七寸」，等於放縱了他。

　　當時他說「幾年中什麼事都可能發生」，根本連做夢都沒
想到，短短兩年半時間內，發生了共產黨接管上海的大事，政
治大局決定了他想隨時撤出跨在另一條船上的腿，卻再沒有機
會讓他撤。他回不來了，輸給了共產黨，聰明反被聰明誤！

　　那時候麗珍想了半天，以為這也許真是目前最好的辦法，
因為對他好，便於他回頭；對孩子們也好，便於他回來時消除
她們的抗拒心理。至於對自己，她從來考慮得最少，反正不想

再結婚，只想把孩子撫養成人，因此有沒有正式辦離婚，有沒有離婚證明都無所謂。就在那個早晨，他倆果真去回絕了律師，做出了這樣一個決定：對父母、兄弟姊妹、配偶、子女和親友都說已經離婚，反正沒人會要他們出示證明，而實際上不辦手續，只有他們兩人知道實情，將來真的需要復婚時再宣布這個秘密。

可誰會想到，正因為拿不出正式離婚文件，這筆子女教育費竟成了麗珍的致命傷，成了各種運動她挨整的唯一罪證。當然沒有這筆錢，只要共產黨想整她，也不是不可以找到別的「罪證」。最終麗珍因為心肌梗死，帶著這個秘密就走了。這也許是她臨終最想跟女兒說而來不及說的話，她還是希望她們能饒恕、接納自己的父親。

如意算盤白白打了一番以後，恩首以為這輩子他和麗珍的秘密就爛在肚子裏了，想不到竟會在意識清醒與模糊之間的最後幾分鐘裏，潛意識將他的秘密「出賣」了，謎底是他想女兒。

第三十二章　此恨綿綿

　　六弟趕到醫院恩首已經陷入昏迷，醫生說他腦子裏的淤血還在逐漸擴大，壓迫腦神經，用了最好的藥一時還不見效，已經給家屬下了病危通知。丁香將恩首留的紙條交給了六弟，她的確經過一番思想鬥爭才決定交出，因為這次恩首真的是危險極了，既然這是丈夫最後的願望，她不忍心吞沒了它，即使涉及自己的私密，也不能不告訴別的親人。當初就是因為她燒毀了他女兒的來信，掐斷了他們唯一可能的聯繫，一直深深感到心中有愧。

　　幾個鐘點前六弟還在他們家談日本戰犯的事，那時恩首雖然激動腦子還很清醒，現在卻已經昏迷了。令六弟和丁香不解的是，這六個字的「炸彈」。這麼多年來作為手足和妻子的他們兩人，跟恩首的感情算是最好的了，應該是無話不談，卻為什麼沒告訴他們當初他沒辦離婚。現在他一定知道自己快走了，將消失得無影無蹤，已經不在乎人家怎麼想他、評論他，只想走之前看一看女兒，聽她們叫一聲「爸爸」，可又怕她們根本不認他，於是才講出他和麗珍夫妻兩人嚴守的秘密，丟出這顆「炸彈」。這種感情可以理解，是啊，只有她們跟他是有血緣關係的後代，是他這個垂死的人留在世界上最親、最可貴的東西。

　　丁香沉浸在冥思苦想中，六弟在心裏感歎道：老哥啊，你這不難為人嘛！來臺灣都快三十年了，我從來沒跟離婚──不，現在該說沒離婚──的大嫂聯絡過，現在時間這麼緊迫，叫我到哪兒給你找女兒去？這不是無法解決的難題嗎？丁香紅

著眼說：「六弟，你把字條還我，讓我留著做個紀念。找女兒
是他的最後心願，因此我得告訴你。可是沒離婚這事他從來沒
講過，是不是現在也就你我知道，不必跟其他人說，我求你
啦！」六弟覺得她的顧慮是有道理的，畢竟大哥跟前大嫂已經
成為事實離婚，否則又徒然增加一堆麻煩。

　　於是馬上通知臺南的小妹、小妹夫及臺北的二弟和二弟
媳，看來這次是要跟大哥永別了，讓他們抓緊時間來看一眼，
另外，就是請他們提供可與大陸聯繫的線索。當天小妹就打電
報給在瑞士的親戚，因為聽說那位親戚跟大陸的七哥斷斷續續
有聯絡，七哥應該可以找得到大哥的兩個女兒。

　　果然七弟在麗珍大嫂去世後，依舊與兩個姪女有聯繫，並
盡力照顧她們。他接到消息後立即轉告她們，希望抓緊最後時
機給病危的父親寫封信或發封電報，讓瑞士的親戚轉達。沒想
到這個希望被兩個女兒撲滅了，回答竟是：慧和念宣告我們沒
有父親！在我們年幼最可憐的時刻，他丟棄了我們；在我們長
大了有困難向他請求幫助時，他把背轉向我們；在媽媽被整的
日子，我們不但從沒得到他的關愛，反而受他牽累，以致媽媽
喪生，又有誰來安慰過我們？現在這個人要死了，才想起還有
兩個女兒，希望得到她們的寬恕，以求得靈魂平安。告訴他：
我們做不到！這個人在我們心中早已死了。為了我們的下一代
不再受他的牽累，我們絕不會認什麼父親。

　　瑞士的親戚沒敢將這答覆轉到臺灣去，就說人找到消息
轉過去了，對方沒回信。其實誰都知道，沒回音就是一種回
答、一種態度。在等待回音時，半個多月過去了，奄奄一息的
病人尚未斷氣，他雖然好像什麼都不清楚，沒有意識，又好像

他還能聽懂些什麼，在盼望著什麼。縱然如此，誰也不敢將大陸沒消息這句話直接說出來。醫生盡了最大的努力，用了最好的藥，而且一再說他能拖到現在就是奇蹟了，對家屬也沒什麼護理要求，就是希望多跟他說說話，刺激他的神經，激發他活著的意志，也許就能多拖幾天。其間四月五日前總統蔣介石去世，次日消息公布後，全臺灣的注意中心都在此，所以除了恩首的親人，很少有別人關心到這個垂死的老人。

丁香、小妹、六弟妹、二哥的一個孩子，輪流值班看護準備應付意外。丁香看著將離她而去的伴侶跟年輕時輪廓全非，浮腫的臉，脖子上全是贅肉、鬆塌的皮，成天半張著的、氣喘噓噓的嘴，似乎還會蹦出令她吃驚的話，「謝謝你了，別再傷我心」，她暗自祈求。只有那雙招風耳還豎著，彷彿在等待著他期盼的消息。她真的有點生他氣，我沒有生孩子是因為你那倒霉的試驗，怎能怪我？你為什麼不肯去領一個？現在臨死了你說沒離婚，想找兩個女兒，那我算什麼？就算我理解，也要找得到她們啊！你就滿心等著女兒的回應，怎麼不多看我幾眼？怎麼沒有捨不得我啊？我可是真的捨不得你，你走了，我一個人還有什麼活頭？她一邊叨叨地數落著，一邊流淚。

六弟這些日子因為老總統發喪，政府上下震動，實在太忙了，車子開來望一眼，問兩句情況就得走，來不及跟大哥說話，只得囑咐小妹盡可能多陪他說說話。小妹家裏有不少孩子，家又遠在臺南，一攤子家務事怎麼可能完全放得下？然而只有她最懂得大哥想聽什麼，每次她來了，沒有表情的老人臉上，皺紋也似乎展開一點，臉色也不那麼灰暗了。她不說別的，就一遍遍地敘述抗戰前他們全家在杭州的幸福日子，在上海阿爸和她怎樣幫麗珍嫂子帶兩個孩子，帶她們玩，去中山公

園拍照。慧慧的琴彈得真好，老師一直稱讚不已。念念小時候最最粘爺爺，不聽媽媽話的時候，只要爺爺一張口她就乖了。小妹知道大哥對這個孩子毫無印象，也許正因為如此，她想在他走之前稍微多說幾句，否則他們將來在天堂會相互不認識。就這樣說啊說啊，小妹自己淚流不止，而且她似乎覺得大哥眼睛也濕潤了。

這樣拖了一天又一天，老人憔悴得像一具僵屍，大家也都累垮了。老總統過世快兩周了，小妹又跟瑞士的親戚通了長途電話，對方不得已把大陸侄女們的回答和盤托出。小妹能理解，雖然快三十年沒見面了，她還記得這兩個可愛的侄女，在麗珍嫂的教育下她們一直是好孩子，很有愛心。現在不認父親，不饒恕他，跟她們多年來的遭遇有關，一點也不奇怪。問題是怎麼告訴這個看來沒有意識的大哥？她只得跟六哥商量。

又輪到小妹值班的日子，她直截了當地對病人說：「大哥，我打聽到了，麗珍嫂幾年前在文化革命中就過世了，從此兩個侄女跟所有方家的人都斷了聯繫，七哥現在也不知她們在哪裏。不過她倆早已大學畢業，也都結了婚、有了孩子，你就別牽掛了，應該為她們高興。你就管自己好好恢復吧。」這最後一句自然是違心的話，誰都知道恢復是不可能的。老人聽著聽著，本來就空洞的眼睛，一下變得更空洞了，臉上卻好像浮上了笑意。他聽話地閉上眼睛，就這樣悄悄地走了，還不滿六十五歲……

丁香來接班的時候，只見小妹淚流滿面地守在鋪著白被單的床邊，聲音嘶啞地說：「大哥已經走了，走了還不到五分鐘，我還沒來得及通知你和六哥。」

　　待她倆伴著醫院工作人員將恩首送進太平間回來，小妹對未亡人說：「丁香，大哥臨走沒有一點痛苦，就像睡著了，你心裏也應該得著安慰，他不受苦回天家了。他跟你結婚以來得到你盡心盡意的照顧，很有福氣，你對得起他了。」由於小妹是她的好友，她聽著聽著又流下了眼淚，「小妹，你一直對我很好，有一點你得代我說清楚：我跟你大哥沒有孩子，他的女兒又沒音訊，所以他的墓碑應該由我來立，就署妻子我丁香一個人的名字。這點我必須堅持！」她的神色既淒楚又堅定。小妹覺得她真的也很可憐，跟大哥生活了三十多年卻沒子女，確實要顧及活人的想法，況且現在大哥的後嗣不認他，墓碑上刻她們的名字，也許會給大陸那邊的人帶來麻煩，她和她的兄長們自然完全同意丁香的話。

　　不久，在臺北陽明山公墓新添的一座墓碑上，刻著方恩首的生卒年月，落款的確孤孤單單地只有未亡人丁香的名字。盡管死者的弟妹們都知道他尋找女兒的心意，明白炎黃子孫特別講究要有後嗣，視為生命的延續和希望，以冀將來能一代接一代地有人來掃墓，不至於成為孤魂野鬼，無人理睬；可是歷史的脫軌和個人的錯誤交織，使這個亡靈只能抱著「此恨綿綿」的遺憾，離開這個多災多難的世界。

　　願陽明山能用母親一般的胸懷接納他，滿含悲情的山雨權當眼淚洗淨他，願上一代的恩恩怨怨、是是非非從此深埋在堅石底下，願愛的溪流融化一切怨懟，源遠流長。縱然沒有刻在墓碑上的後嗣名字，鑴刻在他們心碑上的名字會永不消逝。

跋

　　父親對我來說是團謎，想解開這團謎又成為一種癮。幼年我在觀看放風箏時渴望投入他的懷抱，長大了因家庭社會關係受了委屈在枕上嚶嚶哭泣時，會對他咬牙切齒。然而嚴重的戀父情結，卻像癮君子對香煙那般始終擺脫不了。

　　到了晚年身在異國，又有癌症等疾病纏身，沒有可能再去尋找資料解開這團謎，於是熱愛執筆的我想到寫小說，利用殘留的尚未燃盡的「灰燼」，來想像、塑造父親的形象，由於文學的特殊魅力，他也許反倒更真實。因此就提筆寫了這本小說，有真實的人物、事件摻雜在內，但主要是虛構和拼湊，那個楔子只是個障眼法，希望讀者別以傳記和歷史小說來要求它的精確性。

　　父親在抗戰早期是化學兵部隊中的一名教官。他十九歲畢業於清華大學化學系，稱得上是當時化學界的精英，謎一樣的原因使他去了香港和菲律賓從商和行醫。他曾投身的這支化學部隊很少有人提起，更少有人紀念。為了不讓他們的精神煙消雲散，不讓殘存的歷史遺跡－－已纏縮成一團煙灰，就似蠶眠後蛻下的皺巴巴的殼那樣，將來被不經意的腳步踩爛，最後沾上鞋底成為塵土，我企圖通過拙手把它拿捏成一件複製品。這是歷史上曾存在的一支煙——國民政府的化學兵部隊，它不是什麼名牌煙，沒有濃鬱的芳香，然而它曾燃燒，冒過閃閃的火星，發出若現若隱的匿光。在衝鋒前它燃燒在戰士的指尖，安撫他們的嘴唇，繚繞在耳旁，聽到他們的心對家人最後的祝福。作為中華民族的後代，我們不應該忘懷他們。

　　這是一個女兒試著去理解只生活在一起十天的父親。如今臺北只留下他寂寞的墓碑，我曾去陽明山上過他的墳，也萬分想理解這墓中的人。血緣的關係是奇妙的，聖靈感動讓我通過寫書來理解他，原諒他。那時代的他給妻子、孩子造成的傷害和痛苦，其中有時代的原因，也有他個人的因素。

　　寫完了這本小說，我感到癮君子脫去煙癮纏累的輕鬆。女兒的苦心對早已去了天家的父親、母親當然談不上盡孝，只是為了紀念而已。

　　最後還得提一筆，深感榮幸的是港台、海外文學研究專家王宗法教授，在著書和照顧愛妻繁忙之餘為我趕看小說稿，並於深夜為本書作序，實在不勝感激。至於作為終生文字伴侶和知音的老伴，不落一本地堅持為我寫序，情深意長，更是甘苦兩心知。

　　　　　　　　　　　　　　　　　　　　　　方仁念
　　　　　　　　　　　　　　　　　二〇一五年六月父親節
　　　　　　　　　　　　　　　　完稿於美國新澤西州寓所

國家圖書館出版品預行編目資料

匿光/ 方仁念　著. -- 初版. --
臺北市：博客思出版事業網, 2015.10

ISBN：978-986-5789-77-0(平裝)

857.7　　　　　　　　　　　　104018699

現代文學系列 21

匿 光

作　　　者：方仁念
編　　　輯：高雅婷
美　　　編：林育雯
封面設計：塗宇樵
出 版 者：博客思出版事業網
發　　　行：博客思出版事業網
地　　　址：台北市中正區重慶南路1段121號8樓之14
電　　　話：(02)2331-1675或(02)2331-1691
傳　　　真：(02)2382-6225
E—MAIL：books5w@yahoo.com.tw或books5w@gmail.com
網路書店：http://store.pchome.com.tw/yesbooks/、http://bookstv.com.tw/
　　　　　　http://www.5w.com.tw、華文網路書店、三民書局
　　　　　　博客來網路書店 http://www.books.com.tw
總 經 銷：成信文化事業股份有限公司
劃撥戶名：蘭臺出版社 帳號：18995335
香港代理：香港聯合零售有限公司
地　　　址：香港新界大蒲汀麗路36號中華商務印刷大樓
　　　　　　　C&C Building, 36,Ting, Lai, Road, Tai,Po, New,Territories
電　　　話：(852)2150-2100　傳真：(852)2356-0735
總 經 銷：廈門外圖集團有限公司
地　　　址：廈門市湖裡區悅華路8號4樓
電　　　話：86-592-2230177　傳 真：86-592-5365089
出版日期：2015年10月 初版
定　　　價：新臺幣360元整（平裝）
ISBN：978-986-5789-77-0